孩子们必读的诺贝尔文学经典

# 老人与海

【美】E.海明威◎著 万义兵◎译

· 海明威卷 ·

北京联合出版公司
Beijing United Publishing Co.,Ltd.

图书在版编目（CIP）数据

老人与海 /（美）海明威著；万义兵译. -- 北京：北京联合出版公司，2015.2（2023.2重印）
（孩子们必读的诺贝尔文学经典）
ISBN 978-7-5502-4484-9

Ⅰ. ①老… Ⅱ. ①海… ②万… Ⅲ. ①长篇小说－美国－现代 Ⅳ. ①I712.45

中国版本图书馆CIP数据核字（2015）第010876号

老人与海

作　　者：（美）海明威/著；万义兵/译
选题策划：王成国　郎爱民
责任编辑：王　巍
封面设计：尚世视觉
版式设计：许　可

北京联合出版公司出版
（北京市西城区德外大街83号楼9层　100088）
福州俊丰彩印有限公司　新华书店经销
字数240千字　650毫米×950毫米　1/16　19.5印张
2015年2月第1版　2023年2月第2次印刷
ISBN 978-7-5502-4484-9
定价：40.00元


本书若有质量问题，请与本公司图书销售中心联系调换。
电话：010-64243832 4006586676

# 目录
Contents

# 老人与海

*The Old Man and the Sea*

他是一个老人，独驾一叶轻舟，漂荡于墨西哥湾流之中。整整八十四天过去了，他仍然一无所获。在头四十天，他身边还有个男孩。但是，四十天之后，因为没捕着一条鱼，父母对男孩说，老人肯定交上了一辈子的霉运，真是不幸中的不幸。所以，男孩听从了父母之命，上了另一艘船。在第一个礼拜，那艘船就捕获了三条大鱼。而老人仍旧是驾着他的小船，一无所获地返回，这让男孩不免觉得悲伤。男孩常常去帮老人的忙，要么帮他拿卷好的钓索，要么帮他拿鱼钩、鱼叉，或者帮他扛卷着船帆的桅杆。那张帆用面粉袋补了又补，那么卷着，好像一面常败将军的旗帜。

老人清瘦而憔悴，脖子后面满是深深的皱纹。老人的脸颊上布着棕色的斑点，那是良性的皮肤病，是常年在热带海面上，太阳反射造成的结果。那些斑点沿着双颊往下蔓延，手上是深深的疤痕，那是用绳索捕获大鱼的印记。但是，这些疤痕都是以前留下来的。它们就像无鱼的沙漠上的水土侵蚀的痕迹那般古老。

老人全身上下无不呈现老态，除了他那双眼睛，如海水一般的幽蓝，炯炯有神，透着一种永不服输的气质。

他们从小船锚定的地方爬上堤岸。“圣地亚哥，”男孩对他说，“我又可以和你一起出海了。因为我家攒了点钱。”

老人教会了男孩捕鱼。男孩对老人充满了敬爱之情。

“不，”老人说，“你搭上了一条幸运的船，和他们在一起吧。”

“但是，你不记得了吗？我们曾经整整八十七天一无所获，在接下去的三个礼拜，每天都捕着了好大的鱼儿。”

“我记得，”老人说，“我知道你不是因为怀疑而离开我。”

“这是父亲的主意。我还是个小孩，必须听大人的话。”

“我明白，”老人说，“这是人之常情。”

“父亲没有多少信心。”

“是的，”老人说，“但是，我们有。不是吗？”

“嗯，”男孩说，“我请你到露台酒吧去喝杯啤酒吧！然后我们再把东西搬回家。”

“好呀！”老人说，“去那儿和打鱼的伙伴们碰碰头。”

他们坐在露台酒吧，很多渔夫都拿老人当笑柄。但是，他一点也不生气。那些老点的渔夫则看着他，心中不免有几分悲凉。但是，他们并没有表现出来，仍然彬彬有礼地聊着天，关于海流的动向，关于他们钓索送进多深的海洋，连日来的好天气，还有他们的见闻。那日丰收的渔夫满载而归了，剖开马林鱼，跨放在两块木板之上，两个人各抬着木板的两端，摇摇晃晃地抬到鱼库去，在那里等待冷藏卡车，将鱼运到哈瓦那的集市去。那些捕获到鲨鱼的人们将鲨鱼送到海湾另一边的鲨鱼加工厂。滑车组将鲨鱼吊起，人们掏去它们的肝脏，割下它们的鱼鳍，剥去鱼皮，然后再将鱼肉切成块状以备腌制。

刮东风的时候，一股气味越过海港，从鲨鱼加工厂飘来。但是，今天仅有一丝淡淡的气息，因为刮的是南风，后来风停息下来，露台酒吧上，阳光四溢，人们欢乐地交谈着。

“圣地亚哥。”男孩说。

“嗯。”老人说。他举起杯子，不禁回想起多年前的往事。

“明天我能去外面为你弄些沙丁鱼吗？”

“不用了。去玩垒球吧。我还能划得动船，罗格里奥会帮我撒网。”

“我真的想去。虽然我不能同你一起去捕鱼，我仍然想以其他方式帮助你。”

“你已经请我喝了一杯啤酒啊，”老人说，“你已经是个男子汉了。”

“你第一次带我上船，我当时多大？”

“五岁。那次你差点儿没了小命。当时我一时心急，时机未到便去拉那条鱼，结果它差点儿把船儿击得粉碎。你还记得吗？”

“我记得鱼尾巴‘噗噗’地乱拍，坐板断裂了，还有棍棒敲打鱼的声音。我记得你将我抱起扔到了船头，那里放着一卷卷湿漉漉的钓索。我当时感觉整艘船在颤抖，你敲打鱼的声音就像砍倒一棵大树，我闻到周遭一阵香甜的血腥味。”

“你真的记得这些，还是我告诉过你？”

“自打我们第一次一起打鱼，我便什么事情都记得。”老人用那被太阳灼伤，但是坚定的眼睛看着他，充满了慈爱。“如果你是我的孩子，我会带你出海，然后赌上一把，”他说，“但是，你有你的父母，再说，你现在跟上了一条幸运的渔船。”

“我去弄沙丁鱼好吗？我知道在哪里能弄来四条沙丁鱼做鱼饵。”

“我今天还剩了一些。我加了盐，把它们放在盒子中。”

“我为你弄四条新鲜的吧。”

“一条就够了。”老人说。他的希望和信念从未消失过，但是，当微风轻轻吹起之时，那股希望和信念变得更加鲜活了。

“两条。”男孩说。

“好吧，就两条。”老人“妥协”了，“你不会偷来吧？”

“偷我也愿意，”男孩说，“但是，我是买来的。”

“多谢。”老人说。他心性敦厚，倒不会去想，什么时候变得如此谦卑起来。但是他知道自己具有了如此秉性，也知道并不可耻，而且这并无损于真正的自尊。

“照这股海流来看，明天会是一个好天气。”他说。

“你要去哪儿？”男孩问。

“我要驶向远方，等转了风向再回来。我想天亮前就出发。”

“我会想办法让船主人也行到远方去，”男孩说，“这样，如果你真的钓上了大家伙，我们就能赶去助你一臂之力。”

“他可不喜欢到很远的地方去捕鱼。”

“是的，”男孩说，“但是，我会看见一些他看不到的东西，比如鸟儿在空中盘旋，寻觅猎物，然后我就让他去追赶鲯鳅。”

“他眼神不好吗？”

“他简直就是个瞎子。”

“那就奇怪了，”老人说，“他又没有捕过海龟。那家伙才伤眼睛呢。”

“但是你在摩斯基托海岸捕捉了好几年的海龟，你的眼睛也还是好好的啊！”

“我是一个奇怪的老头儿。”

“但是，现在的你还有足够力气应付一条真正的大鱼吗？”

“我想是吧。再说我还有很多的小绝招。”

“我们把东西拿回家吧，”男孩说，“然后我就可以去撒网，捕一些沙丁鱼上来。”

他们从船上拿起来帆具。老人将桅杆扛在肩上，男孩抱着那个木箱子，里面装着盘在一起的、编得很硬的褐色钓索，还有鱼钩和带柄的鱼叉。船艄下面放着盛放鱼饵的盒子，另外还有一根棍棒，当鱼被拉到船边的时候，就用它来对付那些难缠的大鱼。没人会偷老人的东西，不过将船帆和重重的钓索带回家还是比较好，因为它们沾上了露水总是不好的。虽然老人坚信，当地人是绝不会来偷他的东西的，但是老人还是认为将鱼钩和鱼叉放在船上，乃是不必要的引诱。

他们并肩径直走着，奔向老人的棚屋。他们从敞开的大门走进屋内。老人将那只卷住船帆的桅杆靠在墙上，男孩将盒子和其他帆具放在旁边。桅杆的长度和棚屋内的一间房间长度相仿。棚屋屋顶盖着王棕树的坚硬嫩芽护壳，这是一种王棕树的叶子。在屋内，有一张床、一张桌子、一把椅子，在肮脏的地面上还有一个用木炭来煮饭的地方。在棕色的墙壁上，铺满了平整的王棕树叶子，那是一种坚韧的纤维质叶子，层层叠叠；墙壁上挂着两幅画，一幅《基督圣心画》，另一幅是《科布莱圣母图》。这是他亡妻的遗物。曾经，在墙壁上还有他妻子的彩色肖像，不过后来他把它摘下来了，因为看着妻子的肖像会让他觉得形单影只。肖像被收纳在墙角的架子上，用一件干净的衬衣遮着。

“家里有什么吃的？”男孩问。

“有锅鱼蒸黄米饭。你想吃点儿吗？”

“不了。我回家吃就好了。你要我帮你生火吗？”

“谢了。我自己来就好了。也许我就将就着吃些冷饭就好了。”

“我把渔网拿走好吗？”

“当然可以。”

实际上根本就没有渔网。男孩记得他们早把渔网卖掉了。但是，他们每天都要排演一遍这套谎言。所以，男孩也是知道的，当然也没有那锅黄米饭。“85是一个幸运的数字，”老人说，“你想不想看我捕回一条去毛开膛后也有一千磅的大鱼？”

“我这就去拿网，抓些沙丁鱼回来。你就坐在门口晒晒太阳好吗？”

“好。我这里有昨天的报纸。正好看看棒球新闻。”男孩不知道，这种昨天的报纸是否也是编出来的。但是，老人到底是从床底下取出了一张报纸。

“在BODEGA，佩里克给我的，”他解释说，“我捞到了沙丁鱼就回来。然后把你的沙丁鱼和我的沙丁鱼一起用冰镇着，明早我们就可以一起用了。我回来的时候，给我说说棒球的消息吧。”

“洋基队是不可战胜的。”

“但是，克利夫兰印第安人队还是很强的。”

“对洋基队有点信心。孩子。想想伟大的迪马吉奥。”“但是，底特律老虎队和克利夫兰印第安人队都是高手如云啊！”“有点信心。要不然连辛辛那提红队和芝加哥白袜队你都要担心了。”

“你好好研究研究，我回来时，告诉我。”

“你认为我们应该买一张尾号是85的彩票吗？明天就是第85天了。”“不妨一试，”男孩说，“但是，你的最高纪录87天怎么说？”

“不可能再有第二次了。你觉得你能找到一张尾号是85的彩票吗？”“我可以订一张。”“一张就是两美元半。我们向谁借这笔钱呢？”“这事好办。两美元半我还是能借到的。”“我想我大概也能。但是，我尽量不去借钱。第一步是借钱，下一步就是要饭了。”“多穿点衣服，老人，”男孩说，“别忘了已经是九月了。”“正是大鱼出没的季节，”老人说，“在五月份人人都可以成为出色的渔夫。”

“我现在去捞沙丁鱼了。”男孩说。

当男孩回来的时候，老人在椅子上睡着了。太阳已经下山了。男孩从床上拿起那条军用毯子，搭在椅背上，盖住了男人的双肩。那是双奇怪的臂膀，虽然苍老，但是仍然有力。当老人睡着的时候，他的头部往前面耷拉着，脖子后背的皱纹拉平了，脖子看上去也是那么有力。他的衬衫上满是补丁，就像那一面帆，而且太阳将它晒成了深浅不一的颜色。老人的头已是白发苍苍，闭上眼睛的时候，脸上没有一丝生气。报纸摊在他的膝盖上，老人的手臂压在其上，这样才没有被晚风吹走。他打着赤脚。

男孩离开了一会儿。当他回来的时候，老人还在熟睡中。

“醒一醒，老人。”男孩说。他将一只手抚在老人的膝盖上。老人睁开了双眼。在那一刻，仿佛他正从很远很远的地方回来。然后，他绽出笑容。

“你拿来了什么？”他问。

“晚饭，”男孩回答，“我们马上开饭了。”

“我不是太饿。”

“来吧，开吃了。你不能光捕鱼不吃饭。”

“我这样干过。”老人说着坐起来，拿起报纸，将它折好。然后，又开始折叠毯子。

“披着毯子吧，”男孩说，“只要我还活着，我就不会让你没吃饭就去打鱼。”

“照顾好你自己，愿你活到一百二十岁。”老人说，“我们吃什么呢？”

“黑扁豆饭，煎香蕉，还有一些炖菜。”

男孩是用一只双层金属饭盒将饭菜从露天酒吧带来的。两副刀叉和汤匙插在他的口袋内，用一副餐巾纸包裹着。

“这些饭菜是谁给你的？”

“马丁。酒吧老板。”

“我真得好好谢谢他。”

“我已经谢过了，”男孩说，“你没必要再感谢了。”

“我会给他一块大鱼的肚皮肉，”老人说，“他这样帮我们不止一次吧？”

“是的。”

“那我到时一定要给他一些比肚皮肉更好的东西。他对我们算是够周到了。”

“他送了我们两瓶啤酒。”

“我最喜欢听装的啤酒了。”

“我知道。不过这是瓶装的阿图埃牌啤酒，喝完我还要把瓶子送回去。”

“你太贴心了，”老人说，“我们开始吃吧？”

“我一直在问你呢，”男孩轻声地说，“不等你准备妥当，我不想把饭盒打开。”

“我已经准备好了，”老人说，“只是还要洗下手。”

你去哪里洗手？男孩想。村里的自来水在两条街开外的地方。我真应该为他弄点水来，还有肥皂，和一条上好的毛巾。男孩想，我为什么如此粗心？我必须为他准备一件衬衫和夹克过冬，还要弄一双鞋子和一条毯子备来。

“炖菜美味极了。”老人说。

“棒球比赛有什么消息？”男孩问老人。

“我告诉过你了，在美国联赛中，就是洋基队的天下。”老人欢快地说。

“可是，他们今天输了。”男孩告诉他。

“这不算啥。伟大的迪马吉奥会王者归来的。”

“他们队伍里面还有其他高手啊！”

“这是自然。不过唯有他是灵魂人物。在另一个联赛中，在布鲁克林队和费城队中，我肯定支持布鲁克林队。不过，我倒是想起了狄克·西斯勒，难忘他在旧公园球场打出的那些好球。”

"那些球真是无与伦比啊！他的球是我见过击打得最远的。"

"你记得他过去常常来露台酒吧的那段时间吗？"

"我真想带他一起去捕鱼，但是我太腼腆了，不敢去问他。然后，我就叫你去问他，而你也不敢。"

"我记得，真是错失良机啊！他本可能同我们一起出海的。然后，我们一辈子都可以津津乐道此事了。"

"我想叫迪马吉奥一起去捕鱼，"老人说，"人们说他的父亲也是捕鱼的。也许他以前也和我们一样穷困，可能会明白我们的心意。"

"西斯勒'大帅'的父亲可从来没有穷困过，而且他父亲在我这般的年纪的时候就在大联赛中打球了。"

"我在你这个年纪的时候，我已是一名往返非洲的横帆帆船的水手了。在傍晚的海滩上，我看见了威猛的雄狮。"

"我知道，你告诉过我。"

"我们是聊非洲还是聊棒球呢？"

"还是棒球吧，"男孩说，"给我说说伟大的约翰·迈格拉。"他把J念成了"霍塔"。

"早些年月，他也常常来露台酒吧。但是，他喝着酒的时候，举止粗野，讲话难听，而且难缠。他不但喜欢棒球，而且对马也情有独钟。至少他总是在口袋里揣着数份马的清单，而且常常听他在电话上说出马的名字。"

"他是一位伟大的经理人，"男孩说，"我父亲认为他是最伟大的一位。"

"因为他来得最勤吧，"老人说，"如果杜罗切每年都来一趟我们这里，你爸爸又会认为他是最伟大的经理人了。"

"那到底谁才是真正的经理人呢？鲁克还是麦克·冈萨雷兹？"

"我认为他们旗鼓相当。"

"那最好的渔人就是你了。"

“不敢当。我知道有人比我好。”

“哪儿的话，”男孩说，“好渔夫千千万，能称得上是能手的也有一些。不过我认为最好的渔夫一定是你！”

“谢谢，你真会逗我开心。我希望我不会碰到那种难对付的大鱼，那样就证明我们错了。”

“像你自己说的，你仍然有力气，所以没有什么鱼是你对付不了的。”

“也许，我不如自己想得那么强壮，”老人说，“但是，我知道许多窍门，而且我有必胜的决心。”

“你应该睡觉了，修整好，明天早上才会精神抖擞。我把这些东西送回露台酒吧了。”

“晚安。早上我会去叫你起床。”

“你就像我的闹钟。”男孩说。

“岁月是我的闹钟，”老人说，“为什么老人都醒得那么早？难道是为了让一天更长点吗？”

“说不清楚，”男孩说，“我知道的是，年轻人喜欢晚睡，睡得也死。”

“我记住了，”老人说，“我会准时把你叫醒的。”

“我不喜欢船主人来叫我起床，这样倒让我觉得不如他。”

“明白。”

“好梦，老人。”

男孩走了。他们刚才吃饭的时候桌上没有点灯。屋内一片漆黑，老人脱下裤子，摸黑上了床。他把裤子卷起来，做成枕头，将报纸塞在里面。他裹着被子，睡在铺在床铺弹簧上面的旧报纸上。

他很快就睡着了。他梦见了狮子，那时他还是一个少年，看着长长的金色海滩和白光熠熠的海滩上，海滩是那么白，白得几乎要灼伤他的双眼。远处是高耸的海岬和棕色的大山。每天晚上，他都会梦回那道海岸边。在梦中，他听到海浪拍岸飞溅时的巨响，看见本地的船只在惊涛骇浪中穿行。在睡梦中，他仿佛闻到了甲板的柏油和填絮的味道；在早晨，他嗅到了陆风带来的非洲气味。

一般来说，当他嗅到陆风的时候，他就会醒来，穿好衣服，准备外出，去叫醒男孩。但是，今晚陆风刮得很早，在睡梦中，他也知道现在时间尚早。所以，他继续做着他的美梦，梦中的海岛白茫茫的峰顶从海面升腾起来。然后他又梦到了加那利群岛各个海港和停靠船只的锚地。

他再也没梦见骇人的风暴，美丽的女子，惊天的事件，也没有梦见大鱼的出没，决斗和角力比赛，也没有梦见他已逝的妻子。在他的梦中，现在只有一些地方，还有海滩上的狮子。在薄暮上，它们如同小猫一般，嬉戏玩耍着。他喜欢它们，就像疼爱那男孩一般。但梦中没有男孩的身影。他就这么醒来，望着敞开的大门外挂着的那弯月亮，他把裤子解开，穿上。在棚屋外小便，然后顺着大路往前走，去叫男孩起床。秋天的早晨有些寒冷，老人不禁打了个寒战。不过他知道，这样哆嗦一会儿，身子会暖和起来。他马上就要出海捕鱼了。

男孩住的房子并未上锁，他将门推开，光着他那脚丫悄悄地走进去。男孩睡在第一间房间的一张简易床上。一轮残月射入了屋内，老人清楚地看见了男孩。他轻轻地握住他的腿，一直等他醒来，男孩翻过身，看见了老人。老人点了点头，男孩从床边的椅子上拿过裤子，坐在床沿上，穿着裤子。

老人走出屋子，男孩紧随其后。他还没清醒过来，老人将胳臂搭在他的肩上，说：“对不住了。”

“哪儿的话，”男孩说，“男子汉就应该这么做。”他们朝着老人棚屋的方向，顺着大路往前走。在黑暗中，整条路上都是开始忙活着的人们，他们打着赤脚，扛着船只的桅杆。

他们转眼就到了老人的棚屋。男孩拿起篮子中的钓索卷儿，还有鱼叉和鱼钩。老人肩上扛着那绕着帆的桅杆。

“想喝咖啡吗？”男孩说。

“我们先将帆具送到船上，然后再喝点吧。”

在一家供应渔夫早餐的铺子里面，他们喝了点盛装在炼乳罐子的咖啡。

“老人，昨晚睡得如何？”男孩问。虽然要完全摆脱睡意还很难，但是他逐渐清醒了。

“睡得很好，马诺林，”老人说，“我今天感觉很有把握。”

“我也是，”男孩说，“现在我就去拿我们的沙丁鱼，还有给你准备的新鲜鱼饵。船主人自己拿帆具。他总是不喜欢其他人碰他的东西。”

“我们就不一样了，”老人说，“你五岁的时候，我就让你帮忙拿东西。”

“我记得，”男孩说，“我马上就回来。再喝杯咖啡吧，我们可以在这里挂账。”

他走开了，赤脚走在珊瑚石铺就的路上，向存放鱼饵的冷藏库去。

老人悠悠地喝着咖啡。这是他整天的食物，他清楚应该吃下去。在很长一段时间，吃饭让他感到烦厌，所以他从不带午饭。他仅在船头放一瓶水，这就是他一天所需。

此刻，男孩带着沙丁鱼和两份用报纸包着的鱼饵回来了。他们沿着小路往前走，走向小船停放的地方，脚下踩着石子遍地的沙地，抬起小船，然后将它滑入水中。

“祝你好运。好人。”

“好运。”老人说。他将桨上的绳索套在桨架的钉子上，然后身体向前倾，抵消桨叶在水中所遇的阻力。天还未明，老人开始划出了港口。这时从其他海滩出发的其他船只也正准备出海，月亮已经沉入山下，老人虽然看不到其他船只，但是耳边回荡着桨落水而激荡的声音。

有时候，人们在船上会说话。但是，大多数船只都是寂然无声的，唯有船桨入水的激荡声。它们出来海港之后，就各奔东西了，每艘船朝着海洋深处的某个地方奔去，希望在那里会有所斩获。老人知道自己要去很远的地方，他要远离陆地的气息，所以他一个劲儿地划着，企图拥入早晨海洋的清新味道之中。当老人划过那片被渔人称为“大井”的海洋之时，他看见水面上漂荡着的果囊马尾藻闪着磷光。因为在此处海水深度陡增至700英寻[①]，海流撞击在海底的陡壁上，激起了一阵阵旋涡，各种各样的鱼儿聚集而来。在这里，聚集着大群的虾和饵鱼，有时候还有成群的乌贼。这些乌贼从海底的深洞中跑出来，在夜间潜到海面附近，成为所有在那里游荡的鱼的食物。

在黑暗之中，老人感觉到早晨就要降临了。他还是一个劲儿地划着船，耳边回荡起一种战栗之声，那是飞鱼离开水面发出来的声音；还有展开的那对胸鳍，飞跃于黑色的夜空之中，发出的嘶嘶声。他非常喜欢飞鱼，因为它们是他在海洋中的重要伙伴。老人真替鸟儿难过，特别是那种柔弱黑色的小燕鸥，它们总是在不断飞翔，到处找寻食物，但是总是一无所获。老人想，除了那些猛禽和力大体庞的鸟儿之外，鸟儿比我们的生活还要艰辛。既然海洋会变得如此残暴，为什么造物主让鸟儿如此纤弱？海洋是非常慈善而美丽的。但是她也会不时露出狰狞的面目，而且常常猝不及防，这些鸟儿飞到低处觅食，发出细小的哀鸣，它们对于海洋来说太过弱小了。

他常常认为大海是一位善良的“姑娘”（la mar），这也是西班牙人对海洋爱称。有时，那些喜欢海洋的人也会说她的坏话，不过总是把海洋当作一位女性看待。有些年轻的渔民用浮标作为钓索上的浮子，捕捉鲨鱼，出售鲨鱼肝，赚了不少钱，然后购置了汽艇。在他们的口中海洋被称为“海郎”（el mar），是一位充满男子气概的壮士。在他们眼中海洋是他们

① 英寻，海洋测量中的深度单位，1英寻=1.852米。

的竞争对手，或者是块待征服的领地，甚至是一位劲敌。但是，老人还是习惯把海洋看做女性，她有时候乐善好施，有时候又锱铢必较；而且，如果她干下一些任性或恶劣的事情，是因为身不由己。他认为，如同月亮会影响女人一样，月亮也会对海洋发生作用。

他稳稳地划着船儿。因为他很好地掌控着速度，同时除了偶然出现几阵海流的旋涡之外，海面上波澜不惊。他巧借着海流的力量，所以当天渐渐亮起来的时候，他已经比预计该点能到达的地方远出了许多。

我曾在这片“深井”海域倒腾了一礼拜，却一无所获，他想。今天我一定要找到成群鲣鱼和长鳍金枪鱼出没的地方，说不定有条大鱼跟着它们呢。在天色完全变亮之前，老人放下了他的鱼饵，船儿随着海流漂荡。一个鱼饵沉到四十英寻的深处。第二个在七十五英寻深处。第三和第四个分别下沉到一百英寻和一百二十五英寻的地方。每个鱼饵都是头部朝下，钩柄裹在鱼肚之中，扎好，缝紧；鱼钩的所有突出部分，即钩尖和钩弯，包着新鲜的沙丁鱼。鱼钩穿过每条沙丁鱼的双目，这样裹在突出钢质鱼钩部分的沙丁鱼便构成半个环形。不管鱼儿接触到的是鱼钩的哪个部分，它们都能尝到香甜而美味的鱼饵。

男孩给了老人两条新鲜的小金枪鱼，又叫长鳍金枪鱼。老人将它们挂在最深处的钓索上，如同铅垂一般。在其他的钓索上，老人挂上了一条蓝色大青鲹鱼和一条黄色金银鱼，虽然已经用过，但是仍然保存完好，再说配合新鲜的沙丁鱼一起使用，更是增添了它们的香味，让鱼儿无法抗拒。每条钓索都有一根大铅笔那么粗，一端被环系在一根青色边材木棍之上，这样但凡有鱼儿拉动或者触到鱼饵，鱼竿就会浸入水中。而且每卷钓索长达两个四十英寻，还可以将其系在其他多余的卷儿上，这样当需要的时候，一条鱼可以拉出三百多英寻远的地方。

现在，老人坐在船舷，盯着三支鱼竿，看是否有动静，一边又轻轻地划动船儿，时而往上拉动钓索，时而又往下放，让钓索保持笔直，并停留在恰当的深度。天已经大亮了，太阳随时都会升起来。

一轮淡淡的太阳从海上升起。老人看见其他的船只，船舷低低地压着海面，缓缓地驶向海岸，在海流中散开。随之，太阳越发明亮了，水中的阳光闪烁，刺人双眼，随后，太阳完全升起来了，平坦的海面将阳光反射到老人的眼中，剧烈地刺痛了老人的双眼。他避而不看，仍然划着桨。他往水下瞧去，钓索笔直地垂入黑黢黢的海水之中。他让钓索保持垂直，比任何人弄得都要直，因为在黑黢黢的水流的不同平面上，都会有鱼儿出没，他想当鱼儿游过的时候鱼饵就在那里等着。其他人则让钩索随着海流漂荡，有时候渔人自以为他们在一百英寻的深处，实际上只是在六十英寻处。

不过，他想，我得丝毫不差地投放钓索。因为我可能再没有运气可指望了。但是谁又知道呢？说不定今天就是我的幸运日。毕竟每天都是崭新的。走运固然好，但是我还是宁愿做到分毫不差，让运气光临的时候，就可以立马行动起来。

又过了两个小时，太阳升得更高了。太阳光不再灼眼，所以往东边看的时候，阳光不会那么刺痛眼睛。此刻，老人极目远眺，眼前只有三艘船，它们远远地在地平线上，离海岸非常之远了。

我这一辈子，眼睛饱受了早晨太阳的苦，他想，不过，它们仍是好好的。傍晚时分，即使是直视太阳，也不会眼前发黑。要知道，阳光在傍晚可是更犀利啊！但是，早上的阳光就是让人痛苦。

就在那刻，一只军舰鸟出现了，展开长长的黑色翅膀，在老人前方的长空之中盘旋。它斜着后掠翼，快速地做了一次俯冲，然后又开始盘旋起来。

“它好像发现了什么，”老人大声地说，“它不光是在找寻。”

他缓缓而稳稳地划着船，驶向鸟儿盘旋的地方。他一点也不着急，还是让钓索保持上下垂直。不过，他还是朝海流靠近了一点，如此，虽然较之以鸟儿为向导时，船儿的速度更快，但并不影响他捕鱼。

鸟儿在空中飞腾得越发高了，又开始盘旋起来，它的翅膀却纹丝不动。然后鸟儿又突然俯冲下来，老人看见飞鱼从海面上蹦出，然后拼命地在海面上飞掠。

“鲯鳅，”老人扯开嗓子喊着，“大鲯鳅。”

他收起双桨，然后从船头拿出一卷细钓索。钓索上有一根导线，和一只中号鱼钩，老人在鱼钩上装上一条沙丁鱼作为饵。然后从船弦上放下水去，系在船艄的一个螺栓上。然后，老人又给另一根钓索装鱼饵，让它盘绕着，搁在船头的阴暗地方。他又开始划桨，然后打量着正在水面低飞猎食的长尾鸟儿。

老人正看着出神，鸟儿又往下坠来，斜着翅膀往下俯冲，然后又猛地展开翅膀，直追飞鱼，可惜没有成功。老人看见，海豚逼追逃窜的鱼儿，在水中掀起一阵微微的鼓泡。鲯鳅在鱼群的下方水域中穿行，只待飞鱼落入水中，便飞快游过去，将其擒获。好一大群鲯鳅啊！他想。它们散布在水中，飞鱼逃脱的机会非常渺茫。鸟儿也占不到便宜，因为飞鱼对它来说太大，速度又极快。

他又看着飞鱼从水中蹦出，鸟儿徒劳无功地飞翔。那群鱼儿已经跑远了，他想。它们游得太快，逃得太远了。不过，我或许能逮到一只掉队的，又或许我的大鱼正在它们周围。我要的大鱼一定在某个地方等着我。

笼罩在地面上的云朵渐渐升起，如同山岗一般。海岸变成了一条长长的青色线条，灰青色的小山隐于其后。海水呈现深蓝色，深得简直要成紫色了。老人俯视着海水，他在深色的海水中发现了如筛屑般的红色浮游生物，太阳光在水面上变幻着奇异的颜色。他看着他的钓索，看着它们笔直地没入水中，直到看不到的地方。见到大片的浮游生物让他颇感欣慰，这说明此处有鱼。

太阳已经升得老高了，阳光在水中变幻出的奇异色彩，以及笼罩在地面上空的云朵的形状，说明天气必是晴朗的。但是，现在鸟儿不见踪影了，水面上漂着一块块被太阳晒得退色的黄色马尾藻，紧挨着船边，浮动着一个僧帽水母，它那胶质囊状物呈现紫色，具有一定形状，色彩斑驳，除此之外什么东西也没有。它侧向一边，然后又正过身来。它欢快地漂浮着，就犹一个灯泡，带着一根长长的可怖触手，悠悠地拖曳在水中，有一码之长。

“臭水怪，”老人说，“直娘贼。”

他坐着轻轻地摇动双桨，低头往水中望去，他看到了丁点大的鱼儿，颜色同拖曳在水中的触手一样。它们在触手之间以及“气泡”漂流时投下的阴影之下游动。僧帽水母的毒性对它们没有影响。不过，人就不同了。如果老人钓鱼的时候，触手缠在钓索上面，紫色的黏液会附着其上，他的胳膊和手上就会出现伤痕和创痍，就如同被毒葛感染了一般。这种水母的毒素传染得非常快，而且让人疼痛得像鞭子抽打一般。

这些彩虹色“大气泡”是美丽的。但是，它们是海洋中最会伪装的生物。老人喜欢看着它被大海龟吞食。海龟一旦发现它们，便从正面游过去，然后闭上双眼，身子缩进龟壳之中，然后把它们连同触手一并吃掉。老人喜欢在风暴袭过的海滩上，看着海龟吞食水母；喜欢踩在海龟的壳上；当老人用长满厚趼的双脚踩在它们身上，就会发出爆裂的声响。

老人钟爱绿色的海龟和玳瑁，它们形态优雅，动作迅敏，而且具有很高的价值。他对那些又大又笨的红海龟不抱有好感。它们的甲壳是黄色的，奇异的交配方式，也会闭着眼睛，津津有味地吞食着僧帽水母。

虽然在捕龟船上待过很多年，但是老人并不觉得海龟有多神秘。他替它们感到难过，包括那些身长如小船一般，且重达一吨的大海龟。大多数人对海龟是残忍的，因为在它们被剖开、屠宰之后，它们的心脏仍然会跳上数小时。老人认为，我也有这么一颗坚强的心，我的腿和手也像海龟。

为了自己更加强壮，整个五月老人都会吃海龟蛋，这样到了九月、十月的时候，老人就有足够的力气去对付真正的大鱼了。

老人每天从一只大圆桶中舀一杯鲨鱼肝油来喝。那只大圆桶就放在很多渔人放置渔具的棚屋之中。所有的渔人都可以喝。但是，大多数人讨厌那种味道。其实，喝这种东西也没有那么糟糕，至少不比他们起早摸黑要痛苦。再说，鲨鱼肝油对预防伤风感冒有奇效，而且也有明目的功效。

这时，老人仰头看见了鸟儿又在空中盘旋。

“它找到鱼了。”他大声地说。没有飞鱼跃出水面，也没有小鱼四处逃遁。但是，老人看着看着，一只小金枪鱼跃入空中，转过身子，头朝下坠入水中。金枪鱼在太阳光下闪着银色的光辉，当一只金枪鱼坠入水中，随后一只又一只金枪鱼从水面跃出，它们朝着各个方向跳跃，搅得海水翻腾，长跳飞跃，追捕小鱼。它们将小鱼围在中心，不断驱赶着它们。

如果它们不是游得太快，我会赶到它们之间去的，老人寻思着。老人看着这群鱼把海面搅出了白色水花，鸟儿这时俯冲下来，叼起在惊慌中被迫跃出水面的小鱼。

“鸟儿真是个好帮手。”老人说。就在此时，船艄的钓索在他脚下突然绷紧，原来他将钓索在脚上绕了一圈，所以他扔下双桨，紧紧地拉着钓索，开始把钓索往上拉，这时感到小金枪鱼在颤动地拉着，有点分量。他越是往上拉钓索，越是感到颤动在增加。他看到了水中鱼儿青色的背部和金色的两侧，然后猛拉钓索，鱼越过船舷，掉到船里。鱼儿躺在船艄，阳光照在其身上，短小结实，活像一颗子弹。它有一双大而呆滞的眼睛，尾巴干净利落地快速活动，拍打着船板，直摔打得筋疲力尽。出于怜悯，老人在它头上敲了一下，一脚把它踢到船艄的阴凉处，不过它的身子还在颤动着。

他记不清楚，什么时候开始大声地自言自语了。在以前，他会独自歌唱，有时候在夜间高歌，记得当时他在小渔船或是捕龟船工作的时候，自己一人独自驾着小艇值班的时候。可能是自己一人的时候，或者是男孩离开他之后，他开始自言自语了。他实在记不清楚了。当他和男孩一同捕鱼的时候，他很少说话，除非非说不可。他们在夜间交谈，要么遇见暴风雨，被困海上的时候，他们才说话。人们认为，在海上不说话是一种美德。老人也这么认为，并始终恪守这点。但现在他已多次说出了自己心里想说的话了，因为这些话也打搅不到他人。

“如果有人听见我如此大声说话，他们定会以为我疯了，”他大声地说，“但是，既然我没有真的疯，所以我也不要理会他们。富裕的渔夫在船上都配备了收音机，他们在收音机上收听网球赛事。”

现在可没有时间来惦记棒球赛了，他想。现在只应该念着一件事情，那才是我生而为之的事业。在这群鱼周围可能游荡着一条大鱼，他想。我逮到的只是那群正在觅食的金枪鱼中掉了队的一条。但是，它们正在游向远方，速度又极快。今天在海面上露面的鱼群都游得很快，而且都朝着东北部方向。这是每天这个时辰的“例行公事”？还是某种我不懂的天气的信号？

老人已看不到海岸上的绿色了，眼前仅有青色的山峰，山顶似有一圈白色，好像是积雪，又像是笼罩在山峰之上的云朵，看上去如高耸的雪山。海水蓝极了。阳光在水中变幻出不同色彩。数不清的浮游动物在强烈的阳光照射之下，不见了影踪。老人眼中只能看见蓝色海水中变化出来的夺目色彩，钓索笔直地沉入足有一英里深的海水中。

渔人将所有这种鱼称为金枪鱼，只是在出卖它们或者将它们换作鱼饵的时候，才用准确的名字将它们区分开来。这时它们又沉下去了。太阳变得炙热起来，老人感到脖颈上一阵灼热，他划着桨，汗水流到背上，有种酥痒的感觉。

我让船儿自己漂吧，他想，我要睡会儿，他在指间绕了一圈钓索，一有动静便可叫醒他。但是，今天是第85天，我该好好地钓一天鱼才对。就在那刻，他盯着钓索，他看见一个伸出在水面上的钓竿猛地往下一沉。

“终于上钩了，”他说，“上钩了。”然后迅速地把划桨放在桨架上，船没有颠簸一下。他伸手去抓钓索，用右手大拇指和食指中间紧紧地拉住。钓索上既没有拉力，也没有重量，他轻轻地拉着钓索。然后，钓竿又往下沉了一下。这次是试探性的拉动，既不有力也不猛，但是老人已经知道是什么鱼上钩了。在一百英寻处，一只马林鱼正在吞食裹在钩尖和钩弯外面的沙丁鱼，这个手工制的鱼钩就是从小金枪鱼的头上伸出来的。

老人小心翼翼攥住钓索，然后用左边轻巧地将钓索从钓竿上取下来。现在，他可以让钓索在指间滑动，不让鱼儿感到丝毫拉力。

它深藏这么深的海底，长到这个月份，一定够肥美了，他想。吃吧，鱼儿。尽情享用吧，请多吃点。

多么鲜美的沙丁鱼啊！你待在六百英尺的黑色冰冷海水中，你一定饿坏了吧。在黑暗中转个身，回过头来继续享用吧。老人先是感到一阵轻而微妙的拉动，然后又一阵力道更大的拉动，沙丁鱼的头一定是更加难从鱼钩上扯下来。然后，又没动静了。

“来吧，”老人大声地说，“再转个身。闻闻这些沙丁鱼吧。它们不是很诱人吗？好好地享用它们。我这里还有一条金枪鱼呢。又坚实，又冰凉，又鲜美。鱼儿，别害羞了。吃掉它们吧。”

他把钓索夹在拇指和一根手指中间，等待着，目不转睛地盯着。同时，又注意着其他几根钓索，因为鱼儿可能往上或者往下游动了。接着，又是同样轻巧的一拉。

“它会咬饵的，”老人高声说，“上帝保佑，让它咬鱼饵吧。”

但是，鱼并没有买账。它游走了。老人感觉不到任何动静。

“它不可能就这么走了，”老人说，“老天知道它不可能走掉的。它只是在转身。也许它以前上过钩。现在还有些印象。”

然后，他又感觉到钓索轻轻地动了一下。老人真是笑逐颜开。“它刚才不过是在转弯而已，”老人说，“它会上钩的。”感到这轻轻的一扯，他很高兴，然后，他又感觉到某些更加沉重的东西，力道大得惊人。那是鱼的重量造成的。他松开一段钓索，一直往下，再往下，绕开了两卷备用线索中一卷，尽管拇指和手指之间的压力小得基本无法觉察。“好大一条鱼啊！”老人说，“它正将饵鱼斜叼在嘴中一侧，带着它游走呢。”

然后，它马上会掉过头来，将鱼饵吞下，他想。他没有说出来，因为他知道，好事情一旦说出来，就可能不会发生。他明白，这是一条大鱼。他想象着它将金枪鱼斜叼着在嘴中，快速地在黑暗中游离。在那一刻，老人感觉不到鱼儿的动作，但是分量仍然还在那儿，接着，分量开始增加，老人放出了更多的钓索。一时之间，他增加了拇指和手指之间的力道，接着分量增加了，一直传到水中深处。

他一边让钓索从指间往下滑，一边伸出左手，把两卷备用钓索的自由端紧系在旁边那根钓索的两卷备用钓索上。现在，他完全准备好了。除了现在正在使用的钓索，他还有三卷四十英寻长的钓索可供使用。

吃吧，等鱼钩进入你的心脏，你的死期就到了，他想。轻松地往上游吧。让我把鱼叉刺进你的心房。准备好了吗？你吃得时间够长了吧？

“是时候了！”他大声地说。然后用双手猛力收起钓索了，拉进了一码，然后再连连猛拉，倾尽所有臂力，依靠身子的重量，不断轮换双手，把钓索往回拉。

没有任何起色。鱼儿只是缓缓地游开，老人再也不能把它拉上一英寸。他的钓索是结实的，专门用来对付大鱼的。老人把钓索套在背上，用背部力量往上拉拽，直到钓索完全拉紧，水珠从钓索上面溅出。接着，钓索开始发出一阵沉闷的嘶嘶声，他仍然紧攥钓索，利用坐板支撑身子，向后仰，以抵消鱼儿的拉力。鱼儿开始缓慢地朝着西北方向游荡起来。

鱼儿继续游着。老人和船只在平静的水面上平缓地行进。其他诱饵仍然浸在水中，但是现在也顾不上它们。

“如果小孩在就好了，”老人大声地说，“我现在被一只鱼儿牵着走，倒像是一根系纤绳的短桩。我可以把钓索系在船上，不过这样一来，鱼儿势必把它拉断。我必须竭尽全力拉着它，如果它想游得远一些，我就多放点钓索给它。感谢上帝，它是在往前游，不是往下沉。”

如果它决意往下沉，我该怎么办？我不知道。如果它突然下沉，然后死在那儿，我该怎么办？我不知道。但是，我得想些法子，我还有很多能做的事情呢。

他紧握勒在背上的钓索，老人盯着水面，钓索斜斜地没在水里。小船往西北方前行着。

这会要了它的命的，老人想。它不可能永远这么往前游。但是，四小时过去了，鱼儿仍然拖着小船，在海中游个不停。老人仍然将钓索勒在背上，紧紧地攥住。

“它上钩的时候是中午，”他说，“到现在我还没有和它打过照面。”

他用劲掀去头上的草帽。在钓上鱼之前，他就戴着它，直勒得他脑门生痛。他又感到口渴了，双膝跪下，万分小心，生怕扯动钓索。他爬向船头，直到他能只手够着水壶。他旋开水壶，喝了一点。然后靠在船头歇息一会儿。坐在拔下来的桅杆和帆上，他休息着，尽力不去想什么，只顾熬下去。

然后，他回过头望去，已经看不见陆地了。这倒是无关紧要，他想。只要看着哈瓦那的灯火，我总能顺利地返航的。离日落还有一个时辰。也许在日落之前，它就会上来了。如果它还不上来，那它可能会跟着月亮一起出现。我现在没有抽筋，感觉浑身还有力。可是它嘴中有鱼钩啊。但是，看它拉钓索的方式，一定是条大鱼。它的嘴巴准是紧紧地咬住了鱼钩。但愿我能看到它。我只愿看上一眼，这样我便知道，我的对手长什么样子了。

老人看着天空的星斗，判断鱼儿整个晚上没有改变路线，也没有掉转方向。日落之后，海面有点凉意，老人的汗水风干了，背上、手臂和他的老腿上凉飕飕的。白天的时候，老人把盖在鱼饵匣上的麻布袋取下，在太阳底下摊开晾干。日落之后，他把麻布袋掖在颈部，麻布袋朝下披在老人背上，钓索挎在老人双肩之上，他小心地将麻布袋压在钓索之下。麻布袋垫在钓索下面，老人又试着身体向前倾向船头，钓索就不会勒得太痛，而且可以说有点舒服了。

我拿它没有办法，它也奈何不了我，他想。只要这样下去，双方只能保持僵持状态。一度他站起来，站在船舷处小便。老人仰望空中的星辰，确定前行的路线。钓索看上去就像一根磷光，从他肩上，直入水中。他缓慢地前行着，哈瓦那的灯光也黯淡了，所以老人知道海流定会把他带向东边。如果我看不见哈瓦那的灯火，那么我一定是往东边漂移了，他想。因为如果鱼儿不改变路线的话，我一定还可以看见灯光好几个小时。我想知道今天的棒球大联赛结果如何，他想。如果有台收音机在船上就太妙了。然后他想，别老是惦记着那事了。想着手下的事情吧。你千万不能干出什么蠢事啊!

然后，他大声地说："真希望小孩在我身边。帮助我，也见见这大场面。"

每个人都应该老有所依，他想。但是，孤独是不可避免的。为了补给体力，我一定要记得在金枪鱼臭掉之前吃点。记住，不管你多么不想吃，在早上好歹要吃上一点。记住，他对自己说。

夜间，两只海豚游到船附近。他可以听见它们翻滚和喷水的声音。老人能分辨得清楚雄海豚喷水的声音和雌海豚哀叹的声音。

"它们真幸福，"老人说，"一起玩耍，一起嬉闹，恩恩爱爱。它们和飞鱼一样，是我们渔人的朋友。”

然后，他对这只被钩住的大鱼不免同情起来。它真不可思议，也真奇特，谁也不知道它多大了，他想。我从没有碰见过这么强壮的鱼儿，也没有碰见过行为如此乖张的鱼儿。可能它太过聪明了，所以不愿横冲直撞。如果它横冲直撞的话，我的老命就玩儿完了。可能它已经上过多次钩，所以它明白它应该如此战斗。它不可能知道，它的对手只是一个人，更不知道仅是一个老人。但是，它是那么大一条鱼，如果它的肉鲜美的话，拿去市场定会卖个好价钱。它咬饵的方式像条雄鱼，它拖钓索的方式也像是条雄鱼，战斗起来看不出一丝恐慌。我好奇，它是否有什么阴谋，抑或它同我一样不顾死活？

他记得有一次，他钓上了一对马林鱼的其中一只。雄鱼总是让雌鱼先吃，那条被钩住的正是雌鱼。雌鱼恐慌不已，狂乱而绝望地挣扎，不久就筋疲力尽了。雄鱼离得很近，老人担心它会用鱼尾切断钓索，要知道它的鱼尾尖如一把大镰刀，大小和形状也基本相仿。老人用鱼叉把它叉上，用棍子揍它，抓住它那长剑似的、边缘如砂纸一般的嘴，又连连朝它的头顶击去，直打得它身上的颜色变得如镜背。然后，同男孩一起把它抬上甲板。在这当儿，雄鱼一直守在船舷边，久久不去。

接着，当老人收拾钓索，预备鱼叉的时候，雄鱼在船边高高跃起，直入空中，想见雌鱼最后一面，随即钻入深深的海底。它的那对胸鳍，如一对淡紫色的翅膀，全部舒展开来，它身上所有淡紫色的宽大条纹都裸露出来了。它是美丽的，老人记得，而且它始终逗留在那儿，迟迟不肯离去。

它们的故事是我曾经见过的最悲伤的一幕，老人想。男孩也很伤心。我们请求雌鱼的宽恕，并且立刻将它屠宰了。

“如果男孩在这里就好了。”他大声地说。老人将身子倚靠在船头已被磨圆的厚木板上，老人通过勒在背上的钓索上，感到大鱼的力量。鱼儿朝着他选定的方位稳稳地游去。

既然我背叛了承诺，那么鱼儿就需要作出抉择，老人想。

鱼儿的决定是待在黑暗的深海里，远离所有的圈套、陷阱和诡计。而我的抉择是来到人迹罕至的地方找到它。远离世间所有的人群。现在，我们狭路相逢了，自中午开始，我们的命运就绑在了一起。没人能帮你，也没人能帮我。

也许，我不该当渔夫，他想。但是，捕鱼是我生而为之的事情。我必须牢记，在天亮之后，吃点金枪鱼。

天亮之前，有什么东西咬住了身后其中一个鱼饵。他听到钓竿清脆的断裂声，接着钓索沿着船缘往外直溜。在黑暗中，他从鞘中拔出刀，身子往后靠，将鱼儿的拉力负担在左肩上，在船缘的木头上切断了钓索。然后，他又切断了离他最近的一个钓索。在黑暗中，摸索着将两卷备用钓索卷的断头系在一起。他用一只手娴熟地干着活儿，把结给牢牢地打紧，一只脚踩在钓索卷上，以免它滑开。

他寻思，等天亮之后，我再去对付那个四十英寻处的鱼饵吧，我也要将它斩断，接在备用钓索卷上。我将损失二百英寻长的上好卡塔卢尼亚钓索，还有几个鱼钩和导线。这些东西都可再备置。不过如果我钓上了别的鱼，却把这条大鱼弄丢了，那损失就大了。

我不知道正在咬饵的是什么鱼。可能是一条马林鱼，或者是箭鱼，也有可能是鲨鱼。我没时间去细想了，我必须马上摆脱它的纠缠。

“多么希望男孩在身边！”他大声地说。

但是，男孩到底不在这里，他想。你身边只有你自己，你最好马上去应付最后一根钓索，不管天亮还是没天亮，赶紧把它剪断，把两卷备用钓索接上。

他如是做了。黑灯瞎火的着实不容易。有一回，鱼儿猛烈地抖动了一下，老人被拉倒，脸朝下摔倒在船上，眼睛下方划了道口子。鲜血从脸颊上流下，流了一小段，还没有到下巴，便凝固、干掉了。老人又回到船头开始工作，靠在木板上休息。他整了整肩上的麻布袋，小心翼翼地移动钓索，把钓索放到肩上的另外一个位置上。钓索固定在肩上，老人一手握住，他仔细地感知鱼儿的拉动，然后伸手到水中，判断船儿前行的速度。

我在想，刚才鱼儿猛烈抖动是想干吗？他想。钓索在他那宽大的脊背上滑来滑去。它的脊背一定没有我的痛。但是，不管它有多么庞大，它不能老是这么拖着船儿走。现在，凡是会惹麻烦的事情都清理掉了，而我还有一大堆备用钓索，这些有利条件对我来说已经足够了。

“鱼儿，”他温柔地高声说道，“我会奉陪到底，除非我死了。”

我想它也决心同我决战到底，老人寻思着。于是，他等待破晓的降临。黎明时分，气温很低。老人身体紧贴着船舷避寒。它能耗多久，我也能耗多久，他想。第一缕光明绽现，钓索往外伸出，直没入海水之中。船儿稳稳地往前航行，太阳露出一角，阳光洒在老人的右肩之上。

“它正在朝北游动。”老人说。海流会把我们远远地往东边送去，他想。我希望看见它随着海流游动，那说明它体力渐渐不支了。

太阳又升起来了一点，老人意识到鱼儿压根儿没有一点倦意。只有一个有利的迹象。钓索的倾斜度说明鱼儿游到了较浅的地方了。这并不能说明它会跳跃。但是，谁又能说得定呢。

“上帝保佑！让它跳起来吧，”老人说，“我的钓索足够长了，足以对付它。”

也许我稍加点拉力，它会感到疼痛，然后跃起，他想。既然天已大亮了，如果它跃起，脊骨周边的液囊里就会充满空气，这样它便不会沉入海底死去了。

他试着加大点拉力，但是自从这条鱼上钩之后，钓索已被拉得笔直，都快濒临断裂了。老人身子往后去拉钓索，只觉钓索紧绷绷的，无法再拉得更紧。我一定不能急拉，他想。我每急拉一次，鱼钩造成的伤口就会拉大，然后如果它真的跃起来，就可能把鱼钩甩掉。不管怎么说，太阳让我感觉舒服多了，这次它不再那么恼人，所以不必再盯着它看了。

钓索上沾满了黄色的海藻，老人知道这倒是无关紧要，反而会增加一点拉力，所以他很高兴。那是一种黄色的果囊马尾藻，在夜间会发出闪闪的磷光。

“鱼儿，”他说，“我热爱你，也非常尊重你。但是今天我要结果你的性命。”

但愿如此，他想。

一只鸟儿朝北方从小船飞来。它是一只莺鸟，低飞在海面之上。老人知道，它非常疲惫了。鸟儿飞落在船艄，在那儿停歇一会儿。然后，它绕着老人的头飞了一圈，最后栖落在钓索上，这样它会更加舒坦。“鸟儿，你多大了？”老人问小鸟，“这是你第一次出远门吗？”

老人说话的时候，小鸟看着他。它太疲惫了，竟没有细看钓索，便用纤细的爪紧紧抓住，身体失去平衡，不免摇晃起来。

“它稳当得很，”老人告诉它，“它再稳当不过了。昨晚又无风浪，你不应如此疲惫啊！现在的鸟儿如此不堪？”

肯定是因为老鹰，他想，它们飞到海面来抓捕它们。但是，他没有把这些话对鸟儿说，因为它根本听不懂，再说它很快就会知道老鹰的颜色了。

“好好休息一下吧，鸟儿，”他说，“然后你必须出发，像所有的人一样，所有的鸟儿一样，所有的鱼儿一样，去接受命运的挑战。”

夜里，他的后背发僵，现在着实疼痛，说说话会让老人好受一点。

“鸟儿，如果你喜欢，就待在我的船上吧，”老人说，“不过抱歉，我不能扬起帆，趁着这阵正起的微风带你回家。我这里还有一位朋友呢。”

就在这当口儿，鱼儿又猛晃动了一下，老人被拉倒，摔倒在船头上。如果不是老人撑住了身体，及时放出了些鱼线，老人准摔到海里去了。

钓索一阵猛拉的时候，鸟儿就飞走了。老人甚至都没有看见它飞走。他用右手仔细地去感知钓索，发现手正在流着血。

“这么说它被什么东西伤着了。”他说出声来，然后拼命往回拉钓索，看看他是否能让鱼儿掉头。但是，当他感到自己已经临近极限之时，他牢牢地攥住钓索，仰坐着以抵消钓索的拉力。

“你现在觉得疼痛了吧，”他说，“老实说，天知道，我也疼啊！”

他环顾四周，找寻鸟儿，因为他喜欢鸟儿陪伴在左右。但是，鸟儿已飞走了。

它没停留多长时间，他想。如果，前方恐有狂风巨浪，要飞到海岸才算是安全。我的手怎会被鱼儿一拉就伤成这样呢？我肯定变得越来越愚笨了。或者，可能是当时只顾看着小鸟，想着它的事情。现在我得集中精力干活儿了。然后，我必须吃些金枪鱼，这样我才不会精疲力竭。

“男孩在这里就好了，如果手头有些盐巴就好了。”他说出声了。

老人把钓索的重量转移到左肩上，然后缓缓地跪下，在海水中清洗他受伤的手，把手浸在水中一分多钟，注视着血在海水中消融，船儿往前行着，海水有节奏地拍打着他的手。

“它游得慢多了。”他说。

老人本想将手放在海水中多浸一会儿，但是他担心鱼儿又会猛拉一阵，于是，他站起身来，打起精神，对着太阳举起那只手。不过是绷紧的钓索割伤了皮肉而已。但是，这是他右手用力的地方啊！他知道在把鱼儿捕上来之前，他需要这只手，他真不想看到还未动手，手就受伤了。

待他手晒干之后，他说：“我现在必须得吃点小金枪鱼了。我可以用鱼叉把它取过来，坐在这儿舒舒服服地享用。”

他双腿跪下，用鱼叉在船艄钩出那条金枪鱼，小心着让它避开钓索卷儿，移到自己身边来。钓索又勒在左肩膀上。老人用左手臂支撑着，将金枪鱼从鱼叉钩上取下，然后再把鱼叉放回原处。他把一只膝盖压在鱼身上，从鱼头后部到尾巴，纵向割下一条条深红色的楔形鱼肉。他从脊骨边开始割，一直割到肚子边。他如此切下六条鱼片，把它们摊开在船头的木板上，在裤子上揩拭了刀子，拎起金枪鱼尸骸的尾巴，将它扔进海里。

“我可能吃不了一整条。”说着拿起刀，把一条鱼片切成两半。他感觉到钓索上沉稳的拉力，他的左手抽起筋来。它紧紧地抓住沉重的钓索，老人厌恶地看着它。

“这算哪门子的手啊，”他说，“如果你想抽筋，就尽情抽吧。把自己变成一只爪，这对你没什么好处。”

争气点，他想，眼睛盯着深深的海水中斜拉着的钓索。吃点金枪鱼吧，这样手就会有力气了。这不是手的过错，它确实和鱼儿搏斗了很久了。不过，你可以同它战斗到底的。马上吃掉金枪鱼吧。

他拾起一条鱼片，放入嘴中，慢慢地咀嚼。味道并不算坏。

好好地嚼吧，他想，把汁水都咽下去。要是配点酸橙，或者柠檬，或者盐，那味道就更好了。

“手啊，你感觉如何了？”他问那只抽筋的手，那只如死尸般僵直的手。“我要为你多吃点。”

他吃下那条碎成两半的鱼片。他仔细咀嚼着，然后把骨头吐出来。

“手啊，好了点吗？或者，没有这么快见效？”

于是，他拿起一整条鱼片，放在嘴中咀嚼起来。

“这是一条强壮、血气方刚的鱼，”他想，“逮住的是它，而不是鳍鳅，算我幸运。鳍鳅的肉太腻甜了。而金枪一点甜味也没有，所有的元气都保存在里头。”

不过，万事实用才是王道，他想。有点盐就好了。我不知道，太阳是会把这条鱼晒臭，还是晒干，所以虽然我并不饿，但是我最好还是全部吃下去。鱼儿现在情绪稳定。我正好把金枪鱼全吃掉，到时我便有力气对付鱼儿了。

“手啊，别着急，”他说，“我吃这些全是为了你。”

我也巴望能喂那条大鱼，他想。它是我兄弟。但是，我必须杀死它，所以我必须保持体力。老人慢慢地认认真真地吃掉了所有楔形鱼片。

他直起腰来，在裤子上擦了擦右手。“好了，”他说，“手啊，你可以松开钓索了，我用右手对付它就好了，直到你停止闹腾。”老人把左脚踏在刚才左手握住的沉重钓索上，然后身子往后仰，用背部来承担鱼儿的拉力。

“上帝啊！让这该死的抽筋停歇吧，”他说，“因为我真不知道，鱼儿接下去要干什么。”

但是，它似乎很镇定，他想，而且心中似有盘算。那么，它到底有什么计划呢？他想。而我又该如何应对呢？我必须随机应变，因为它身体那么庞大。如果它肯跃起的话，我能杀掉它。但是，它总是不休地停在水下。那我只有奉陪到底了。

他在裤子上揉搓着抽筋的左手，然后试着伸展手指。但是，就是张不开。大概它会随着太阳一起张开吧，他想。也许等滋补的生金枪鱼肉消化之后它就会张开了。如果我不得不使用这手，我就要把它张开，不管耗费何种代价。不过，我现在不想迫使它张开。还是让它自己张开吧，让它自愿恢复。毕竟在夜间又是松开钓索，又是系紧钓索，忙得不可开交，可把它累坏了。

他远眺苍茫的大海，发现此刻自己是多么孤单。但是，他看见了黑色的海水闪烁着七色光芒，钓索伸展在前，平静海面怪异地波动。信风吹来，云朵汇聚起来，他抬头仰望，只见一群野鸭在海面上飞过，在天空的衬托之下，身影刻画得分外分明，然后又模糊起来，又清晰起来。他知道人在海上是从不孤单的。

他想起有些人驾着小船出海，等看不到陆地的时候，便会害怕起来，他明白在天气说变就变的数个月中，他们的担心是有理由的。但是，现在正处飓风季节，如果没有飓风发生，飓风季节的天气是一年中最好的。

如果要刮飓风，你又在海上，你总可以在几天前从天空的迹象看出来。人们在海岸上是看不出端倪来的，因为他们不知道看什么，他想。另外，陆地也对云朵的形状会有一定影响吧。总之，眼前是不会刮飓风了。

他仰望天空，看见一团团白色的积云，层叠起来，形似一堆堆可人心意的雪糕。在更高处，卷云如同轻薄的羽毛，飘荡在九月的高空之中。

“云淡风轻啊！”他说，“这天气对你不利，对我可有利啊！鱼儿。”

他的左手仍然抽着筋，不过他正慢慢地把它展开。

抽筋真可恶，他想。这是人身体对自己的背叛。如果是因食物中毒而拉肚子，或者呕吐，只是在别人面前才丢人。但是，他认为抽筋是一种“抽搐”（calambre，西班牙语），是自己羞辱自己，特别是独自一人待着的时候。

如果男孩在，他倒是可以帮我揉揉手臂，从前臂开始往上揉，好让肌肉放松，他想。不过，手自己总会松开的。

这时，老人的右手感觉到钓索拉力的分量变了，然后才发现水中钓索的斜度也发生了变化。接着，他一边用身体抵在钓索上，一边在大腿上快速而猛烈地敲打着左手。这时，他看见钓索正缓缓地往上倾斜。

“它游上来了，”他想，“手啊！醒醒吧。快醒醒吧。”

钓索缓慢而稳稳地上升，然后船前面的一块海面鼓起了一块，鱼儿冲出海面。它一直往上冲腾，海水从它两侧倾泻而下。在太阳底下，鱼儿闪着亮光，头部和背部呈现深紫色，阳光照射在它两侧宽阔的条纹上，发出淡紫色的光芒。它的长嘴有棒球棒那么长，尖如细剑，然后它整个身子都跃出水面，然后又钻进水中，滑溜溜地，就像潜水运动员。老人看见鱼儿那如大镰刀般的鱼尾没入水中，然后钓索又开始往外飞窜。

“它比我的船还长上两英尺。”老人说。钓索快而稳地往外抽，说明鱼儿并没有受惊。老人用手握住钓索，控制好力度，不让钓索绷断。他知道，如果他不施加稳定的拉力，鱼儿就会拉出所有的钓索，然后挣脱钓索逃走。

它是那么一条大鱼，而我必须制伏它，他想。我一定不能让它明白它力气有多大，也不能让它知道，如果它要逃走，应该怎么做。如果我是它，我现在会拼死挣扎，一直往前游，直到钓索断裂。不过，感谢上帝，它并不如要捕杀它的我聪明；虽然它比我更加高尚，本事更加大。

老人一生中见过无数条大鱼。他见过很多重达一千磅的鱼，而且他一生中还抓到过两条那么大的鱼，不过当时身边还有其他帮手。而现在，自己形单影只，远离陆地，和一条最大的鱼儿拴在一起，这是他从未见过的大鱼，甚至从未听说过有如此大的鱼，更糟的是，他的左手还僵直着，就像紧握住的鹰爪。

虽然它会复原，他想。它一定会复原来帮助右手的。现在，有三样东西是他的兄弟：海中的那条大鱼，还有胳膊上的两只手。它一定要好起来。它那样抽着筋是不道德的。鱼儿放缓了速度，以正常的速度在海水中游着。

我想知道，它为什么跳跃起来，老人想。它跳起来好像是要向我显示它有多庞大。不管怎样，我现在知道了，他想。我也希望我能让它看到我是什么秉性的人。不过，这样一来，它会看到我抽着筋的手。让它以为我比实际要强大，我也要证明给它看的。我希望我是那条鱼，他想，拥有一身的禀赋，要对付的不过是我脆弱的意志和微末的智慧。

他靠着船舷舒舒服服地坐着，忍受着从伤口袭来的痛楚，鱼儿平静地游着，带着船只缓缓向前，穿越无边的海面。东风不经意间吹起，掀起一阵微浪。中午时分，老人的左手终于不再抽筋了。

“鱼儿，你要遭殃了。”他说，然后将钓索在肩上的麻布袋上挪动了一下位置。

他感到舒服了不少，但是身上还是难受，虽然他压根儿不承认自己难受。

“我不是教徒，”他说，“但是我还是想念十遍《天主经》和《圣母经》，祈祷我逮住这条鱼。我起誓，如果我能抓住它，我一定去朝拜科布莱的圣母。这是我的誓言。”

他机械地念起祷文。有时候，他太过疲惫了，记不清祷文，所以他就快速地念过去，这样祷文就能顺溜地说出。《圣母经》要比《天主经》容易念，他想。

“万福玛利亚，满被圣宠者，主与尔偕焉；女中尔为赞美，尔胎子耶稣并为赞美，天主圣母玛利亚，为我等罪人，今祈天主，及我等死候。阿门，”然后他补充道，“万福玛利亚，为这条将死的鱼儿祈祷吧。虽然它是那么了不起。”

他念完了祷文，心情好多了，但是身上的疼痛并没有减少，可能还要更痛一点，他倚靠在船头部分的船舷上，开始机械地活动他左手的手指。

虽然刮起了轻轻的微风，但是太阳还是非常炙热。

“我还是把船艄上的细钓索重新装上饵为好，”他说，“如果鱼儿决意再僵持一晚，我需要再吃点东西，水壶里面的水也不多了。我看在这里，除了鳀鳅，也逮不到什么东西了。但是，如果我趁着新鲜的时候吃，味道也不会太坏。我希望今晚有飞鱼跳上甲板。但，我没有灯光来招惹它们。飞鱼生吃很好吃，我都不用把它们切碎。我现在要保存体力了。主啊！我不知道它原来这么庞大。”

“不管它多么庞大和了不起，我都要杀掉它。”他说。

虽然这不公平，他想。但是，我要让它见识下人的能耐和坚忍。

“我曾对小孩说，我是一个怪老家伙。”他说。

“现在是我证明的时候了。”

他已经证明了上千次了，但那都算不上什么。现在，他要再证明一次。每次都是崭新的一次。当他着手去做的时候，过往的荣耀不会在他心头泛起涟漪。

我希望它睡一会儿，这样我也可以睡一会儿，在梦中梦见狮子，他想。为什么我的梦中单剩下狮子的身影呢？别想了，老人，他对自己说。靠在船舷上休息会儿吧，什么也别想。鱼儿正在活动，你则越少活动越好。

快要到下午了，船儿仍然缓而平稳地移动着。但是刮起的东风增加了一点阻力，老人乘着微浪缓缓地行进，勒在背上的钓索造成的疼痛好像好了一点。

在下午，有一回钓索又往上送。但是，鱼儿只是停留在稍高点的水面上游动。太阳照射在老人的左臂、左肩和后背上。这样，他便明白了，鱼儿已经转向东北方了。

虽然，只看过它一次，但是他可以想象得出来，鱼儿游在水中，紫色的胸鳍张开着，就像一对翅膀，巨大尾巴笔直挺立，划破漆黑的海水。我想知道，在那么深的地方，它能看见多少东西，老人想。它应该能看到东西，它的眼睛那么大，马的眼睛小得多，都能在黑暗中看清楚。曾经，我在黑暗中也能看得非常清楚。当然不是一丝光没有。但是，简直像猫一般看东西。

太阳的照射，加上他不断活动手指，这让他的左手终于完全活动起来了。他开始试着将钓索的分量多匀一点给它，他耸了耸肩上的肌肉，消除一点钓索勒出的疼痛。

“鱼儿，如果你不是过于疲惫的话，”他说出声来，“你肯定非常古怪。”

老人已经感到非常疲惫了，他明白夜晚就将来临，他尽量去想些别的事情。他想到了“大联赛”，就是西班牙语所说的Gran Ligas（西班牙语“大联赛”的意思），他知道纽约美国洋基队正在和底特律老虎队比赛。

现在是联赛第两天，但是我还不知道比赛的结果，他想。但是，我一定要有信心，我必须对得住伟大的迪马吉奥，他做所有事情总是力求完美，就算脚跟上长了骨刺，他也毫不在乎。什么是“骨刺”？他问自己。西班牙语里面称为Un espuela de hueso（西班牙语，脚后跟突出了一块的）。我们不会长骨刺。是不是同斗公鸡啄在脚后跟那么疼？我想我忍受不了那种痛苦，也不像斗公鸡那样即使失去了一只眼睛也继续战斗。在凶猛的鸟兽面前，人真的不算什么。所以，我仍愿是那现在待在海底黑暗之中的野兽。

“除非鲨鱼出现，”他大声说，“如果鲨鱼来了，愿上帝怜悯它和我。”

你认为伟大的迪马吉奥能和我一样同一条鱼较量这么久吗？他寻思。我坚信他能，而且会比我更厉害，因为他那么年轻，那么强壮。而且他父亲也是渔夫。不过，骨刺会不会让他痛得太厉害呢？

“我不知道，”他说出声来，“我从来没得过骨刺。”

太阳就要西沉了。为了给自己鼓劲，他回想起一桩往事。那是有一次，在卡萨布兰卡的一家酒馆，他同一个来自西恩富戈斯的大个子黑人比赛掰腕子，据说黑人是码头上最强壮的人。他们两人对坐在桌子边，桌上用粉笔画了一根线，他们的肘子就放在这根线上，前臂伸直，双手相交握紧，就这样一天又一夜过去了。每一方都试图把另一方的手压倒在桌子上。好多人打赌。那间房间点着煤油灯，看热闹的人们进进出出，他看着黑人的手和手臂，打量着他的脸。

比赛开始八个小时还未决出胜负。之后，每隔四个小时换一次裁判，这样裁判可以轮流睡觉。血从老人和黑人的指甲底下渗出来，他们互相看着对方的眼睛、手和前臂。打赌的人们从房间进进出出，有些坐在高脚椅上，靠在墙壁上，观看比赛。墙壁是亮蓝色，镶上了木板，煤油灯将众人的影子投射在墙壁上。黑人的影子非常巨大，风吹动油灯，影子也随之在墙上晃动。

整个晚上人们来回换着赌注。他们给黑人喂朗姆酒，帮他点香烟。

喝了朗姆酒之后，黑人就铆足力气。有一回，他把老人（当时还不算老人，而是冠军圣地亚哥）的手压下去将近三英寸。但是，老人使出浑身解数地扳上去，又回到了相持的局面。他很自信，黑人虽然是个好手，而且还是位优秀的运动员，但是他一定能将他打败。

天亮了，打赌的人们说要么算平局得了，裁判也在旁边不住摇头，他使出猛劲，将黑人的手往下再往下地扳去，直到压倒在桌上。这场比赛是从礼拜天早上开始的，一直到礼拜一早上才结束。很多打赌的人要求平局，是因为他们要上码头工作，把麻布袋装的糖搬运上船，或者去哈瓦那煤炭公司工作。要不然，大家都会等着，直到比赛分出高下。不过，他总算把比赛结束了，而且是在人们上工之前。

那之后，很长一段时间，人们见面总称他为“冠军”。春天又举行了一次比赛。但是，押注的人不多，他也轻松地获胜了，因为在第一场比赛中，他击溃了西恩富戈斯黑人的信心。之后，他又比了几次，再以后就没有比过了。他认为，只要他的决心够强，他便能击败任何对手。但是，他认为掰手腕比赛对他用来捕鱼的右手不利。他也试过几次用左手来比赛。但是，左手总是“背叛”他，老是不听他使唤，所以他再也不相信它了。

太阳会把手好好地烘烘，他想。如果夜间不至于太冷，手应该不会再抽筋了。今夜又会发生什么呢?

一架飞机从头顶飞过，沿着航线飞往迈阿密。飞机的影子投射在海面，惊起了成群的飞鱼。

“这里有这么多飞鱼，那么应该会有鲯鳅。”他说。他使劲拉紧钓索，看是否能将鱼儿拉过来一点。但是，还是不行，钓索仍然紧绷着，上面水珠抖动，都快绷断了。船儿往前缓缓地移动，他一直抬头看着飞机，直到它消失在远方。

坐飞机的感觉一定很奇怪，他想。我好奇，从那么高的空中往下看海水会是什么样？如果飞机飞得不那么高的话，他们应该可以清楚地看到这条大鱼。我喜欢在二百英寻的海面上缓缓地飞行，从空中俯视海中的鱼儿。当年在捕龟船上的时候，我待在桅顶横桁上，即使在那个高度，我也看到了不少东西。从那上面看，鲯鳅的颜色更加碧绿，可以看到它们身上的条纹和紫色的斑点，还可以看到各种各样的鱼群在水中游着。为什么在深黑的水流中快速游动的鱼背部都是紫色的，而且常常还有紫色的条纹或斑点呢？鲯鳅虽然看上去是绿色，但是它实际上是金黄色的。如果它真的饿了，要吃东西的时候，两侧的紫色条纹就会显出来，就像马林鱼一般。那是因为愤怒，还是因为游得太快，才把它们显出来的呢？

天黑之前，船儿和大鱼经过了一大片马尾藻。马尾藻在轻波中起伏、摇摆，就像大海在一张黄色的毯子下做爱。细钓索上一只鲯鳅咬饵了。它跃入空中的时候，老人就看见了它，在最后一缕阳光下，闪着金灿灿的光芒，在空中弯着身子，疯狂地扑腾着。它惊慌了，一次次地跃出水面，就像杂技表演。老人回到船艄，蹲伏着用右手和胳膊攥住那根粗钓索，一边又用左手拉着鲯鳅，每拉进一点钓索，便用左赤脚踩着。鲯鳅被拉到船艄边，拼命地左冲右撞，老人身子伏在船艄上，将这条闪着金光、周身布着紫色斑点的鲯鳅拉上船艄。它的嘴挂在鱼钩上，抽搐般的咬着鱼钩，同时用长而扁平的身体、尾巴和脑袋敲打着船底，老人用木棍猛击在它那闪着金光的头部上，它颤动了一下，便不动了。

老人将鱼解下鱼钩，再用另一条沙丁鱼装个饵，抛入海中。然后又缓缓地回到船头。他用海水清洗了左手，在裤子上擦干。接着，把沉重的钓索从右手转左手，又在海水中把右手洗净，抬头看着没入海面的夕阳，大大的钓索仍然斜拉着。

“鱼儿一定也没有变。”他说。不过，他注视着拍打在他手上的海水，可以感觉到鱼儿的速度要缓多了。

“我要把两支船桨捆扎起来，架在船艄上，晚上就能让它缓下来，”他说，“它若能熬过这晚上，我也能。”

我最好稍晚点再取出鲯鳅的内脏，好让血留在肉内，他想。我可以晚点再做那事，眼下且把船桨捆扎起来，放在水中，增加点阻力。最好让鱼儿保持安静，在日落之时，别太惊扰它。日落时分对于所有鱼儿来说都异常难熬。他将手晾在风中风干，然后紧攥住钓索。

他尽量放松身子，听任自己被钓索拉向前，身子紧靠在船舷上，如此船儿便能同他分担点拉力，甚至比他还多一些。

我要学会去做，他想。不管怎么说，这也是成功的一部分。然后，还有，记住一点，自它上钩之后，它还没进食呢，它身躯那么庞大，肯定需要大量食物。我已经吃了整条金枪鱼。今天，我还要吃点鲯鳅。我管它叫“黄金鱼”。也许我该在开膛时，吃一点。鲯鳅的味道比金枪鱼难吃多了。但是，话又说回来了，世间万般事哪桩也不易啊!

“鱼儿，感觉如何了?”他大声说，“我感觉还不错，我的左手已经完全复原了，我已备好一天一夜的食物。拉船吧，鱼儿。”

他并不真的觉得好过，因为勒在肩上的钓索造成的疼痛似乎超越了疼痛的界限，变成了一种麻木，他对此心中无底。但是，比这更糟的事情我挺过来了，他想。我的手仅划破了一点，另一只手的抽筋也好了。

我的双腿都好使。而且，在食物方面，我比它占据了优势。

天已经黑了。在九月，太阳下落之后，天就黑得很快。他靠在船头已磨得光滑的船舷上，让自己完全放松。第一批星辰已在空中闪烁。他不知道那颗星原来叫“参宿七”，但是他看见了它，而且知道所有的星星马上都会出来，他又有了这些遥远的朋友陪伴。

“鱼儿也是我的朋友，”他说出声来，“我从未见过，也未听过这样一条鱼。但是，我要结果它的性命。我很欣慰，我们不必去干掉所有的星星。”

想象一下，如果哪天人必须干掉月亮，那会多糟？他想。还好，月亮会跑远的。不过想想，如果哪天人必须尝试干掉太阳，又会怎样呢？还好我们生下来就如此幸运，不用去干这些事情，他想。

他又为大鱼难过起来，它没有东西可吃。但是，要杀掉它的决心并没有因为为它难过而松懈半分。它能供多少人吃啊！他想。不过他们真有资格吃它吗？不，当然没有。就它举止风范和高贵的尊严来说，没有一个人有资格吃它。

我不太懂这些东西，他想。不过我们不用去干掉太阳和月亮这真是件好事情。靠海洋过日子，残杀我们的真兄弟，已经够我们受的了。

好了，他想，我现在必须考虑下船造成的阻力问题，这既有缺点又有优点。如果鱼儿使劲往前拉，船桨架在船艄、拖在水中所制造的阻力仍不变，那么船就变得沉重起来，那么钓索可能会被鱼儿拖走过多，结果它就会逃掉。如果小船保持轻便，虽然会延长双方的痛苦，但是却安全许多，因为鱼儿能游得飞快，这本领它还没有施展开来。不管发生什么事情，我必须剖开鲯鳅，免得它臭掉，然后吃上一点，增加体力。

现在，我再休息一个小时，等到鱼儿安定下来，我再回到船艄继续干活儿，然后拿定主意。同时，我还能看看它怎么行动，是否发生了什么改变。用双桨造成阻力这招很妙，但是现在要考虑稳中求胜了。我现在仍然精力旺盛，我看见鱼钩挂在它的嘴角，嘴巴紧紧地闭着。鱼钩的折磨并不算什么。饥饿的侵袭，加上对对手不了解，这才是最要它命的。歇息会儿吧，老人，让它先折腾吧，等到该你出手的时候再说吧。

他感觉歇息了约莫两个钟头。那时天还太早，月亮还没爬上来，所以他也无法凭着月亮推断时辰。其实，他也没真睡着，只是迷糊了一会儿。肩上仍然挎着钓索，承受着鱼的拉力，不过他把左手搭在船头的船缘上，更多借用船本身来抵消鱼儿的拉力。

如果我能把钓索拴住，那多省事啊！他想。但是，那样不行，只要鱼儿稍微趔趄一下，钓索就会断掉。我必须用身体化解钓索的拉力，所以任何时候我都准备着用双手放出钓索。

“但是，你还没有睡着过呢，老家伙，”他嘟囔出声来，“之前是半天加一夜，现在又过去一天了，你都没有睡过觉。你必须想出个法，好让你小睡一会儿，只要它安静地待着。人要是不睡觉的话，脑子就没办法清楚。”

我已经够清醒了，他想。非常清醒。心明若天上的星盏，它们可是我的兄弟。不过，我还是必须眯一会儿。星星会睡觉，太阳和月亮都会沉睡，有时候没有海流经过，风平浪静的时候，大海也会睡上好几天。

可别忘了睡觉，他想。让自己睡一会儿，想些简单而安全的法子保证钓索的安稳。现在回到船艄去清理鲯鳅吧。如果你要睡觉，架起船桨增加阻力实在太过危险。

我不睡觉也能对付，他告诉自己。不过，那是在铤而走险。

老人爬着返回了船艄，小心翼翼的，生怕惊动了鱼儿。它可能也是半睡半醒吧，他想。不过，我得折腾它，不能让它休息，它必须一直往前游，直到力竭而亡。

回到了船艄，他转过身子，用左手攥着勒在臂膀上的钓索，然后右手从鞘中拔出刀具。此刻，夜空中的星辰格外闪亮，鲯鳅在星光下照得清清楚楚，老人把刀刃扎进鲯鳅的头部，把它从船艄下拖将出来，一直脚踩在鱼身上，从肛门往上急速切口至下颚的尖端。然后，老人放下刀具，用右手刨去内脏，掏干净，然后再摘净鱼鳃。

鱼胃在手中沉甸甸、滑溜溜的，老人随之把它切开。里面居然有两条金枪鱼。它们仍然新鲜而坚实，老人把它们并排放着，把内脏和鱼鳃从船艄扔进水中。它们往下沉去，在水中留下一串磷光。鳅鳅肉是冰凉的，且在星光下发出麻风病人般的灰白色，老人右脚踏在鱼头上，剥去了鱼儿身体一侧的皮，接着又把鱼儿翻转过来，剥去了另一侧的皮，刀从头到尾划过，切下两侧的鱼肉。

他将残骸向船外扔出，望去，看是否在水面上激起一阵涟漪。但是，只看到它缓慢下沉时发出的光芒。接着，他又转过身，把两条飞鱼放进两片鳅鳅肉中，把刀具放回鞘中，又缓缓地回到船头。老人的背弯着，钓索勒在背上，用右手拿着鱼儿。

回到船头，老人将两片鱼肉摊在木板上，两条飞鱼便摆在旁边。之后，老人把肩上的钓索移动了个新的位置，并用搭在船缘上的左手攥着。然后，他在船舷边弯下身子，在水中洗净了飞鱼，用手感知着水流的速度。剥去鱼皮之后，老人手上闪着磷光，他注视着海水从他的指尖流过。水流劲道小多了，他在船板上揉搓着手背，忽见磷光闪现，朝着船艄漂去。

“它是疲惫了，还是歇息着，”老人说，“所幸，我吃了点鳅鳅，再休息一会儿，睡着几刻。”

天空繁星点点，海上的夜晚总是更冷一些，他吃了半片鳅鳅肉，还有一条掏去内脏摘去鱼头的飞鱼。

“如果鳅鳅烹制一下，定会鲜美无比，”他说，“但是，生吃真难以下咽。我下次出海一定要带点盐巴或酸橙。”

如果有脑子的话，我在白天可以泼点水在船头上，晒上一天，风干之后，便会有盐了，他想。不过，话又说来，我差不多在日落时分才钓上那条鲯鳅的。总之，还是欠缺准备。反正我已经把它细嚼下去了，而且我也没作呕。

东边的天空浓云渐起，他认识的星星一个一个都不见了身影。看上去，鱼儿正游向一片云朵的大峡谷，风已经停歇了。

“三四天内会有恶劣天气出现，”他说，“但是，不是今晚和明天。老家伙，趁着鱼儿还安静、没有大动静，安排一下，赶紧睡一会儿吧。”

他用右手紧攥着钓索，抵在大腿上，一边将身体所有的重量都放在船头的木板上，接着，将勒在肩上的钓索往下移动了一点，左手紧握其上。

只要钓索被左手握紧，右手可以攥住它，他想。如果我睡着的时候，右手松懈了，钓索往外面溜去，左手便会把我唤醒。右手要吃苦了。不过，它已经习惯了“被虐待”。我哪怕睡上二十分钟或半个小时，那也是好的。老人身子往前倾，用整个身体夹紧钓索，把身体所有重量放在右手上。他睡着了。

他没有梦见狮子，而是梦见了一大群海豚，整整延绵了八或十英里，因为正是交配的季节，海豚高高地跃入空中，然后又坠回它们跳跃时形成的水涡之中。

然后，他梦见自己在村子中，睡在自家床上。强烈的北风刮起，老人不禁感到寒冷，他的右臂麻痹了，因为他的头没有睡在枕头上，而是压在右臂上。

接着，他开始梦见一片长长的黄色海滩，他看见第一只狮子从薄暮中走下来，然后又来了一只狮子。老人把下巴搁在船头的木板上，船抛了锚，晚风从岸上吹来。他在等待着，是否还有更多的狮子会来。那刻，他非常快乐。

月亮升起了很长一段时间了。但是，他继续睡着。鱼儿稳稳地往前拖着，小船漂进了一片密布浓云之中。

突然，右拳猛地朝脸上打来一拳，他醒了，钓索从右手使劲地抽出，手间一阵火辣辣的感觉。老人的左手没有知觉，但是他竭力用右手去止住钓索往外抽，但是钓索还是一个劲儿地往外跑。最后，左手抓到了钓索，他将背挎住钓索，这时背部和左手一阵灼烧之感，左手承受了所有拉力，所以被钓索拉得生疼。

他回过头去，看见钓索卷正滑溜地送入水中。正在此时，鱼儿腾空跃起，海面迸溅出巨大的水花，然后鱼儿又重重地扎入水中。接着，鱼儿跳了一次又一次，虽然钓索还不断地往外抽，船儿还是被拉着快速地往前行进，老人铆足力气提起钓索，钓索被拉得紧绷，几欲断裂。他被拉倒，紧贴在船头上，脸贴在切好的鲯鳅片上，动弹不得。

这正是我们期待已久的时刻，他想。现在，让我们一举将它制伏。让鱼儿尝尝钓索的颜色，他想。一定要让它付出代价。

老人看不到鱼儿跳跃了，只能听到大海的崩裂声，还有鱼儿坠入海水中，溅出巨大的水花，发出沉闷的声响。钓索快速地溜出，将手掌割得剧痛，他早预料到，所以尽量把钓索放在长趼的地方，不让它滑入掌心，也不让它割到手指。

如果男孩在这里，他会将钓索卷沾湿，他想。如果男孩在这里该多好啊！

钓索还在往外溜出，但是速度渐渐变缓了，因为现在他正千方百计地控制着，鱼儿每拉出一寸钓索都要付出代价。他将头从木板上抬起来，从那片被他脸颊压碎的鱼肉中抬起来。然后，他双膝跪地，然后他，终于缓缓地站起来。他仍在被迫让出钓索，但是比以前更加缓慢了。手上还有很多钓索呢，而鱼儿则要拖着那些新入水的钓索游着。

是这个理，他想。现在它已经跳了不止十二次了。脊背周边的气囊肯定充满了空气，它再也回不到海底深处去了，在那儿死去，让我没法把他拉上来。它马上就会打圈了，到时候我一定要想办法对付它。我纳闷儿，什么逼得它如此急躁？是不是饥饿难耐，让它如此歇斯底里，抑或是黑夜中的某些东西把它吓破了胆？也许是它突然间害怕起来了。但是，它是那么一条沉稳、强壮的鱼儿啊！它看似无所畏惧，那么自信满满。可真奇怪。

“老家伙，你最好自己也英勇无惧，信心不减，”他说，“你又把它牵绊住了，只是没办法拉回钓索。但是，它马上就要开始打圈了。”

老人用左手和肩膀拉着鱼儿，他弯下身去，舀了些水洒在右手上，洗去脸上的压成泥的鲯鳅肉。他担心若挂在脸上，鲯鳅肉会让他作呕，如果他真的呕吐了的话，就会没有力气。洗净了脸之后，老人将右手伸到船舷外清洗，然后他一直把右手浸在海水中，看着日出前天边出现的第一道亮光。鱼儿八成是往东面前行着，他想。也就是说，它已经疲惫了，只能随着海流漂游。马上，它就要被迫打圈了。到时候，就是亮真家伙的时候了。

老人想右手在水中已经泡得够长时间了，所以将右手从水中拿出，打量着它。

“还不坏，”他说，“疼痛对于男人不值一提。”

他小心地攥起钓索，避免钓索嵌入钓索割出的新鲜伤口中，然后他把重量放在右手上，这样他才能在小船的另一边将左手深入海水中。

“你干得不错，”他对左手说，“不过有时候不听使唤。”

为何我没生就两只得力的手呢？他想。可能，这是我的错，没有好好地训练这只手。但是，老天知道它也有过足够的学习机会。不过，它今天夜里表现还不错，只抽了一次筋。如果它再抽筋的话，那么让钓索把它勒断得了。

他如是想着，他知道他这时脑筋是糊涂的，所以他想他应该多嚼点鲯鳅肉。但是，我不能吃，他告诉自己。吃了鲯鳅肉，就会呕吐，就会少一些气力，相比之下，我宁愿脑筋糊涂点。再说，我知道，即使吃了，胃里也搁不住，因为鱼肉被我的脸压过了。我还是留着它吧，紧急的时候用得着，除非它变臭了。但是，现在要通过吃东西获取力气已经太迟了。你太蠢了，他告诉自己。去吃另外一条飞鱼吧。

飞鱼放在那里，已经清理，随时都可以吃，然后他用左手拿起飞鱼，放到嘴里小心地嚼着鱼骨，从头到尾，啃得干干净净。

飞鱼的营养几乎胜过其他的鱼，他想。只能给我需要的力气。现在，我已经做了我能做的事情了，他想。听任它打圈吧，让战斗来临吧。

自他出海以来，这已是第三次日出了，这时候鱼儿开始打起圈来。

他还不能从钓索的斜度来判断它开始打圈了。现在时候尚早。他只是感到钓索上的拉力微微地松弛了点，便开始用右手轻轻地往回拉钓索。钓索还是那么僵直，但是，正当钓索快要绷断的时候，钓索开始往回送了。他把钓索从肩上和头上卸下来，开始用手稳而缓地往来拉钓索。他用双手，左右摇摆着，靠着身体和双腿，铆足力气，拉着钓索。他摇摆着拉着钓索，老迈的腿脚和双肩便跟着转动起来。

“这真是一个大圈，”他说，“但是，它至少是在兜圈，并未逃走。”过了一会儿，钓索再也不能往上收了，他只是一直握着不动，直到他看到水珠儿从钓索上迸溅出，在太阳光下熠熠生辉。接着，钓索又从他手中脱开，老人只得跪下，眼巴巴地看着钓索再没入深暗无底的海水之中。

“它现在正在这个圈的至远点。”他说。我一定要铆足劲握住鱼竿，他想。只要我用足劲，它的圈就会越来越小。也许，一个小时我就能看到它的“真身”。现在我必须驯服它，然后再结果它的性命。

不过，鱼儿还是慢悠悠地兜着圈，而两个钟头之后，老人已是大汗淋漓，连骨头也酸痛起来了。不过，可喜的是圈儿小多了；而且从钓索倾斜的角度可以判断，虽然鱼儿还是在不断地游动，但是它正慢慢地浮上水面了。

整整一个小时，老人眼冒金星，汗水刺痛了他的双眼，盐分刺痛了眉梢和前额上的伤口。他对自己的昏眩一点都不担心。他知道这是他拼命拉着钓索，用力过久的结果。不过，当他再次感到虚脱，头昏脑涨的时候，他着实有点担心了。

“我决计不能被自己打败，死在一条微末的鱼儿上，”他说，“我已经漂亮地让它浮上来了。上帝赐我力量吧。我愿日后默念祷文百遍，我愿吟诵‘万福玛利亚’百遍。只是，我现在不能分心祈祷。”

他想着，就当我那样做了吧。我日后定将兑现。就在这时，他感到他双手紧握的钓索被猛拉了一下，开始不断颤动。这一扯来得突然，感觉沉而有力。

他想着，鱼儿定是在用它的武器撞击钢丝线。这是早晚要发生的事情。它必然会那样做。不过，这可能会让它跳跃起来，而我现在倒是宁愿它兜圈。它要跳跃是必然的，因为它要呼吸氧气。不过它每跳跃一次，必会拉大鱼钩划开的伤口。最终，可能会挣脱鱼钩。

“鱼儿，鱼儿，别跳了，”他说，“别跳了。”

鱼又撞击了好几次钢丝线。每次老人只能无奈地摇摇头，然后又多放出一点点钓索。

我必须控制它的疼痛，他想着。我自己的痛是微不足道的，因为我可以控制自己。而它的痛会让它抓狂的。

过了一会儿，鱼儿不再撞击钢丝线了，又开始慢悠悠地转圈了。现在，老人又开始缓缓地收钓索了。但是，他又一次感到昏眩。他用左手舀起一些海水洒在头上。然后，又舀起一些，摩挲着后颈。

“我哪里也不痛，”他说，“眼看它就要上来了。我一定能坚持到最后。我也必须坚持到最后。这是必须的。”他靠着船头跪着，不一会儿，又把钓索挎在背上。“趁着它还在兜圈，我要休息一会儿，然后等它浮上水面的时候，再站起来，将它收服。”他暗下决心。

靠着船头休息，让鱼儿自己打着圈，也不用去拉钓索，这倒是颇为舒坦。不过，当钩索的张力显示鱼儿正掉头朝着船只奔来，老人立马站起来，开始左右转动，交替拉拽，他就是这样把钓索拉上来的。

你闹腾吧，鱼儿，他想。时机一到，我必将你手到擒来。

海浪翻腾着，却刮着晴日才有的和风，而这正是带他回家的顺风。

“我只要朝西南方驶去便行，”他说，“真汉子决不至于迷失于大海之中，何况它不过是一个长形的岛屿。”

我从来也没有这么累过，他想。现在信风又刮起来了。但是，这倒是能让鱼儿越来越近。我真是等不及了。“等它下次兜圈的时候，我还要休整一会儿，”他说，“我的体力会大大恢复，这样反复两三次，我就能将它擒获。”他的草帽垂在后脑边，随着钓索一拉，鱼儿又开始兜圈，老人无力地坐在船头上。

当鱼儿兜转到第三圈的时候，他终于看见了鱼儿的真面目了。他第一眼看到的鱼儿是一个黑色的影子，好一阵才从船底穿过，他简直无法相信，原来是这么长的一条鱼。

“不，”他说，“不可能那么大吧。”

但是，它确确实实有那么大，在这圈结束之时，它终于浮出了水面，离船只只有三十码远，老人看到鱼儿露出水面的尾巴。这尾巴比一把大镰刀的刀片还要高些，是一种极淡的淡紫色，矗立在深蓝色的海面上。鱼尾向后倾斜着，因为鱼儿就在海边上游弋着，老人终于看清楚鱼儿庞大的身躯，浑身镶嵌着紫色的条纹。它的背鳍耷拉着，巨大的胸鳍伸展开来。

这次，当鱼儿从远处游近的时候，老人看到鱼儿的眼睛，还有两只灰色的乳鱼，它们绕在鱼儿的周围。有时贴着鱼儿，有时又疾驰而去。有时它们又安逸地在鱼儿的影子中游动。它们的长度都在三尺以上，而且当它们快速游动的时候，就像鳗鱼一般，扭动自己的身躯。

老人汗如雨下，一方面是因为炙热的太阳，一方面是因为老人心里盘算着其他一些事情。鱼儿每次沉着、镇定地转完一圈，老人就不停地收回钩索。他相信，再转两圈，他就可以挥动鱼叉，将鱼儿擒获。

但是，我必须让它靠近、靠近、再靠近，他沉思着。我不能攻击它的头部。我必须将鱼叉刺向它的心脏。“老家伙，一定要沉着、要稳、准、狠。”他说。转眼又是一圈儿，这次鱼儿的背部外露，但是它离船只稍有点远。又过一圈儿，鱼儿离得还是太远，但是它越来越露出海面。老人坚信，只要再多收回些钩索，它必然就靠近他身边来。

他早已准备好了鱼叉，连着鱼叉的那卷钓索放在一个圆筐之中，一端紧系在船头的系缆柱上。鱼儿又兜圈回来了，气定神闲，外表潇洒，只有它那大尾巴在不断活动。老人使出浑身解数，将它拉进。只有那么一刻，鱼儿朝老人这边转动了一下，但是马上又拉直了身躯，又开始继续兜圈。

“我把它拉动了，”老人说，“我刚才把它拉动了。”

他再次感到一阵昏眩，但是还是竭尽全力拽住大鱼。我拉动它了，他想。兴许这次我能把它拉过来。使劲啊，手，他想。稳住了，腿儿。头，再多为我支撑会儿。支撑我。发晕可不是你的作风。这次我要把它拉过来。

但是，这时，当他屏气凝神，一切都准备妥当，就等鱼儿游过来，使出所有的力气去攥钓索时，鱼儿却身子一侧，然后端正了身子，游开了。

“鱼儿，”老人说，“鱼儿，不管怎么说，你死期就要到了。你非得也要杀掉我吗？”

照这样下去，总不是个办法，他想。他口中干渴难耐，话也说不出，而他又不能伸手去拿水壶。这次我必须把它拉过来，他想。再要这么兜圈下去，我可支撑不住了。不，你会没事的，他告诉自己。你永远都不会倒下。

又是一圈，他差点儿把它拉过来了。但是，鱼儿又摆了摆身子，缓缓地游开了。

鱼儿，你这是要我的命，老人想。不过，话又说回来，你确实有权利这么做。我从来没见过像你一般，如此庞大，如此美丽，如此冷静，又如此高贵的东西。来吧，过来杀了我吧。我不在乎到底是谁干掉谁。

现在，你脑子开始犯糊涂了，他想。你必须保持头脑清醒。明白如何像个男人一样去忍受痛苦。或者，像一条鱼儿一样，他想。

“醒醒吧，脑子，”他用依稀可听到的声音说，“醒醒。”

就这样，鱼儿又兜了两圈。我心里没底，老人想。他每回都感觉自己快撑不下去了。我心底没把握。但是我还要试一次。他又试了一下，当老人把鱼儿拉转身的时候，他又感到自己就快倒下。鱼儿正了正身子，又一次缓缓地游开了，巨大的尾巴露出海面，在空中摇摆。我还要试一次，老人暗下决心，虽然他的双手不听使唤、反应迟钝，他已头昏眼花，只能勉强看清楚。他又试了一次，结果还是一样。原来是这样，他寻思，他每次用力拉之前，身体已经不听使唤了。我还要试一次。

他强忍所有疼痛，使出仅剩的力气，拿出那许久不见的骄傲，来对付鱼儿的愤怒。鱼儿朝他游过来了，轻轻地侧着身子，往前游着，嘴几乎都碰到了船壳板，正准备游过小船，身躯那么长，那么大，那么宽，银色的外表布满着紫色的条纹，在水中看起来，真是无穷无尽。

老人扔下了钓索，用一只脚踏在其上，然后把鱼叉举到最高处，看准鱼儿，使出所有力气，加上刚才汇聚的力气，猛戳出去，扎进了鱼儿的一侧，正着大胸鳍后背，那时胸鳍高高扬起，齐着老人的胸膛。他感觉到钢叉刺入了鱼身，接着又用身子倚在鱼叉上，再往内扎进，再将整个身子压在其上。

这时候，鱼儿挣扎起来，那是垂死的最后一搏，它高高地跃出水面，身子那么颀长，那么宽硕，浑身充满了力量与美。看上去，它就像是挂在空中，悬在站在船上的老人之上。然后，又轰隆一声跌入水中，水花四溅，溅了老人一身，整艘船也顷刻变得湿漉漉的。

老人感到昏眩，身体虚脱，眼前一片模糊。但是，他还是支起身体，收起鱼叉上的钓索，钓索缓缓地经过那双血肉模糊的手，眼睛终于可以看见了，只见鱼儿已经翻肚皮了，银色的腹部朝上。鱼叉的柄戳破了鱼身，从背部斜伸出来，鲜血从鱼儿的心脏流出，将海水染得殷红。起初，那摊血水就像蓝色海水中游过一大群鱼儿，足足有一英里深。然后如云朵般散开。鱼儿周身银色，直挺挺的，随着波浪漂浮着。

老人趁着眼睛还能看清楚，自己打量着这一切。然后，他又在船头上的系缆上绕了两圈鱼叉上的钓索，然后双手捧着脑袋。

“脑袋，醒一醒吧，”他说着，身子靠在船头的木板上，“我已是一个精疲力竭的老人。但是，我已经杀了鱼儿，它曾经是我的兄弟，现在我要做苦役了。”

现在，我必须备好套索和钓索，把它绑在船舷边，他想。即使有两个人，先用水将船儿压低，好将鱼儿弄上来，然后再将水舀掉，这船儿也根本是装不下它的。我必须筹划好，然后把它拖过来，绑牢，竖起桅杆，扬起帆返航。

他动手往里拉动鱼儿，将它拉到船边，这样它便可以将钓索从鱼鳃穿进去，然后从鱼嘴中伸出来，将鱼头牢牢地系在船上边。我想看看，老人想，然后碰碰它，摸摸它。它是我的财富，老人想。不过，我不是因为这个才想去摸它。我以为我已经感觉到它的心脏了。那是当我第二次用鱼叉柄往前扎去的时候。现在把它拖过来，系牢，先用套索绕在它的尾部，然后再用一根套索绕在腰部，将鱼儿绑在船舷边。

“开始干活吧，老人。”他说。他小酌了一口水。“现在搏斗结束了，还有一大堆苦差事要做。”

他抬头看着天空，然后眼睛再转到他捕获的鱼儿上。他仔细地观察了下太阳。才刚过中午，他想。这时，信风渐起。钓索再也派不上用场了。

等回家之后，男孩和我要把它们拼接起来。

“过来吧，鱼儿。”他说。但是，鱼儿并没有动静，相反，它躺在海水中，在波浪中翻滚。老人只得将船只驶过去。

即使鱼儿就在他身边，鱼儿的头部靠在船头，老人仍然不相信鱼儿竟如此庞大。他从系缆柱上解下鱼叉绳，穿进鱼鳃，再从鱼下巴处牵出，再在上颚处绕了一圈，然后再钻进另一边的腮，又在鱼嘴绕了一圈，接着再将这两股绳打了个结，最后系在船头的系缆柱上。他切断了钓索，走到船艄，在鱼尾打了个活结。鱼儿已经退去了原有的紫色和银色，周身变成一律的银白色，身上的条纹和尾巴是相同的淡紫色。这些条纹非常阔，比老人张开的手掌还宽。鱼儿的眼睛失去了活色，冷冰冰得就像潜望镜中的反射镜，肃穆得又像排队做礼拜的圣徒。

“没办法，除此之外，又怎样能把它杀掉。”老人说。喝了水之后，老人感觉好了点，他知道自己不会倒下，脑子还算清楚。看样子，他不止一百五十磅，他想。可能要重得多。如果剖膛去肚之后还有三分之二。如果一磅三十美分，能换多少钱？

“我需要一杆神奇的铅笔来算，”他说，“我脑子有点糊涂，算不清楚。但是，伟大的迪马吉奥一定会为我今天的表现自豪的。”我没得骨刺。但是，双手和后背真的很痛。我想看看骨刺到底长什么样子。也许，我曾经长过，却不知道那是骨刺。

他将鱼儿绑在船头、船艄和中央的座板上。鱼儿的身躯太过庞大，就像在船边绑上了一条巨大的船只。他割下一段钓索，将鱼儿的下颚和长嘴系在一起，这样鱼儿的嘴巴就不会张开，他可以尽可能地顺利航进了。然后，他立起了桅杆，支起那根用作鱼叉的棍子，装上吊杆，张起满是补丁的那面帆，船儿开始往前进行，老人半倚在船艄上，朝西南方航行。他不需要指南针告诉他西南方在哪里。他只需凭着信风吹在身上的感觉，帆布扬起来的方向，就能判断方位。

我最好放出一根小钓索，装上匙形假饵，碰碰运气，钓一些东西来吃，也好润润喉。但是他找不到鱼儿，因为沙丁鱼已经臭掉了。所以，当经过一片马尾藻的时候，老人用鱼钩拉了一簇马尾草，用手抖了一抖，藏在里面的虾米掉到船板上。虾米总共有一打还多，活蹦乱跳的，就像沙蚤一般。老人拇指、食指并用，掐住虾米的头部，放进嘴中，连壳和尾巴一起嚼进肚中。虾米非常细小，但是他知道，它们非常有营养，味道也很好。

老人的水壶中还剩下两口水。吃完虾米之后，老人喝去了一半。鉴于诸多有利条件，船只航行得还算顺利。老人把舵柄挟在腋下，掌着舵。鱼就在他眼前。但是，他只消看看自己的双手，感觉自己后背靠在船艄上，老人就知道，这一切都真实地发生过，不是黄粱梦一场。有一次，他对这场战斗的结果如此悲观，他寻思这可能是大梦一场。当时，鱼儿腾出水面，挂在空中，似乎凝住不动了，然后鱼儿又坠入水中，他确信这其中必有蹊跷，让他无法相信。

当时，他看不太清楚，虽然现在他的眼神又和以前一样透亮。现在，他知道了，鱼儿就在船边，那双手和后背都真实地有感觉，这绝不是梦。这双手很快就会好起来的，他想。我给它们清干了淤血，海水很快就能将它们治愈。真正的湾流中的黑色海水是世界上最好的疗伤药。现在最重要的是保证头脑清醒。手已经尽了它们的本分了。航行也很顺利。你看那鱼儿，双眼紧闭，尾巴直挺，时上时下，我们就像兄弟一般往前航进着。接着，他的头脑有点迷糊了。脑海中在想，到底是它带着我走，还是我带着它走？如果我把它拖在后面，这不成问题。如果鱼儿是放在船里，颜面殆尽，那也不是问题。但是，现在我们齐头并进地航行着，互拴在彼此身边，老人想。如果它高兴，那么就让它带着我走吧。我只是比它善使诡计，它对我却没有恶意。

他们顺利地航行着。老人将手浸泡在海水中，竭力保持头脑清醒。

高空中飘着一团团的积云，大片的卷云浮于其上，老人知道风将刮上一整晚。老人不断地去看鱼儿，好确定这一切都不是梦境。一小时之后，第一只鲨鱼朝他们袭来。

鲨鱼的出现绝非偶然。当大量的黑色血水沉入一英里的深海，扩散开了，鲨鱼便从海底深处蹿上来。它往上冲蹿的速度非常之快，所以完全没有注意到，它已经突破了蓝色的海面，游弋在太阳之下。然后，它又潜入海中，记住那股味道，开始循着船和鱼儿的路线赶上来。

有时候，它丢掉了那股味道。但是，它又会重新找到它，或者找到一丝踪迹，然后使劲快速地跟上。那是一条巨大的灰鲭鲨，是海中速度最快的鱼类，除了上下颚，身体堪称完美。它的背部是如剑鱼一般的蓝色，肚皮是银白色，皮色光滑而帅气。它长得和剑鱼也无两般，除了那巨大的颚。这时它正在水面快速地游动，上下颚紧紧闭合，高耸的背鳍像一把利刃，划破水面，一动也不动。上下颚的双唇紧闭，里面是八排牙齿，全部朝内倾斜。它们不是大多数鲨鱼中常见的那种金字塔形的牙齿。

它们形似弯曲着如爪子般的人类手指，长度和老人的手指一般，每边都有锋锐如刀片的切口，所以鲨鱼可以在海中猎食任何鱼类，它们游得那么快，那么强壮，又配有精锐的武器，可谓罕有敌手。这时，鲨鱼加快了速度，因为它闻着了更新鲜的气味，蓝色的背鳍切开海水。

当老人看见它游过来时，他知道这是一条鲨鱼，来势汹汹，无所无惧，定将肆意妄为。他备好了鱼叉，系紧了钓索，注视着袭来的鲨鱼。钓索太短了，因为他切下一段，去绑住鱼儿。

老人已神清气爽，斗志昂扬，却不抱有太大胜算。好运总是不长久，他想。老人一边紧盯着鲨鱼，看它越来越近，一边瞥了一眼旁边那条大鱼。这最好是一场大梦，他想。我无法让它不袭击我，但是可能我能把它擒获。Dentuso[①]，他想。你他妈要遭厄运了。

鲨鱼快速地逼近船尾。当它向鱼儿袭来，老人看见它张开大嘴，一双诡异的眼睛，游上前来，一口咬在鱼尾巴上方那块肉，牙齿发出咯吱咯吱的响声。鲨鱼的头露出水面，后背也渐渐露出，老人听见大鱼的皮肉被撕裂的声音，此时老人用鱼叉往下猛击鲨鱼的头部，正中鲨鱼两眼之间的那根线同从鼻尖往后笔直延伸的那根线的相交处。其实，并没有这些线。只有鲨鱼那沉重的、尖尖的蓝色头颅，那双凸出的大眼睛，以及妄图吞噬一切的上下颚。但是，那正是脑门，老人击中了它的脑门。他用那双血肉模糊的双手，使着一把上好的鱼叉，运上全身的力气，击中了鲨鱼的脑门。老人本来也不抱希望，但是却带着决绝，和十足的憎恶。

鲨鱼翻转了下身子，老人注意到它眼中已没了生气，然后又翻转了一下，自行缠绕上了两圈钓索。老人知道，鲨鱼已经死了，但是鲨鱼却不认命。这时，鲨鱼已翻了肚皮，尾巴猛烈地摇摆着，双颚咯吱响着，就像一艘快艇，“犁”开水面。尾巴拍打之处，浪花四溅，鲨鱼四分之三的身体浮出水面，钓索顿时绷紧，抖了一抖，然后猝然断裂了。老人看着鲨鱼，它在海面上静静地躺着，只一会儿，便慢慢地往下沉。

“它吃掉了约莫四十磅肉。”老人说出声来。它还夺走了我的鱼叉和所有的钓索，他想。这时候，鱼儿又渗出血来，恐怕会招来其他鲨鱼。老人不忍多看鱼儿一眼，因为它已经残缺不全了。当鱼儿遭袭击，就像他自己遭到攻击一般。不过，我终是杀掉了那条鲨鱼了。而且，它是我见过的最大的鲨鱼。老天知道，我也着实见过一些大家伙。好运总是不长久，他想。我真希望这一切都是一场梦，希望没钓上那条鱼，希望安逸地躺在垫着报纸的床铺上。

“不过，人不是因败而生的，”他说，“一个人可以被毁灭，但是不

---

① 西班牙语，鲨鱼的意思。

能被战胜。”我很抱歉，把这条鱼杀了，他想。现在厄运要来了，我连鱼叉也不剩了。鲨鱼是残忍的，身体又灵巧，劲儿又大，智商又高。不过，魔高一尺道高一丈，我比它更聪明。也可能不是呢。他想。也许，我只是仗着手上的武器。

“别瞎想了，老家伙，”他说出声来，“依此航线航行吧，来了，再想法子对付。”

不过，我必须思考，他想。因为我只有这件事可想了。这件事和棒球。我想知道，伟大的迪马吉奥是否会赏识我击打鲨鱼脑门那派头？这不是什么了不得的事，他想。任何人都能做到。不过，你可认为我这满是伤痕的手如骨刺那般是十足的包袱呢？我无从知晓。我的脚后跟从没出过毛病，只是有一次，在游泳的时候，我不小心踩上了一条海鳐，被扎了一下，随后小腿麻痹了，真是钻心地痛。

“想些开心的事情吧，老家伙，”他说，“每过一分钟，就离家近一点了。虽然损失了四十磅肉，不过，船不是更轻便了吗？”

他非常清楚，等船进入了海流的中心，可能会发生什么事情。但是，眼下却也做不了什么。

“对，有了，”他说出声来，“我可以把我的刀绑在船桨的末端。”

他如是做了，舵柄挟在臂膀窝下，一只脚踩住帆脚索。

“现在，”他说，“我仍然还是一个老家伙，但是我不是赤手空拳了。”

风凛凛地刮起了，船行驶得很顺当。我只瞥了一眼鱼儿的前半部，心中便涌起一些希望。

人没有希望那才蠢呢，他想。虽然，我相信这是一桩罪孽。不要再想罪不罪的了，他想。眼下问题就够多了，无暇去考虑罪过。而且，我也说不清罪过的事情。

我不懂这些，也不能确定，我是否笃信这些。也许，杀掉这条鱼是一桩罪过。我认为，即使我捕鱼是为了给自己糊口，给人们提供食物，但是这仍是一桩罪过。不过，如此，万事皆为罪。别再想罪过的问题了。现在想也太迟了，而且有些人还靠这个赚钱呢。让他们去想吧。你天生便是个渔夫，正如鱼儿天生就是鱼儿一样。圣佩德罗是个渔夫，和伟大的迪马吉奥的父亲操同一行当。

不过，他喜欢去思考那些同他有关的所有事情。因为，没有书报可读，也没有收音机可听，他想得很多，心头一直萦绕着“罪”的问题。你捕杀鱼，不仅仅为了糊口，也不仅仅为了出售给人们食用，他想。你杀掉它，为的是尊严，因为你是一个渔夫。它活着的时候，你热爱它，它死了之后，你还是热爱它。如果你热爱它，那杀掉它并不算罪孽。或者，罪孽又更深重一分？

“你想得太多了，老家伙。”他说出声音来。

但是，杀掉那条凶猛的鲨鱼倒是很痛快，他想。你捕食活鱼儿，如你一般。它不是食腐动物，也不像有些鲨鱼那样，只是喜欢游来游去。它那么美丽、高贵，不知害怕为何物。

“你杀掉它是出于自卫，”老人说出声来，“杀得也很利索。”

再说，他想，万物相生相克。如捕鱼既让我生，同样也耗尽我的生命。那男孩让我活下来，他想。我不许让自己歪想了。

他倚在船舷上，从鲨鱼咬过的地方扯下一块肉。放进嘴中咀嚼，味鲜肉美，坚实而多汁，就像动物的肉一般，只是没有那种鲜红的颜色。这肉没有一丝筋，他知道，在市场上可以卖到最高的价钱。但是，没有办法让这气味不散入水中，所以，老人知道，糟糕的时刻就快来了。

海风稳健地吹着。它稍稍地转了点东北风，老人知道，这意味着风不会停歇下来。老人往前方眺望，没有看见帆，也没有看见船体，更没有船只升腾出来的浓烟。只看见飞鱼从船头前的水中跃起，又落入船舷的两边，还有大片大片的黄色马尾藻，连一只鸟儿也寻不见。

他已航行了两个小时，坐在船艄内歇息，有时候嚼一口马林鱼身上的肉，尽力休整，恢复体力。这时，他看见两条鲨鱼中的一只。“Ay。”他大叫一声。这个词无法解释清楚。可能只是那么一声，正如钉子穿过了一个人的手，扎进木板之中，这人情不自禁发出的一句喊声。

“星鲨！”他大喊一声。他已经看到第二只鲨鱼的鳍，跟在第一只之后，游将过来。它们拥有棕色、三角形的鱼鳍，尾巴甩来甩去，老人认出它们是铲鼻鲨。它们闻着了鱼肉的味道，兴奋不已。它们已是饥饿难忍，不免迟钝些，所以又将那味道丢了，然后又在兴奋中重新追踪到。但是，它们在时刻逼近。

老人系紧了帆脚索，将舵柄夹紧。拿起那杆系着的船桨。他尽量轻地举起它，因为双手疼痛，不听使唤。然后，老人张开双手，又轻轻地握紧，让手得到放松。他看着鲨鱼游过来，紧紧地握住船桨，这让双手忍受着疼痛，不致退缩。他看见了它们宽阔、扁平的，如铲般尖尖的头，以及白色尖而宽的胸鳍。它们是最讨厌的一类鲨鱼，气味难闻，既捕杀活鱼，又贪食死尸，且当饥饿难耐之时，甚至会咬下一块船桨，或者船舵。就是这种鲨鱼，当海龟在海面上熟睡，它们会咬掉海龟的腿和前肢，如果饥饿的时候，它们还会攻击水中的人类，即使那人身上根本没有鱼腥味，也没有鱼的黏液。

“Ay，”老人说，“星鲨。来吧，星鲨。”

它们来了。但是，它们袭来的方式同那鲭鲨不同。一条鲨鱼转了个身，游入船底，不见了身影，老人感觉小船晃动了一下，因为他正猛拉着马林鱼。另一只鲨鱼用裂缝似的黄色眼睛盯着老人，飞快地游过来，张开那半圆形的大嘴，朝大鱼被咬过的部分咬去。它那褐色的头顶和后颈上，大脑同脊髓相接的地方，清楚地现出一条纹路，老人就用绑在桨上的刀子朝那接缝刺进去，拔出来，又再次扎进它那如猫似的黄色眼睛中。鲨鱼放开大鱼，滑到水里去，临死的时候，还吞咽着它咬下的鱼肉。

另一条鲨鱼在船底撕咬那条大鱼，弄得小船不停地摇晃。老人松开帆脚索，让小船横过来，鲨鱼便暴露无遗。他站在船边，一看见鲨鱼，俯身一桨朝它戳去，却只打在它的肉上。鲨鱼的皮非常厚，他勉强把刀子刺了进去。这一下不仅震痛了他的双手，也震得肩膀疼痛难忍。但是鲨鱼很快又浮上来，露出脑袋。当它的鼻子刚露出水面，挨上那条大鱼的时候，老人对准它扁平的脑袋正中刺去，然后拔出来，朝同一个地方又刺下去。它仍然紧咬着大鱼不松口，老人一刀戳进它的左眼，鲨鱼还是死咬着不放。

“还不松口？”老人说着，又一刀扎进它的椎骨和脑子中间。这次扎起来挺容易，他感觉鲨鱼的软骨断了。老人掉转了船桨，把刀刃插进鲨鱼的喉咙，想把它的嘴撬开。他把刀刃一转，鲨鱼松开嘴滑进水里，他说：“走吧（滚开），加拉诺鲨（大魔怪），回到深海找你的朋友去，也许会找到你的老娘呢。”

老人擦干净小刀的刀刃，放下船桨，找到帆脚索，张起帆，让小船沿着原来的航线行驶。

“它们一定把这鱼吃掉四分之一了，而且都是上好的肉。”他说出声来，“真希望这是一场梦，但愿我从来没有钓到这条大鱼。鱼儿，我真后悔啊！这一切真是糟糕透了。”说到这儿他沉默无语，不愿意再多看鱼一眼。大鱼流尽了血，在海水的冲刷下，全身的颜色看上去就像镜子背面镀的银色，身上的条纹依旧清晰可见。

“我不该出海这么远的，鱼儿，”他说，“这对你我都不好。非常抱歉，鱼儿。”

接着，他自言自语地说：“看看绑刀子的绳子断了没有。然后把你的手处理好，因为待会儿还会有更多麻烦。”

“有一块磨刀石磨磨刀该多好啊！”老人检查了绑在桨把子上的绳子后说，“我应该带块磨刀石的。”他想，很多东西都该带来，可你什么都没带啊，老家伙。眼下可不是你想缺什么东西的时候，还是想想如何善用已有的吧。

“你给了我多少忠告啊！”他大声嚷嚷，“都让人听腻了。”他把舵柄夹在胳肢窝里，双手浸在水里，小船向前驶去。“天知道最后那条鲨鱼咬掉了多少鱼肉，”他说，“不过现在这船可是轻得多了。”他不愿去想被咬得残缺不全的鱼肚子。他知道，每次鲨鱼猛地撞上来，就要扯去一块肉，大鱼的鲜血给鲨鱼开了一条路，宽得就像一条海上高速公路。

他想，这可是条大鱼啊！可以供一个人过整个冬天了。还是别再想那些了，歇歇吧，让手尽快恢复，保护好剩下的这些鱼肉。水里的血腥味那么浓，我手上的这点算得了什么啊！况且手上的血快止住了。割破点皮肉不算什么事，也许因为出血，我的左手就不会抽筋了。

那我现在还有什么事可想呢？他想，没有事可想了。我必须什么都也不想了，等着对付下一拨鲨鱼吧。真的希望这是一场梦，他想。但是谁知道呢！也许情况会有所好转。

接着游来的鲨鱼是一条独行的犁头鲨。看它的来势，好像一头奔向饲料槽的猪，如果说猪的嘴能张得那么大，大到可以把你的脑袋放进去的话。老人按兵不动，任凭犁头鲨撕咬大鱼，然后一刀扎进它的脑袋。但是，鲨鱼翻滚着猛地朝后一拉，刀刃“啪”的一声断了。

老人只管掌他的舵，甚至都不看那条慢慢沉到海里的大鲨鱼，起初是那么大，然后渐渐小了，最后只剩下一丁点儿。这种情形老人一向都会看得入迷，但是这次他看也不看一眼。

“我还有鱼叉呢，”他说，“不过，没啥用。还有两把桨，一个舵把，一根短棒。”

现在它们把我打败了，他想。我太老了，不能用棒子打死鲨鱼了。但是，只要我还有桨，有短棒，有舵把，我一定要试试。

他又把手浸泡在水里。天色慢慢变暗，除了海洋和天空，什么都看不见。风比刚才刮得大了些，但愿不久就能看到陆地。

“老家伙，你累坏了，”他说，“累得筋疲力尽了。”

就在太阳快落山的时候，鲨鱼再次向他袭来。

老人看见两个褐色的鳍循着大鱼留下的血腥味游来。

它们竟没有顺着气味直接朝大鱼游去，而是一起径直向小船扑来。他卡住舵柄，系紧帆脚索，在船艄下面拿起那根短棍。这根棍子是个桨柄，大概两英尺半长，从一根断桨上锯下来的。棍子有个手柄，非常方便单手使用。看着鲨鱼扑过来，他稳稳地把棍子攥在右手。两条都是星鲨。

他想，必须等先扑上来的鲨鱼紧紧咬住了大鱼之后，再揍它的鼻子尖，或狠敲它的头顶。

两条鲨鱼紧跟而来，当他看到最先靠近的一条张开大嘴咬住大鱼银白色肚皮的时候，他高举短棍狠敲下去，猛击鲨鱼宽阔的头顶。一棍子敲下去，好像打在一块结实的橡皮上，不过感觉也敲到了鲨鱼坚硬的头骨。趁鲨鱼放开大鱼滑下去的时候，他又朝鲨鱼鼻子重重一击。

另一条鲨鱼一直在水里窜来窜去，这时张开大嘴扑上来。它冲上来咬住大鱼，老人看到一块块白花花的肉从它的大嘴漏出来。他举起棍子狠狠地敲它，却只打到它的脑袋。鲨鱼看了他一眼，猛拽下一块肉。当它沉下去吞食鱼肉的时候，老人又抡起棍子敲它，但是，又打在橡皮似的又厚又结实的地方。

“来啊，大魔怪（星鲨），”老人说。“再来啊！”

鲨鱼冲上来咬住大鱼，老人立马抡起棍子敲它。他高举棍子抡圆胳膊狠狠地敲下去。这一回他觉得正中鲨鱼脑下的脑骨，于是朝那地方又狠狠地敲下去，鲨鱼有气无力地把鱼肉撕下来，从鱼身上滑了下去。

老人留意着鲨鱼是否会再冲上来，可是两条鲨鱼都没了踪影。过了一会儿，他看到一条鲨鱼在水面绕着圈儿游来游去，没看见另一条鲨鱼的鳍。

他想，我不可能杀了它们。年轻力壮的时候倒是能行。不过它们俩都受了重伤，也够它们好受的了。如果是双手拿着一根球棒，那我肯定能把

第一条弄死。估计现在也能行，他想。

他不想看那条大鱼了，它的半个身子都被咬烂了。刚才他和鲨鱼搏斗的时候，太阳已经下山了。

“马上就天黑了，”他说，“那时就可以看到哈瓦那的灯火了。如果往东走得太远，就会看到新海滩的灯光。”

现在离陆地不会太远了，他想。但愿没人为我太担心。当然，只有那个孩子，他一定会为我担心的。不过我肯定他对我是有信心的。很多年长的渔夫会担心我，还有其他很多人，他想，我住在了一个好渔村呢。

他不能再和大鱼说话了，因为它已经惨不忍睹了。这时他脑子一转，突然想起了一件事。

“你这半条鱼啊！”他说，“原本是完好无损的。真抱歉，我出海太远了。这把我们俩都害了。不过，你和我，我们俩杀了很多鲨鱼，还打伤了好多条。鱼儿老兄啊！你以前杀死过多少鱼？你脑袋上那长矛一样的嘴可不是白长的啊！”

他总是在想，如果这条大鱼还是自由自在地在水里，那它会怎样对付鲨鱼？我应该把它的长嘴砍下来，用它跟鲨鱼搏斗。可是船上没有斧头，刀子也没有了。

但是，如果有斧头或者刀子把它的长嘴砍下来，绑在桨把上，该是多么好的武器啊！然后，我们就可以并肩战斗了。要是它们在夜里来袭，你会怎么对付它们？你能怎么做呢？

“跟它们战斗，”他说，“我要跟它们血战到底，至死方休。”

但是，在眼下的黑暗里，没有一丝光亮，也看不见灯火，只有风和扯得紧紧的帆，他感觉自己或许已经死了。他合上双手，摸摸掌心。这双手没有死，只消摊开手，再合上，就能让他感受到生之痛楚。老人背靠在船艄上，肩膀的疼痛告诉他，他还活着。

我曾许过愿，他想，如果让我捕到这条大鱼，就要把所有的祈祷文都念一遍。可是现在太累，没力气念了。我还是把麻袋披在肩膀上吧，这样能感觉好受些。

他躺在船艄，掌着舵，望着天空，等待亮光出现。他想，我还有半条鱼，也许，我运气好，能把这半条鱼带回去。我总该有点运气了吧。不，他说，你出海太远了，已经把好运气用掉啦。

“别胡说八道了，”他大声嚷嚷道，“保持清醒，好好掌舵。也许还有很多好运气呢。”

“我倒想买点好运气，要是有地方卖的话。”他说。

我拿什么买运气呢？他问自己。用一把丢掉的鱼叉，一把折断的刀子，一双受伤的手去买吗？

“也许能行，”他说，“你曾试着用海上的八十四天来买一份好运，人家也几乎把它卖给你了。”

我一定不能胡思乱想，他想。运气这玩意儿，总是乔装打扮，谁能认得出呢？不管什么样的好运，都给我来点吧，要多少钱我就给多少。多希望能看到灯光的一丝丝光亮啊。他想，我想要的东西太多了。但是，眼下最想要的还是亮光！他尽量让自己靠得更舒服些，更方便掌舵，身上的疼痛让他知道自己还活着。

大约在夜里十点钟，他看到了城市的灯火映在天际的反光。最初只是依稀可见，犹如月亮初升以前天空中的光晕。灯光渐渐地清楚了，此时海风也越刮越大，海面波涛汹涌。他已驶进光亮之处，他想，现在要不了多久就能驶进湾流了。

现在一切都过去了，他想。它们也许还会来袭击我。但是，我只是一个手无寸铁的人，如何在黑暗中对付它们呢？

现在他全身僵硬酸痛，夜里的寒气让他的伤口和全身各个被拉伤的部位越发疼痛难忍。他想，希望我不必再搏斗了，真的非常希望不必再搏斗了。

但是到了午夜，他又开始搏斗了，而且他知道这次他要输了。鲨鱼成群结队集结而来，他只能看到它们的鳍在水面上划出的纹路，看到它们扑向大鱼时跃起的磷光。他朝它们的头击去，听到它们嘴巴抢食的声音。它们在船底撕咬大鱼，小船不停地晃动。他看不清目标，只能靠感觉循着水中动静，拼命地挥棒打去。他感觉有东西攫住了棍子，之后棍子就被拖走了。

他把舵上的舵把猛地拽下来，双手攥住，又打又砍，一次次地抡起劈下。但是这时它们已经朝船头游去，一条接着一条，忽而又转身蜂拥而上，撕扯大鱼的肉，一片片的鱼肉在海水中闪烁着光芒。

最后，一条鲨鱼朝大鱼的头扑去，他知道，一切都完了。他攥着舵朝鲨鱼的头劈去，正好打在它的嘴上，鲨鱼的嘴咬着又大又重的鱼头，扯不动也咬不碎，老人又迎面劈去，一次，两次，不停地击打鲨鱼。他听到舵柄啪的一声断了，还是举起断了的舵柄朝鲨鱼刺去。他感觉刺进去了。看来断口很尖利，他又用力一推，舵柄扎得更深一些，鲨鱼放开鱼头翻滚着沉了下去。这是刚才蜂拥而至的那群鲨鱼中的最后一条。这儿再没什么可吃的东西了。

老人现在已经累得喘不过气来，他觉得嘴里有股怪味儿。是黄铜的味道，还有点甜味，让他有些担心。还好这味道并不太浓。

他朝海里啐了一口唾沫，喊道："把鱼都吃光吧，星鲨。再去做个梦，梦见你们杀了一个人。"

他知道，最终他被打败了，而且是一败涂地。他回到船尾，发现那半截锯齿状的舵柄还可以安在舵孔里凑合着掌舵。他又把麻袋披在肩上，沿着原来的航线驶去。现在航行起来很轻松，他已经没有任何想法，亦无任何感觉，对任何事也不感兴趣了，只要尽可能平安地、明智地把船驶回自己的港口就好。夜里，鲨鱼又来咬大鱼的残骸，就像有些人捡食饭桌上的面包屑一样。老人对此毫不在意，除了掌舵以外他什么都不在意了。他只注意到他的小船现在没有沉重的负荷，它行使得多么轻快、多么顺利啊！

船还是好好的，他想，除了那个舵把，船还是完完整整的，没有丝毫损坏。舵把很容易配上的。他可以感觉到船已经驶进湾流，也看得见海滨住宅区的灯火。他知道自己现在到什么地方了，回家已经不成问题了。

不管怎么说，风是我们的朋友，他想。然后他又补充了一句，有时候是的。还有大海，既是我们的朋友，亦是敌人。床呢？他想，床是我的朋友。我就需要床啊！他想。床真是个好东西呀。在你被打败之后，才觉得松了一口气。从来不知道能感觉这么轻松。他又想，到底是什么把你打败的？

“没有什么把我打败了，”他提高嗓门儿喊道，“是我出海太远了！”

当他驶进小港的时候，露台酒吧已经打烊，人们早已进入梦乡。此时海风的风势渐渐加强，愈吹愈猛烈，然而港湾里静悄悄的，他把船划到岩石下的一小片卵石滩那里。没人来帮忙，他只能尽力把船划到岸边，然后下船，把船系在一块岩石上。

他卸下桅杆，把帆卷起来捆好，然后扛在肩上，向岸上爬去。直到这个时候他才知道自己已经疲惫到什么程度。他歇了一会儿，回头望了望，借着水面映出的街灯反光，看到那条大鱼残骸的轮廓，尾巴竖在船艄后面，还看见它秃得像一条白线的背脊骨，以及那一团黑漆漆的脑袋和突出的嘴，其余都只是光光的躯壳骨架而已。

他又继续往上爬，爬到顶上的时候，摔倒了。他在地上躺了一会儿，桅杆还横在肩上。他想爬起来，但是这对他来说实在太难了，他就扛着桅杆坐在那里，望着大路。一只猫从远处跑来，不知道要去干什么，老人看着它，然后又望着大路。

最后，他放下桅杆，站起来，再把桅杆提起来，放在肩上，顺着大路回家。一路上他坐下来歇了五次，才走到他的小木屋前。

他走进屋子，把桅杆斜靠在墙上，摸黑找到一个水瓶，喝了一口便躺在床上。他拉起毯子盖住肩膀，然后裹住背和双腿，脸朝下躺在报纸上，手心向上，两只胳膊伸得笔直笔直的。

第二天早晨，男孩朝门内张望，看到他还在沉沉入睡。今天风特别大，漂网渔船不能出海，所以男孩睡了个懒觉，然后跟每天早晨一样，起身后就到老人的小屋去看看。男孩看到老人在呼呼喘气，再看他的手，就哭了起来。他悄悄地走出来，打算为老人弄点咖啡来，一路上边走边哭。

许多渔夫围着那条小船，猜测绑在船舷上的是什么东西。一个渔夫卷起裤腿站在水里，正拿着一截钓索量着那大鱼的残骸。

男孩站在坡上没有下去。他刚才去过了，有个渔夫替他守着那只船。“他怎么样了？”一个渔夫大声问道。“在睡觉呢。”男孩大声回答。他不在乎别人看到他在哭。“谁都别去打扰他。”“这条鱼从鼻子到尾巴足有十八英尺长呢。”那个量大鱼残骸的渔夫大声嚷道。

“我信。”男孩说。他走进露台酒吧要了一罐咖啡。“要热的，多加点牛奶和糖。”“还要点什么？”“不要了。过会儿我问问他想吃什么。”“那鱼可真大，”酒馆老板说，“从来没人捉到过这么大的鱼。你昨天捉到的两条也不赖啊！”“我的那两条鱼，让它们见鬼去吧！”男孩说着又哭了起来。

“要不要喝点什么？”老板问他。

“不了，”男孩说，“叫他们不要去打扰圣地亚哥大爷。我就回来。”

“告诉他，我为他感到非常惋惜。”

“谢谢。”男孩说。

男孩提着一罐热咖啡回到老人的小屋，坐在他的旁边，等他醒过来。有一回看着他快醒了，可是又沉沉地睡着了。男孩跑到马路对面去借点柴火，把咖啡热一热。

老人终于醒了。

“别起来，”男孩说，“喝点这个。”

他倒了些咖啡在玻璃杯里面，老人接过去一口喝了下去。“它们把我打败了，马诺林，”他说，“它们确确实实把我打败了。”“他没打败你，那条鱼没有打败你。”“是的，不是它打败我，是鲨鱼打败了我。”“彼得利科守着船和船上的东西。那个鱼头你想怎么处理？”

“让彼得利科把它剁碎了撒到鱼栅里。”

“那长矛嘴呢？”

“你想要就拿去吧。”

“我要，”男孩说，“现在我们该计划一下其他事情了。”

“他们有找过我吗？”

“当然了，水上警察都出动了，还派了飞机。”

“海洋那么大，船太小了，很难看到的。”老人说。他感到很痛快，因为现在有人和他说话了，再不用自言自语，也不用对着大海说话了。“我很想念你，”他说，“你捕到了什么？”“第一天捕到一条，第二天捕到一条，第三天捕到两条。”

“很不错。”“现在我们又可以在一起捕鱼了。”“不行，我太倒霉了。再不会有好运气了。”“什么运气，让它见鬼去吧！”男孩说道，“我会带来好运的。”“你家里人不会有意见吗？”“我不在乎。昨天我捉到了两条鱼。但是，从现在开始我们要一起打鱼，我还有很多东西要跟你学呢。”

“我们要准备一支非常锋利的长矛，一直放在船上。你可以从旧福特车上弄一块弹簧片来做一把刀。我们可以拿到关纳巴科那里去磨快。要把它磨得很锋利，还要回火淬一淬，这样就不然容易断。我的刀子已经断了。”“我再去弄把刀，把弹簧片也磨一磨。这大风要刮几天？”“也许三天，也许更久。”“我会把所有事都准备好的，”男孩说，“快点儿把你的手养好，大爷。”

“我知道怎么把手治好。夜里不知道吐了一些什么怪东西，觉得胸口好像有什么东西破了似的。”

“把那地方也好好养养吧，”男孩说，“躺下休息吧，大爷。我去给你拿件干净的衬衫，再给你弄点吃的。”

“我出海这段时间的报纸，顺便带几张过来。”老人说。

“你一定要尽快好起来。我还有很多东西要学，你要把你懂的都教我。”

“要学的很多啊！”老人说。

“我去拿吃的和报纸，”男孩说，“好好休息，大爷，我还要去药店给你买点搽手的药。”

“记得告诉彼得利科，鱼头给他了。”

“不会忘的。”

男孩出了门，走在粗糙的珊瑚石路上，禁不住又大哭起来。

那天下午，露台酒吧接待了一个旅行团，其中一个女人看海的时候，在一堆空啤酒罐和死梭鱼中间，发现了一根又长又白的背脊骨，后面拖着一条巨大的尾巴。猛烈的东风把港口码头外的海水掀得波涛汹涌，那条尾巴随着潮水起起伏伏不停地晃动。

“那是什么？”她指着那条大鱼长长的背脊骨问酒馆侍者。如今它已经成了一堆垃圾，只等着潮水把它冲走了。

“蒂伯龙，”侍者说，“一种鲨鱼。”他想把一切的经过给她描述一下。

“我不知道鲨鱼的尾巴原来这么雄伟漂亮呢！”

“我也不知道。”她的男朋友说。

大路另一头，老人的小屋里，他又沉沉地入睡了。他依然脸朝下睡着，男孩就坐在他的身旁守候着他。

老人又梦见了狮子。

（完）

# 太阳照常升起

*The Sun Also Rises*

《太阳照常升起》初版于1926年，一经出版，便获得如潮好评。该书可能是美国作家写就的最让人印象深刻的作品。这是一部真人真事小说，讲的是一群美国和英国侨民从巴黎左岸出发去潘普洛纳旅行，去参加七月份的圣日活动，观看惊心动魄的斗牛比赛。巴黎是文明的中心，因第一次世界大战在精神上遭受了精神破产。潘普洛纳则是一个重要的上帝常在的城市，可信仰和荣耀终将离去。这本小说因后来所称的“精神迷失”的一代而引人注意，也让欧内斯特·海明威成为他所在时代的杰出作家。

该书先给哈德利和约翰·哈德利·尼卡诺尔

“你们全是‘迷失’的一代。”

——格特鲁德·斯坦的谈话

一代过去，一代又来。地却永远长存……日头出来，日头落下，急归所出之地……风往南刮，又向北转，不住地旋转，而且返回转行原道……江河都往海里流，海却不满。江河从何处流，仍归何处。

——传道书

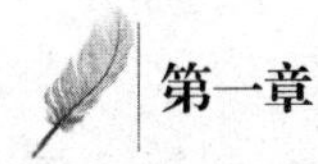

# 第一章

罗伯特·科恩曾是普林斯顿大学中量级拳击冠军。在我看来，一个这样的拳击冠军称号并没什么了不起，不过对科恩却意义非凡。他对拳击一点不感兴趣，实际上，他甚至讨厌拳击。但是，他还强忍痛苦，认认真真地修习拳术，因为作为普林斯顿的一名犹太人，总是让他感到低人一等，颜面全无，拳击多少能让他争回点自信。他是个内敛而生性敦厚的男孩，虽然他知道，把那些不把他放在眼中的人击倒可以给他内心些许的安慰，但是除了在健身房中，他从不与人打架。

科恩是斯拜德·科利的得意门生。不管那伙小门徒是一百五十磅重，还是二百五十磅重，斯拜德·科利都把他们当做轻量级选手来训练。不过，这招于科恩倒是颇为对路。他着实非常聪颖，进步神速。斯拜德很快便安排高手同他过招，结果对方一拳打在科恩鼻梁上，给他终生留下了一个扁平的鼻子。因此，科恩对拳击更是厌恶，但是拳击又给了他一种奇特的满足感，而且拳击确实让他的鼻子更好看了。在去年，科恩在普林斯顿读书过猛，落下了近视，开始戴起了眼镜。我碰见过他们班同学，但是居然无一人对他有印象。他们甚至都不知道他曾是中量级拳击冠军。

我对所有直率、头脑简单的人都信不过，特别是当他们的故事讲得滴水不漏的时候。我总是有一种怀疑，也许罗伯特·科恩从未得过中量级拳击冠军，也许是一匹马从他脸上踩过，或者是他母亲受到惊吓，或者看到某些不祥之物，又或许是他自己孩提之时撞上了什么东西，他才有了那个塌鼻子。不过，最终我让某人从斯拜德·科利最终证实了他的故事。斯拜德·科利不但记得科恩，而且还常常问起科恩的近况。

罗伯特·科恩父亲的家族曾是那时纽约最有钱的犹太家族之一，母亲则出身于一个最古老的犹太世家。科恩曾在一家军校上过预科，最后考入普林斯顿大学。在军校中，科恩是一名出色的橄榄球队边锋，而且没人因种族而歧视他，没人因他是犹太人而对他说三道四，所以科恩也不觉得自己同其他人有什么不同。后来，去了普林斯顿，这一切都变了。他是一个耿直的男孩，友善，又稍带腼腆，这让他很痛苦。他在拳击中发泄这种情绪。后来，从普林斯顿大学毕业，带着痛苦的自我意识和那扁平的鼻子。又后来，碰见了一个对他友善的女孩，便结婚了。

结婚五年，生了三个孩子，父亲留下五万美元，剩余的财产归母亲所有，几年下来，便用掉大半。和一个有钱的妻子过着不幸福的家庭生活，他渐渐变得冷酷，不招人待见。盘算了许久，终于打算离开他妻子，妻子却先舍他而去，和一个微型画画家私奔了。几个月间，他曾一直前思后想，拿不定注意，是否离他妻子而去，最后还是没有那么做，因为让她失去他未免过于残忍，他对妻子的离开不免震惊，但倒也正中下怀。

办妥了离婚手续，罗伯特·科恩去了西海岸。在加州，他投身于文艺界，父亲留下的五万美元还剩下一点，很快，他便资助了一份文艺评论杂志。该杂志创刊于加州的卡默尔，停刊于马萨诸塞州的普罗文斯敦。在这之前，科恩被公认为纯洁得如天使一般，他的名字也只出现在顾问委员会的名单中。后来，科恩便成了唯一的编辑。办刊的钱由他来出。而且，他发现自己喜欢上编辑的权威。后来，杂志开销太大，他不得不放弃继续出刊，他对此深感遗憾。

不过，到那时，还有其他的一些事情烦着他。他被一位女士缠上了，这位女士本想借着杂志的影响飞黄腾达。她太过强势，所以科恩根本没有机会逃离她的股掌。当然，他很确信，他爱着她。当这位女士看见杂志办不下去的时候，便嫌弃起科恩，并下定决心，趁着还有油水可捞，能揩一点是一点。

所以，她催着科恩去欧洲，说在那里科恩可以写作。他们来到欧洲，这位女士曾在此念过书，如此便待了三年。在这三年间，第一年满欧洲旅游，最后两年便待在巴黎。罗伯特·科恩有两个朋友，布雷多克斯和本人我。布雷多克斯是他文艺界的朋友，我则是打网球认识的朋友。

这位缠着他的女士名叫弗朗西丝。在第二年年末之时，她发现自己姿色日衰，所以，对罗伯特的态度便也发生了变化。在以前，她漠不关心地霸着他，只顾从他身上榨取，突然之间，决意要嫁给他。在那段时间，罗伯特的母亲给了他一笔生活费，每月大概三百美元。那两年半，我相信罗伯特眼中不会有其他女人。他非常开心，除了一点，就同很多在欧洲的美国人一样，他还是觉得在美国住着舒心。而且，他发现了写作的快乐。他写了一部小说，虽然写得非常乏善可陈，但并没有后来评论家说的那么差。他博览群书，玩桥牌，打网球，甚至在当地一家健身房重新打起了拳击。

一天晚上，我们三人共进晚餐，我第一次发现他的女人对他的态度。我们首先在林荫大道饭店吃了饭，之后去了凡尔赛咖啡馆喝咖啡。我们喝了好几杯白兰地。接着，我说我得走了。科恩一直在谈论着我俩的出行计划，准备去周围什么地方转转。他想离开城里，到外面好好走走。我建议我们先飞到斯特拉斯堡，然后徒步至圣奥代尔，或者阿尔萨斯的其他地方。“我在斯特拉斯堡认识一个女孩，她可以给我当向导。”我说。

有人在桌底下踢了我一脚。本以为是不小心踢到的，所以接着说：“她已经在那里待了两年了，对那里的名胜古迹如数家珍。而且人长得也非常漂亮。”

我又被踢了一下，我一看，只见弗朗西丝——罗伯特的女人，仰起下巴，板着面孔。

“真见鬼，”我说，“去什么斯特拉斯堡嘛，我们应该北上去布鲁日，或者去阿登高地。”

科恩如获重释。没有人再踢我了。我道了声晚安，然后便走了。科恩说同我一起出去，去街角买一份报纸。“我的老天，”他说，“你提斯特拉斯堡那个女孩干吗？你没看到弗朗西丝的脸色吗？”

“没，我为什么要注意她脸色？我认识一个住在斯特拉斯堡的美国女孩，这同弗朗西丝有什么干系？”

“都一样。不管哪个女孩。总之，我不能去。”

“别傻帽了。”

“你不了解弗朗西丝。你压根儿不懂女人心。你没看到她脸色那么难看吗？”

“噢，好吧，”我说，“那我们去桑利斯吧。”

“别生气。”

“我没生气。桑利斯是个好去处。我们可以住在麋鹿大饭店。可以在森林中远足，然后回家。”

“嗯，听起来感觉不错。”

“那这样，明天网球场见。”我说。

“晚安，杰克。”他说，说着往咖啡馆走。

“别忘了买报纸。”我说。

“没错。”他同我一起往前走，来到街角的书报亭。

“杰克，你没生气吧。”他手中拿着报纸，转过身来问道。

“没有，我生哪门子气？”

“明天打网球见。”他说。我看着他手中拿着报纸，往咖啡馆走。我挺喜欢他的，不过，很显然，弗朗西丝让他的日子不好过。

## 第二章

那年冬天，罗伯特·科恩带着他的小说回到了美国。一家大出版社看中了他的小说。我听说，这次出门引起了一场争吵。我想，弗朗西丝大概就此失去了他。因为在纽约好几个女人对他投怀送抱，而且回国之后，他颇有改头换面之感。他对美国抱有从未有过的兴趣。他也不再那么单纯，而且变得有点滑头。出版商对他的小说大肆吹捧了一番，他则信以为真，觉得自己确实是才高八斗。接着，好几个女子献身于他，试图赢得他的心，这完全改变了他的眼界。有那么四年中，他的眼界只局限于他的妻子。有那么三年中，或者说差不多三年中，除了弗朗西丝之外，眼中没有其他女人。我敢肯定，他一生中也从未谈过恋爱。

大学生活过得不顺心，沮丧之际，便草草结了婚。后来，发现自己并不是妻子眼中的一切，失望之时，弗朗西丝缠上了他。他虽没有恋爱过，但是他知道自己对女人来说是一个未知的谜，颇有吸引力；他也知道，女人关心他，想和他生活在一起，这并不单是天赐的奇迹。这一切让他发生了变化，所以有人邀请他去家里做客，他也并不甚热衷。另外，科恩同纽约的一圈朋友玩一些大赌注的桥牌，下的赌注超过他的财力，不过所幸手气不错，赢了几百美元。这让他对自己的牌技颇为自负，几次向人夸夸其谈，若万不得已，如何靠桥牌为生。

然后，还有另外一件事情。他一直在读威廉·亨利·哈德森的小说。这听起来倒是桩无碍的事情，可科恩读了一遍又一遍《紫色大地》。如果一个人老大不小了才去读《紫色大地》，那是非常有害的。这本书讲述的是，一个完美的英国绅士在一个极富浪漫气息的国度中，发生的风流韵事，书中非常出彩地对景色进行了描写。

对于一个已三十四岁的男人，将此书作为生活指南，就好像一个同龄男人带着一整套更重实际的阿尔杰的著作，从法国修道院跑到华尔街，这是非常不牢靠的。我相信，科恩对《紫色大地》中的每句话都字字斟酌，视若箴言，就像听邓恩的报告一般。不要误解我的意思，他是有所取舍的，但是总的来说，他认为这本书很有道理。单是这本书就能让他躁动起来。直到有一天，他跑来我办公室，我方明白这书对于他的影响有多大。

“嘿，罗伯特，”我说，“你是来找我玩的吧？”

“你想不想去南美，杰克？”他问。

“没这个打算。”

“为什么？”

“说不上来，就是从未想过去。花销太大了，在巴黎也能完全看到南美人。”

“他们不是地道的南美人。”

“我看他们倒是挺地道的。我要将一周的通讯故事赶联动船车发出，我现在只写完了一半。”

“你知道一些丑闻吗？”我问。

“不知道。”

“你那些‘尊贵’的朋友们没有离婚的？”

“没有。杰克，如果我来解决我俩的费用，你能同我去南美吗？”

“为什么要我去？”

“你会讲西班牙语。再说，我们俩同往肯定会好玩。”

“还是不了，”我说，“我喜欢这座城市，而且我夏天准备去西班牙。”

“我这一辈子就是想去那儿旅行一次，”科恩说，他坐下来。“我再不去，可能就老得走不动了。”

“别犯傻了，”我说，“你想去哪里，就可以去哪里。你不是挣着了一大笔钱吗？”

“我知道。但是，我总是去不成。”

“别丧气了，”我说，“每个国家看起来都是就像电影里面一样。”

但我真为他难过。他是真的很伤心。

“我真受不了，我的生命就如此匆匆而过，我还没有真正活过呢。”

“除了斗牛士，人人都是庸碌地过完一生。”

“我对斗牛士不感兴趣。那是种变态的人生。我总想到南美去。那定是一次美妙的旅程。”

“你是否想过去英属东非打猎？”

“没有，我不喜欢打猎。”

“我可以陪你一起去。”

“不用了，我对打猎不感兴趣。”

“那是因为你从没读过这方面的书。去找一本净是皮肤黑得发亮的美丽黑人公主的爱情故事的书看看。”

“我还是想去南美。”

他具有一种犹太式的难缠的执拗本性。

“下楼喝一杯吧。”

“你不要工作吗？”

“不干了。”我说。我们走下楼，来到底楼的咖啡馆。我发现，这是摆脱友人纠缠的最好办法。待你们喝得差不多了，你只消说：“好了，我得回去了，要打几份电讯稿。”然后，就解脱了。干新闻这一行当，掌握一些这般得体的脱身之法是非常重要的，因为新闻这一行的一条重要规矩就是，你绝不应该看上去忙忙碌碌。总之，我们走下楼，来到了咖啡馆，各点了一杯威士忌苏打水。科恩望着前边一箱箱的酒瓶。“这地方不赖。”他说。

“酒是不少啊！”我应和道。

“杰克，”他身体前倾靠着吧台，“你从来没有过这种感觉，全部生命就如此淌过，你却从未真正享用过它？你是否意识到，你已经度过了小半辈子了？”

“有过。偶尔也会想。”

“再过大约三十年多点时间，我们就将死去，你知道吗？”

“罗伯特，说什么胡话呢！”我说，“别瞎扯。”

“我是很严肃的。”

“我才不会杞人忧天呢！”我说。

“你应该想一想。”

“每天都有数不尽的烦心事。我已经烦够了。”

“好吧，我想去南美。”

“听我说，罗伯特，去不去别的国家都一样。这些我都已经试过了。想通过换个地方，获得自我解脱，那是徒然的。一点没用。”

“但是，你从未去过南美啊！”

“见鬼的南美！即使你去了那里，你现在什么感觉，到时候也是什么感觉。这是一个不差的城市。你为什么不就在巴黎开始你的新生活呢？”

“我厌倦了巴黎，我也厌倦了拉丁区。”

“那就别住在拉丁区了。你可以自己四处转转，看看能遇见什么新鲜事。”

“哪会有什么新鲜事。我曾整夜整夜地在街上晃荡，什么新鲜事也没发生，就碰见一个骑自行车的警察，把我叫住，要看我的证件。”

“夜晚的巴黎不是很美吗？”

“我不喜欢巴黎。”

如此，你便明白了吧。我一方面很同情他，但是你却只能袖手旁观，因为马上就会遇见两座顽固的“大山”：南美可以治愈他心中的郁结；他不喜欢巴黎。他从一本书中得出第一个想法。我想第二个想法也多半是从书中寻到的。

“嗯，”我说，“我得去楼上发几份电讯稿了。”

“你非得去吗？”

“事情紧急。我必须把这些电讯稿发出去。”

“你介意我上楼去，坐你办公室旁边待一会儿吗？”

“哪里的话，上来吧。”

他在办公室的外室坐着，读着报纸。编辑、发行人和我苦干了两个小时的活儿。然后，我挑出副本，盖上作者署名，把东西装在几个大马尼拉袋中，接着打电话叫跑差过来，把东西送到圣拉扎车站去。我从内室走到外室来，罗伯特·科恩在一张大椅子上睡着。科恩枕着双手睡着了。我本不想把他叫醒，不过我要锁上办公室，准备下班了。我把一只手放在他肩膀上。他晃了晃脑袋。“我不能这么做。”他说。然后把脑袋更深地埋在臂膀中。“不，绝不会那么做，没什么能让我那么做。”

“罗伯特。”我说，用手摇了摇他肩膀。他抬起头微微一笑，眨着惺忪的睡眼。“我刚才大声说梦话了吧？”

“说了几句，但含糊不清。”

“上帝啊，真是个噩梦！”

“是不是打字机的声音把你催眠的？”

“大概是吧，我昨晚整宿没睡。”

“出什么事了？”

“聊天啦。”他说。

我完全能想象。因为我有一种极坏的习惯，那就是想象朋友们在卧室干着的事情。我们去了那波里咖啡馆，喝了一杯开胃酒，看着傍晚大街上来来往往的人群。

## 第三章

这是一个暖春的夜晚。罗伯特走后，我独自坐在那波里咖啡馆的露台的一张桌子前，看着渐渐暗下来的夜空，广告灯牌亮起来了，信号灯红绿交替闪着，指示着交通，或走或停，街上的行人来来往往，出租马车在拥挤的出租车队伍边缘嗒嗒嗒地向前奔跑，妓女们或只身一人，或三五成群，从眼前穿过，寻觅着她们的晚餐。我看见一个靓丽的女孩从我桌边走过，看着她往街上走去，直到消失在眼帘中，接着，又出现了一个，然后又看见第一个女孩从别处回来。她再次从我身旁穿过，我们四目相触，她走过来，坐在桌旁。服务生走上来。

“你好，你想喝点什么？”我问。

“培诺酒。”

“小女孩喝这种酒可不好。”

“你才是小女孩呢。服务生，给我来一杯培诺。”

“我也来一杯。”

“怎么了？”他问，“要去参加派对？”

“是啊！你不是吗？”

“不知道。在巴黎城谁又说得清楚。”

“你不喜欢巴黎？”

“不喜欢。”

“为什么不去别处呢？”

“没别处可去。”

“你看似挺开心的。”

“开心个鬼！”

培诺是一种仿苦艾酒。兑入水，酒便会变成乳白色。味道有点像甘草汁，是不错的提神饮料，但是，之后会让你精神委靡。我们对坐着，喝着培诺酒，女孩脸上微有愠色。

“喂，”我说，“请我吃晚饭好吗？”

她露齿而笑。我终于明白为何她不苟言笑，因为她双唇紧闭之时，确实是位非常美丽的姑娘。我付了酒水钱，走出咖啡馆，来到大街上，招呼了一驾出租马车，车夫勒住缰绳，停在路边。我们坐在马车背后，车子缓缓而平稳地往前跑在歌剧院大街上，经过店门紧闭的商店，窗户里透着灯光，大街路面很宽广，非常亮堂，依稀有几个路人。马车经过了《纽约先驱时报》社，只见橱窗中挂满了时钟。“这些时钟干吗用的？”她问我。

“每盏钟指示美国不同的地区的时间。”

“别糊弄我。”

我们从大街拐上金字塔路，经过车水马龙的沃利路，穿过一道幽暗的门廊，进入了杜乐丽宫。她依偎在我身上，我用一只胳膊搂着她。她等待着我的吻，用一只手抚摸我，我推开她的手。

“别这样。”

“怎么了？你不舒服？”

“是的。”

“大家都生病了。我也是。”

我们从杜乐丽宫出来，街上灯火通明，穿过塞纳河，然后拐上教皇大道。

“如果身体不舒服，你不应该喝培诺酒的。”

“你也不应该喝。”

“对我影响不大。培诺酒对女人毫无作用。”

“你怎么称呼？”

“乔吉特。你呢？”

“雅各布。”

“那是佛来米人的名字。”

“美国人也有。”

“你不是佛来米人？”

“不是，我是美国人。”

“太好了。我不喜欢佛来米人。”

这时，我们来到一间餐厅前。我叫车夫就此停车。我们下了马车，乔吉特不喜欢这地方的外观。“这家餐厅有点寒碜。”

“是的，”我说，“也许你更愿意去福约特餐厅。为什么不继续坐着马车往前走呢？”

我当时勾搭她，是因为心中微微有些忧郁，或许两个人一起吃饭会更好一点。我已经很久没有和雏妓吃过饭了，都已经忘记那是件多么无聊的事情。我们走进了餐厅，从坐在桌前的拉维尼身边经过，进入了间小房间。吃了些东西之后，乔吉特心情好了点。

“这里还不坏，”她说，“虽谈不上雅致，不过东西还算好吃。”

“比你在列日餐厅吃得要好。”

“你是说布鲁塞尔吧。”

我又喝了一瓶酒，乔吉特讲了个笑话，然后便哈哈大笑，露出了一口的坏牙。我们又干了数杯。

“你这人不坏，”她说，“真遗憾，你得病了。我们挺聊得来的。告诉我，到底怎么了？”

“我在战争中受伤了。”我说。

“噢，那场该死的战争。”

我们本很有可能会顺着这话题聊下去，讨论那场战争，然后同仇敌忾地认为，那真是一场文明的灾难，本来最好可以避免的。我真是厌烦透顶了。正在这时，另外一间房间有个人在叫：“巴尔内斯！我说，巴尔内斯！雅各布·巴尔内斯！”

“有个朋友在叫我。”我解释道，然后起身走出房间。

布雷多克斯和一伙人坐在一张大桌子前：科恩、弗朗西丝·克莱因、布雷多克斯夫人，还有好几个我不认识的人。

“你是来跳舞的吧，对不？”布雷多克斯问道。

“跳什么舞？”

“哎呀！就是跳舞呗，你不知道我们又作兴起跳舞了吗？”布雷多克斯太太插嘴道。

“杰克，你必须参加。我们都准备去呢！”弗朗西丝坐在桌子一头说道。

她身材颀长，脸挂笑容。“他当然要去了，”布雷多克斯说，“进来坐吧，和我们一起喝杯咖啡，巴尔内斯。”

“好吧。”

“把你的朋友也叫过来。”布雷多克斯笑着说。布雷多克斯太太是加拿大人，深具加拿大人特有的社交礼仪。

“谢谢，我们马上过来。”我说。于是便回到小房间。

“你的朋友都是些什么人？”乔吉特问。

“作家和艺术家。”

“塞纳河的这边有很多这样的人。”

“非常多。”

“我想是的。而且，有些人还挺赚钱的。”

“噢，是的。”

我们吃光了食物，喝完了酒。“走吧，”我说，“我们和他们去喝杯咖啡。”

乔吉特打开手提包，一边拿着镜子，一边在脸上抹了抹，用口红重新涂了下嘴唇，整了整帽子。

“好了。”她说。

我们走进了房间，房间里坐满了人，布雷多克斯和坐在桌边的其他男人都站起身来。

“我想介绍一下，这是我的未婚妻乔吉特·勒布朗小姐。”我说。乔吉特笑了笑，那是一种灿烂的笑容，然后我们绕着桌子同每个人握手。

“你同歌手乔吉特·勒布朗是亲戚吗？”布雷多克斯太太问道。

“我没听说过这个人。”乔吉特回道。

“但是，你们名字一模一样呢。”布雷多克斯太太友善地追问道。

“不，”乔吉特说，“完全不相同。我姓霍宾。”

“但是，刚才巴尔内斯先生介绍你时称你为乔吉特·勒布朗小姐。他的确是这么说的。”布雷多克斯太太坚持道。她说起法语总是显得激动不已，却不知道自己在说什么。

“他是个蠢蛋。”乔吉特说。

“噢，这么说是玩笑话了。”布雷多克斯太太说。

“没错，”乔吉特说，“博大家一笑而已。”

“亨利，你听到了吗？”布雷多克斯太太朝着坐在桌子下方的布雷克说，“巴尔内斯先生称他的未婚妻为勒布朗小姐，她真正的姓却是霍宾。”

“没错啊，亲爱的，是霍宾小姐，我认识她很长一段时间了。”

“哦，霍宾小姐，”弗朗西丝·克莱因叫道，她非常流利地说着法语，但是又不像布雷多克斯太太那样，因为说一口原汁原味的法语，而感到扬扬得意，又矫饰出一种意外的神气。

“你在巴黎待了很长时间吗？你喜欢这里吗？我很喜欢巴黎，你不喜欢吗？”

“她是谁？”乔吉特转过身来问我，“我非得同她说话吗？”

她转向弗朗西丝，弗朗西丝坐着，面带微笑，双手合十，拉着长长的脖子，顶着脑袋，撅起了双唇，正准备再开口说话。

“不，我不喜欢巴黎。物价高昂又到处脏兮兮的。”

“是吗？我倒是觉得巴黎干净得不得了，是全欧洲最干净的城市之一。”

“我却觉得它很脏。”

“奇怪了！不过，可能是你在巴黎待得时间不够长吧。”

“我在巴黎已有年头了。”

“不过，巴黎人倒是挺友善的。这点必须承认！”

乔吉特扭头对我说：“你的朋友真友好。”

弗朗西丝已微醺。如果不是咖啡送来了，拉维妮又端来了利口酒，她还要滔滔不绝讲下去。这之后，我们所有人都走出了餐厅，动身去布雷多克斯的跳舞俱乐部。

所谓跳舞俱乐部就是一个奏乐舞厅，位于圣杰尼维那弗山路上。一周有五天，先贤祠区的劳动人们都会来这里跳舞。每周有一天归跳舞俱乐部使用。礼拜一晚上歇业。当我们到达的时候，那儿空荡荡的，只见一个警察坐在大门边，老板娘坐在锡制吧台后面，老板一人待在一旁。我们走进屋子，老板的女儿从楼上下来。房间内摆着长长的凳子和桌子，另一头便是舞池。

“我真希望人们能早点儿来。”布雷多克斯说。老板女儿走过来，问我们想喝什么。老板登上一只舞台边的高凳，开始拉起了手风琴。他在一只脚踝处系着一串铃铛，一边拉奏，一边用脚打着拍子。大家都跳起舞来。不久便有点燥热。我们离开了舞池，浑身都是汗。

“真热。”

“太热了，老天啊！”

“把帽子摘下来吧。”

“说得对。”

有人请乔吉特跳舞，于是我走到吧台边。屋内真是热。在这闷热的夜晚，手风琴发出悠扬的琴声，确实让人心怡。我站在门廊处，喝了一杯啤酒，街头的凉风吹在我身上，颇感惬意。两辆出租车从陡峭的街道上驶下来，双双停在舞厅的门口。一群年轻人从车子内走出，有些穿着针织衫，有些则穿着短袖。在门中散出的亮光中，我看见他们的手，曲卷的、刚刚洗过的头发。站在门边的警察看了下我，朝我笑笑。他们走进来了。在灯光下，我看见他们那白人的手，曲卷的头发，白人的脸庞。他们表情丰富，双手比画着，你一言，我一语，互相交谈着。布蕾蒂正同他们一道。她看起来十分美丽，同那伙人打成一片。

他们中有人看见了乔吉特，就说：“我得说，这里真有个靓妞。我要和她跳舞，雷特。你瞧我的。”

那个身材高高、皮肤黝黑的男子就是雷特，他说：“别心急。”

那金色卷发青年回答道：“别担心，兄弟。”布蕾蒂就是和这伙人混在一起。

我大为光火。不知怎的，他们总是让我生气。我知道，他们不过是找些乐子，我应该大度点才是，但是我真想揍他们一个，随便哪个都行，砸碎他们那自视甚高、皮笑肉不笑中透出的泰然自若。不过，我没有这么做。我沿着大街往前走，在舞厅隔壁的酒吧喝了一杯啤酒。啤酒味道不怎么好，于是我便喝了一杯干邑白兰地，想解解口中的味，不过更加难喝。起身回到舞厅，舞池中挤满了人，乔吉特正和那高个子金发青年跳着舞。那青年跳舞的时候，使劲扭动着屁股，脑袋侧向一边，眼睛往上翻。一曲结束，那伙人中另一个人又上来向她邀舞。她已经被他们霸占了。我知道他们每个人都会和她舞上一曲。他们就喜欢这一套。

我在一张桌子边坐下。科恩坐在旁边。弗朗西丝跳着舞。布雷多克斯太太带着一个人走上来，向我们介绍，说他是罗伯特·培伦提斯，纽约人，经由芝加哥到此，是一位文坛新锐。他的法语带着英语口音。我请他喝一杯。

“多谢，”他说，“我刚喝过一杯了。”

“再喝一杯嘛。”

“谢了。恭敬不如从命。”

我们请老板女儿过来，每个人点了一杯兑水的白兰地。

“他们告诉我，你是堪萨斯城人。”

“不错。”

“你觉得巴黎好玩吗？”

“还行吧。”

“真的？”

我有点醉了。其实也没有真醉，不过已经有点不耐烦了。

“看在上帝的份儿上，”我说，“千真万确。你不这么认为？”

“噢，你生起气来真迷人，”他说，“我要是有这本领就好了。”

我站起来，朝舞池走去。布雷多克斯太太跟在我后面。

“别生罗伯特的气了，”她说，“他还是个毛孩，你也知道的。”

“我没生气，”我说，“我刚刚以为，可能我马上要呕吐了。”

“你的未婚妻很受欢迎啊！”布雷多克斯太太朝舞池瞅去，那高个子、黑皮肤叫做雷特的家伙正搂着乔吉特跳着舞。

“是吗？”我说。

“当然啦。”布雷多克斯太太说。

科恩走上来。“杰克，来，”他说，“喝一杯。”我们走到吧台。“你怎么了？好像为什么事情生气？”

“没有。只是这整个场面让我恶心。”布蕾蒂也走到吧台边来。

“嘿，伙计们。”

“嘿，布蕾蒂，”我说，“你怎么还没醉？”

“再也不会让自己喝醉了。喂，给我一杯白兰地苏打。”

她站着，手握着杯子，罗伯特·科恩盯着她看。他盯了好一会儿，就像他的同胞摩西看见了上帝许诺之地那般两眼放光。当然，科恩要年轻得多。但是，他眼神中充满了欲望和理应的期待。

布蕾蒂真是美极了。她穿着一件针织紧身套衫，一条花呢裙，和男孩一样往后梳着头发。她是这种风尚的开创者。她身材凹凸有致，那曲线就如赛艇的船体，羊毛套衫更是让她曼妙的身材展露无遗。

“布蕾蒂，你这伙朋友真不错。”我说。

“他们很可爱对吧？我说，亲爱的，你从哪里找到这个地方的？”

“在那波里咖啡馆。”

“你们今晚玩得尽兴吧？”

“嗯，有意思极了。”我说。

布蕾蒂笑了。“杰克，你这么做就不对了。这对我们大家都是一种侮辱。瞧瞧那边的弗朗西丝和乔。”这句是说给科恩听的。

“这是限制贸易。”布蕾蒂说。她又笑了起来。

“你一点没醉。”我说。

“是啊，我没醉吗？要是其他人像我一样，同这么一伙人在一起，他也能毫无顾忌地喝酒。”音乐响起来了，罗伯特·科恩说：“布蕾蒂小

姐，有幸同你跳一曲吗？“

布蕾蒂朝他笑笑。“我已经答应这支舞同雅各布跳了，”她笑着说，“杰克，你小子怎么有个《圣经》里的名字。”

“我们要走了，”布蕾蒂说，“我们应该约好去蒙马特去了。”

我们俩跳着舞，我从布蕾蒂的肩膀看过去，看见了科恩，站在吧台边，仍然盯着她看。“又一个人被你迷上了。”我对她说。

“别瞎扯了，可怜的家伙。我刚刚才知道呢。”

“噢，这样，”我说，“我倒是觉得你喜欢众星捧月。”

“不要瞎说。”

“你乐此不疲吧。”

“好吧，就算我喜欢，那又如何？”

“不怎么样。”我说。我们随着风琴跳着舞，有人弹起了班卓琴。室内温度虽高，我却满不在乎。我们从乔吉特身边擦过，她正同那伙人中的另外一个人跳着舞。

“你怎么会把她带来？”

“没缘由，就是带着她来了。”

“你真是个情种。”

“不是啦，纯粹因为无聊。”

“现在呢？”

“现在不了。”

“我们离开这吧。反正她已有人照应着了。”

“你想走？”

“如果不想走，我会问你吗？”

我们离开了舞池。我从墙壁的挂钩上取下外套，穿上。布蕾蒂站在吧台边。科恩正和她说着话。我站在吧台边，让他们给我一个信封。老板给我找到了一个。我从口袋掏出五十法郎，装进信封，封好口，然后交给了老板。

“如果那姑娘过来问我，你把这个给她好吗？”我说，“如果她同那伙绅士中的哪个出去了，就替我保管好，行吗？”

“没问题，先生，”老板说，“你现在就走吗？时间还早呢？”

“是的。”我说。

我们动身走出舞厅。科恩仍在滔滔不绝地同布蕾蒂说话，她说了声晚安，便挽着我的胳臂。“科恩，晚安。”我说。走在大街上，我们四处招呼出租车。

“你就这么白白扔了五十法郎。”布蕾蒂说。

“嗯，是的。”

“没有出租车。”

“我们可以先走到先贤祠区，然后再叫一辆。”

“走吧，我们到隔壁的酒吧喝一杯，派人给我拦一辆出租车。”

“你连过条街的路都不愿意走。”

“不到万不得已，我不想多走一步。”

我们走进了另一间酒吧，叫了一位服务生去帮我们拦出租车。

“得，”我说，“我们终于摆脱了他们。”

我们背靠着锡制吧台站着，没有言语，彼此凝视着。这时，服务生走过来，说出租车在外面候着。布蕾蒂紧握着我的手。我给了那服务生一法郎，接着便走出了酒吧。

“我该告诉司机去哪里呢？”我问。

“噢，就告诉他随便兜兜。”

我对司机说，去蒙苏熙公园，便坐进了车内，随手关上了车门。布蕾蒂倚靠在车内一角，双目紧闭，我坐在她旁边。车子猛抖了一下便发动了。

“哎，亲爱的，我一直如在地狱一般。”布蕾蒂说。

## 第四章

出租车爬上了小山，穿过了灯火通明的广场，然后便驶入了黑暗之中，仍然在往上攀爬，接着来到一块平地，进入了圣爱蒂安迪蒙教堂后的一条街道，黑漆漆的一片，车子沿着柏油路平缓地往前开着，经过一片树林，在护墙广场停着一辆公交车，然后车子又拐上了穆费塔街的鹅卵石车道。在街道的两边，酒吧和晚间营业的商店灯火璀璨。我们分开坐着，车子在一条古老的街道上往下开，道路颠簸，让我们又紧靠在一起。布蕾蒂摘下了帽子，将头靠在后座上。敞开的店门透出亮光，让我清清楚楚地看到她的脸，然后又是一片漆黑，接着我们来到高伯兰大街，我又清楚地看到她的面容。这条街路面被掀开，工人们在乙炔照明灯头的亮光中修整着车行道。在照明灯的强光下，我看到布蕾蒂白皙的脸庞，颈部露出修长的线条。街道又变暗了。我亲吻了她。我们的嘴唇紧紧地咬在一起，然后她转过脸去，紧靠在车座的一角，似乎想离我越远愈好。她低下了头。

“别碰我，”她说，“求你别碰我。”

“怎么了？”

“我受不了。”

“噢，布蕾蒂。”

“你不能这样。你要知道。我只是受不了。哎，亲爱的，请理解我！”

“你不爱我吗？”

“爱你？你只要一碰我，我身体就不住颤抖。”

“难道我们就没有办法克服吗？”

此刻，她坐立起来。我用胳臂搂她在怀，她紧靠在我身上，我们异常平静。她直视着我的双眼，那种眼神让你纳闷儿，她是否真的在用自己的双眼观看。它们不住扫视，好像世界上其他人的眼睛都已停止注视了，它们还在注视。她那样凝视着我，仿佛这世上她没有什么东西不敢直视的。其实，她有那么多东西无法面对。

“看来我们他妈真得认命了。”我说。

“我不知道，”她说，“我不想再经受一次折磨了。”

“我们最好敬而远之。”

“但是，亲爱的。我见不到你不行。事情并非全如你所知的那般。”

“算了吧，到头来还不是这样。”

“这怨我。难道我们不是一直在为自己做过的事情付出代价吗？”

她一直盯着我的眼睛。她的双眸似有不同的深度，有时如平湖一片，这会儿，你却可以洞穿她的双眸。

“就如我给很多男人带来痛苦。现在我正在偿还这笔债。”

“别说傻话了，”我说，“再说，我的遭遇本就是荒诞不经的。我从不去想它。”

“噢，不，我打赌你不是这样。”

“好了。我们住嘴吧，别扯这些了。”

“我曾经也觉得这是太过荒诞，”她的目光躲着我，“我哥哥的一个朋友也同你那样从蒙斯回到家。那看上去真是个天大的笑话。小伙子根本什么都不懂，不是吗？”

“是的，”我说，“谁又懂呢？”

我很好地给这个话题画上了句号。曾经，我可能已经从各种各样角度对此进行了分析，包括某些伤害或不足会成为人们的谈资，而对当事人来说却是非常严重的问题。

“好笑，”我说，“真是好笑。恋爱也是一件好笑的事情。”

“你这么认为吗？”她的眼睛又如平湖一片。

“我并不是说那种好笑。我是说爱情不是件愉快的事情。”

“是的，”她说，“我觉得爱情是人间地狱。”

“双方能见到彼此倒是件快乐的事情。”

“不。我可不这么认为。”

“你不想见到对方吗？”

“我是不得已。”

我们分开坐着，如两个互不相识的陌生人。左边是蒙苏里公园。旁边有家饭店，门口有一个池塘，里面养着鲜活的鳟鱼，人们可以坐在饭店里，朝外观看公园的景色。可惜，这时候已关灯打烊了。司机转过头来。

“想去哪里？”我问。

布蕾蒂别过头。“噢，去菁英咖啡馆吧。”

“去菁英咖啡馆，”我对司机说，“在蒙帕纳斯大道。”车子径直往前驶去，绕过守护过往的蒙鲁日有轨电车的贝尔福狮像。布蕾蒂眼睛直视前方。到了拉斯帕伊林荫道，就能看到蒙帕纳斯大道的灯火，布蕾蒂说：“我请你做一件事情，不知道你会不会介意。”

“别说傻话了。”

“在我们到达之前，再吻我一次。”

出租车停了下来，我打开车门，下了车，付了车钱。布蕾蒂跨出车门，戴上她那顶帽子，朝我伸出手，走了出来。她的手有点颤抖。“喂，我的样子是不是很潦倒？”她拉下她那男士毡帽，走进了咖啡馆。在里面，有些人靠在吧台边，有些人坐在桌边，大部分都是刚才在跳舞俱乐部的那伙人。

“嘿！伙计们，”布蕾蒂说，“我要喝一杯。”

“嘿，布蕾蒂！布蕾蒂！”那个小个子希腊肖像画家叫道。他自称公爵，大家却都叫他芝芝。他走到布蕾蒂面前。“我有件好事要告诉你。”“你好，芝芝。”布蕾蒂说。

“我想让你见个朋友，”芝芝说。这时，一个胖子走上来。“米皮波波勒斯伯爵，这是我的朋友阿什利夫人。”“您好啊！”布蕾蒂回道。

“我说，夫人您在巴黎过得还愉快吧？”米皮波波勒斯伯爵问道。他的表链上系着一颗麋鹿牙齿。

“非常愉快。”布蕾蒂说。

“巴黎是一座非常好的城市，”伯爵说，“但是，我猜你在伦敦也有很多社交活动吧。”

“嗯，是的，”布蕾蒂说，“非常之多。”

布雷多克斯坐在一张桌子边，向我喊话。“巴尔内斯，”他说，“来喝一杯吧。你带来的那个女孩和人家吵翻了。”

“吵什么？”

“老板女儿好像说了些不中听的话。好一阵争吵呢。你也知道，她也真够泼辣。掏出自己的黄卡[①]，硬要老板女儿也拿出来。吵得好凶。”

“最后怎么收场的？”

---

① 由政府颁发的证明妓女健康的证明。

"唉，最后有人把她送回家了。那姑娘长得也不坏。能说会道，言语泼辣。坐下喝一杯吧。"

"不了，"我说，"我得走了。看见科恩了吗？"

"他同弗朗西丝回家了。"布雷多克斯太太插话道。"可怜的家伙，他看起来真消沉。"布雷多克斯说。"谁说不是呢！"布雷多克斯太太说。

"我得走了，"我说，"晚安。"

我在吧台边同布蕾蒂道了声晚安。伯爵正在叫香槟。"这位先生同我们喝一杯如何？"他问道。

"不了，多谢。我得先行一步了。"

"真的走吗？"布蕾蒂问。

"是，"我说，"我头痛得厉害。"

"明天见一面？"

"来我办公室吧。"

"有点不便。"

"嗯，那我去哪里找你？"

"随意吧，五点左右，克利翁酒店见。"

"那在城市的另一边找个地方吧。"

"好的。五点客丽容酒店见。"

"别爽约啊！"我说。

"别担心，"布蕾蒂说，"我从未让你失望过，是吧？"

"有迈克的消息吗？"

"今天收到了他的信。"

"先生，再见。"伯爵说。

我出了咖啡馆，走上人行道，朝着圣米歇尔大道往前走，从洛东达咖啡馆摆在外面的餐桌经过，那里依然宾客如云，朝对面马路望过去，只见多姆咖啡馆也生意兴隆，餐桌都快摆到人行道边来了。坐在桌边的一人向我挥手，我没看清楚是谁，继续往前走。蒙帕纳斯大道则一片萧条。拉维妮餐厅大门紧闭。在丁香园咖啡馆门口，人们正将一张张桌子堆叠起来。我路过内伊雕像，它耸立在栗子树中间，树木刚抽出新叶，弧光灯射在雕像上。我看见一个枯萎的紫色花圈靠在一块石碑前。停下脚步，读着上面的文字：波拿巴主义者敬建，下面署着日期，我已不记得。内伊将军的雕像看起来威风八面，他穿着高筒靴，掩映在七叶树丛中，举起利剑。我的公寓就在对面街上，沿着圣米歇尔大街走几步就到了。

门房的灯仍亮着，我敲了敲门，守门人将信件递给我。我向她道晚安，走上楼。一共有两封信，另外有几份报纸。一封是银行的对账单，上面写着余额2432.60美元。我拿出支票簿，扣除本月以来开出的四张支票，发现我还剩1832.60美元。我将这数字写在对账单的后面。另一封信是一张结婚请柬。阿洛伊修斯·柯比先生和夫人通告女儿凯瑟琳的婚事——我不认识这位姑娘，也不认识她要嫁的男子。他们一定是在通告全城。这名字很有意思。我敢说，我记得任何一个叫阿洛伊修斯的人。这是一个典型的天主教教徒的名字。请柬上印着一枚饰章。就像芝芝之于希腊公爵，还有那个伯爵。那伯爵非常有趣。布蕾蒂也有个头衔——阿什利夫人。去她的布蕾蒂。去你的阿什利夫人。

我拉亮了床头灯，关上瓦斯灯，推开那几扇大窗户。床离窗户很远，就这么开着窗，我脱去衣服，坐在床边。窗外开过一辆夜行的列车，奔跑在有轨电车的车道上，把蔬菜运到卖场去。每当夜不能寐之时，这响声是够让人心烦的。我一边脱着衣服，一边望着床边大衣橱镜子中的自己。法国人装修屋子总是要弄上这么个大衣橱装上镜子。

也很实用吧，我想。伤哪里不好，偏偏伤到这里。真是让人笑话。我穿上睡衣，钻进被窝。我拿了两份斗牛报，撕去封面。一份是橙色的，另一份是黄色的。因为两份报纸新闻定是大同小异，所以，不管我先读哪一份，都定会糟蹋另一份。《牛栏报》办得更好一点，所以我先挑了它看。我逐字逐句地读着那份报纸，连读者来信和斗牛专栏也没放过。我熄灭了床头灯。也许，我可以睡着了。

脑子开始东想西想起来。那陈年的心病。唉，在那被当做笑柄的前线，受伤之后，像意大利人那般溃逃，真够丢脸的。伤员被送往意大利医院，我们组成了一个团体，取了个好笑的意大利名字。我想知道，那些意大利人现在是何景况。那是在米兰的市立大医院的庞迪病楼中。隔壁便是佐达病楼。医院有一座庞迪的雕像，也可能是佐达的。在那里，上校联络官来慰问我。真是滑稽，那是第一件滑稽的事情。我全身包扎着绷带，所以，他们告诉他我的情况。接着，他便说了一些冠冕堂皇的话："你，作为一个外国人，一个英国人（任何外国人在他眼中都是英国人），已经献出比生命更重要的东西。"多么华丽的讲话啊！我真想把这番话装裱起来，挂在办公室中。他表情严肃。我猜，他是对我的伤情感同身受了。"真是不幸！真是不幸！"

我想，我从未意识到这是一场不幸。我尽力不去想它，也不给他人增添麻烦，如果不是他们把我送去英格兰，在船上遇见布蕾蒂，我很可能不会有任何困扰。我认为她唯一想要的正是她不能拥有的。唉！人都这样。让人类见鬼去吧！天主教堂处理这事极有一套。总之，好言相告一番。叫人不要去想那事。嗯，真是极妙的建议。尽力忍着吧。尽力忍着。

我躺在床上，寻思着，思维乱窜。然后，终于不能自已，想起布蕾蒂，其他一切的念想便烟消云散。我想着布蕾蒂，思想也不乱窜了，如进入了一片平缓的波浪。突然，我开始恸哭起来。过来一会儿，心情平复了一点。我躺在床上，听着有轨列车驶过，发出的轰轰撞击声，如此，进入了梦乡。

我醒来。屋外有争吵声。我倾耳听去，听到了一个熟悉的声音。我穿上一件晨衣，走到门口。门房在楼下说话，听上去非常愤怒。我听到自己的名字，便朝楼下喊了一声。

“是你吗，巴尔内斯先生？”门房叫道。“是我。”

“不知是个什么女人把整条街都吵醒了。都这点了，不知道干什么勾当！她说她非得见你。我已经告诉她，你已经睡了。”

接着，我听到了布蕾蒂的声音。刚刚睡得迷迷糊糊，我还当是乔吉特呢。不知道为什么这么想。她不可能知道我住哪儿啊！

布蕾蒂走上楼来。我看她已经有七分醉了。“我尽干傻事，”她说，“好端端大吵一架。我说，你没睡啊，对吧？”

“你认为我在干什么？”

“不知道。现在几点了？”

我看了看时钟。已是四点半。“不知道几点了，”布蕾蒂说，“我说，能不能让我坐下？亲爱的，别生气。刚同伯爵道别。他把我带到这里的。”

“他人怎样？”我一边取来白兰地、苏打水和两个杯子。

“一点就好了，”布蕾蒂说，“别把我灌醉了。你说伯爵？嗯，人非常好。也参加过战争，是我们的同道中人。”

“他真是伯爵吗？”

“你知道，我宁可相信他是。不管如何，他也称得上是伯爵。深谙人情世故。不知道他从哪里学到这些。在美国还拥有很多糖果连锁店呢。”

她抿了一口酒。

“想想他把它称为‘连锁’，诸如此类的东西，把所有店都连起来。给我讲讲这事。太有趣了。虽然他是我们的同道中人。嗯，没错。毋庸置疑。群众的眼睛是雪亮的。”

她又喝了一口。

“我该如何捞上一把？你不介意的吧，对吗？你知道吗？他现在正在资助芝芝呢。”

“芝芝真的是公爵吗？”

"我倒不怀疑。你知道的，希腊公爵。末流画家。我更喜欢伯爵。"

"你要同他去哪里？"

"呃，哪里都可以。他刚才送我来这里的。提出给我一万美元，让我陪他去比亚里茨。折合英镑多少钱？"

"大概两千英镑吧。"

"一大笔钱呢。我告诉他我去不了。他倒也不生气。我告诉他，我在比亚里茨熟人很多。"

布蕾蒂咯咯地笑了。

"喂，你喝得真够慢的。"她说。我只呷了口白兰地苏打水。于是，便痛饮了一口。"这就对嘛。真有意思，"布蕾蒂说，"然后，他又要我陪他去戛纳。我告诉他，我在戛纳熟人太多了。又说去蒙特卡洛。我又告诉他，我在蒙特卡洛熟人太多了。我告诉他，不管在哪里，我都认识很多人。这是真的。所以，我叫他把我送到这儿来。"

她看着我，一只手放在桌子上，另一手举起杯子。"别那样看我，"她说，"我告诉他，我爱着你，这也是真的。别那样看我了。他也真够大度，一点不介怀。还说明晚载着我们去吃饭呢。你想去吗？"

"去又何妨？"

"我得走了。"

"怎么了？"

"只是想看看你。真傻的想法吧。穿好衣服下去如何？他的车在街上候着呢。"

"伯爵吗？"

"就他。还有一位穿制服的司机。准备载着我兜兜风，然后到布洛涅森林公园吃早餐。已备好了几篮酒食。全是从泽利饭店采购来的。还有成打的玛姆香槟。想去吗？"

"我一大早要去上班，"我说，"和你们比，我已太落伍了，难以企及，玩不到一块去。”

“别傻帽了。”

“真不能奉陪了。”

“那算了吧。给他带句感谢的话吧？”

“随你怎么说。一定会捎到。”

“亲爱的，晚安。”

“不要太忧伤了。”

“你让我心疼。”

我们吻别，互道晚安。布蕾蒂战栗起来。

“我得走了，”她说，“亲爱的，再见。”

“你不走也行啊。”

“不，我得走。”

我们在楼梯上又亲吻了彼此。我叫门房开门，听见她在门后咕哝着什么。我回到楼上，从敞开的窗户往外看，布蕾蒂在街上走着，一辆豪华轿车停在路边的弧光灯下。她坐进了车子，车子发动了，往前奔去。我回过身。桌子上放着两只杯子，一只空空如也，一只里面盛着半杯白兰地苏打水。我把它们收拾到厨房去，将那剩下的半杯酒水倒入水槽。关掉餐厅的瓦斯灯，踢去拖鞋坐在床上，钻进被窝。这就是布蕾蒂，那个一直让我为之哭泣的女子。我想着，最后一眼看见她，她走在街上然后跨入汽车，当然，有那么一刻，我感觉如同在地狱一般。在白天，假装对一切无动于衷很容易，但是黑夜却让人无处可遁。

# 第五章

清晨，我沿着圣米歇尔大道，走到苏福洛路喝咖啡、吃奶油蛋糕。真是个大好的早晨。卢森堡公园的七叶树正含苞待放。在这热天的早晨，心中荡漾着一种宜人的感觉。我一边喝着咖啡，一边看着报纸，接着抽了一根雪茄。卖花女从花市回来，正在摆弄着今天待售的鲜花。学生们成群结队，有的是去法学院，有的是去巴黎大学。

在圣米歇尔大道上，有轨电车川流不息，人们赶着去上班。我搭上了S路公交车，站在车子的后台上，车子朝玛德莱娜教堂开去。到了玛德莱娜教堂，我沿着卡普西纳街步行到加尼叶歌剧院，然后走向我的办公室。我从两个男子身边经过，一个男子手里抓着几只活蹦乱跳的青蛙，另一个男子手里把弄着手偶仿真拳击人。那男子带着一个女帮手，女孩用一根绳子操控着那拳击人，我小心避开，免得碰上那绳子。她站在那里，合着的双手中捏着绳子，眼睛却往别处看。那男子正在游说着游客购买。这时，又有三个游客驻足，津津有味地看着表演。我跟着一个推着滚筒的男子后面，他在人行道上压着CINZANO字样（一种开胃酒），字迹刚印上，油墨未干，仍湿漉漉的。一路上都是去上班的人们。上班是一件令人愉快的事情。我穿过大街，拐进我的办公室。

上了楼梯，来到办公室，浏览法国的晨报，抽了一支烟，接着坐在打字机前，开始一上午的工作。十一点钟，我坐着出租车前往法国外交部，走进大楼，同十几名记者坐在一起，听那位年轻的戴着角质架眼镜的新法兰西改良派外交官发言、回答提问，这样过去了半个小时。总理去了里昂演讲，或者，准确地说，正在回来的路上。有一个人提了问题，也不过是自说自话，另外通讯社记者问了几个问题，他们想知道问题的答案。今天没有什么新闻。我同伍尔西和克鲁姆共坐了一辆出租车从大使馆回去。

“杰克，晚上你一般都干吗呢？”克鲁姆问，“也没在附近见过你。”

“噢，我一般在拉丁区溜达。”

“哪天晚上我也去那儿。听说有一家叮戈咖啡馆。非常不错。是吗？”

“是的。叮戈，或者新开的菁英咖啡馆都不错。”

“我一直打算去耍耍的，”克鲁姆说，“但是你知道，带着孩子，还有老婆，脱不开身。”

“你打网球吗？”伍尔西问。

“唉，别提了，”克鲁姆说，“今年一次也没玩过。我倒是想去玩玩。可是，星期天老是下雨，球场总是人满为患。”

“英国人星期六也休息的。”伍尔西说。

“幸运的家伙，”克鲁姆说，“哎，我告诉你。有朝一日，我不再给通讯社干了。然后，就有大把的时间，可以去乡间看看、玩玩。”

“不错的主意。住在乡间，买一辆车，方便回城里。”

“我一直在考虑，明年买辆车开。”

我叩了叩车窗，司机将车停下。“我到了，”我说，“去我办公室喝一杯吧。”

“不了，谢谢，伙计。”克鲁姆说。伍尔西也摇摇头，说：“我还得回去把今早的新闻写出来呢。”

我塞了两法郎在克鲁姆的手中。

“杰克，别犯傻了，”他说，“车费我来出。”

“车费反正是公家出的。”

“没关系。我来付吧。”

我同他们挥手告别，克鲁姆将头伸出车窗，说：“礼拜三一起吃午餐哦！”

“一定。”

我坐电梯上了办公室。罗伯特·科恩正在等着我。

“嘿，杰克，”他说，“出去午饭吧？”

“好。我看看有没有什么新消息。”

“去哪里吃呢？”

“哪儿都行。”

我一边察看桌上是否有稿件。“你想去哪里吃呢？”

“韦策尔如何？他们那里的小点心挺不错的。”

我们去了那间餐馆，点了些点心和啤酒。酒保端来了啤酒，用高脚杯装着，杯身上结着一层水珠，甚是清凉。点了十多样小点心。

“昨晚玩得尽兴吧？”我问。

“哪有。”

“小说写得怎样了？”

“很糟。这第二本书简直写不下去了。”

“每个作家都会有这样的经历。”

“嗯，这我知道。只是，还是焦躁。”

"还惦记着去南美，啊？"

"我倒是想。"

"怎么不动身呢？"

"还不是因为弗朗西丝。"

"这样，"我说，"带她一起去嘛。"

"她不想去。这不是她热衷的事情。她喜欢人多热闹的地方。"

"让她滚蛋咯！"

"哪能这样做。我得替她负责。"

他将一碟黄瓜片推到一边，拿过一盘腌鲱鱼。

"杰克，你对布蕾蒂·阿什利夫人了解多少？"

"应该是阿什利夫人。布蕾蒂是她的名字。她是个不错的女人，"我说，"现在正在办离婚，准备同迈克·坎贝尔结婚。坎贝尔现在在苏格兰。你问她干吗？"

"她是个相当有魅力的女人。"

"谁说不是？"

"她身上有一种不凡的气质，说不出的优雅。她看起来绝对优雅和正直。"

"她是非常不错。"

"她那种气质真难以言表，"科恩说，"我看那应该是典雅了。"

"听你口气，好像你非常喜欢她。"

"我确实喜欢她。如果说我爱上她了也一点不稀奇。"

"她是个酒鬼，"我说，"他和迈克·坎贝尔相爱。马上就要嫁给他了。他终有一天会飞黄腾达的。"

"真不敢相信，她会嫁给他。"

"为什么？"

"说不上来。我就是不相信这点。你认识她很久了吗？"

“是的，”我说，“大战期间，我负伤住院，她是医院的空军志愿者（V.A.D.）。”

“她那时还是个小姑娘吧？”

“她现在三十四岁了。”

“她什么时候嫁给阿什利先生的？”

“大战期间。她的真爱死于痢疾之后。”

“你说得真挖苦。”

“抱歉，我不是刻意的。只是想告诉你事实。”

“我不相信她会嫁给自己不爱的人。”

“哎，”我说，“她这么干了两次。”

“我不相信。”

“好吧，”我说，“你若不喜欢我的答案，就别问我这些蠢问题。”

“我又没有问那些。”

“你刚才不是向我了解布蕾蒂·阿什利吗？”

“我没叫你侮辱她。”

“唉，见鬼去吧。”

他站起身来，脸色煞白。气急败坏、脸色惨白地站在桌边，身后的桌上堆满了点心小碟子。

“坐下，”我说，“别傻帽了。”

“你必须把那话收回去。”

“唉，别像个高中生一样。”

“收回去！”

“好吧。随你怎么说。布蕾蒂·阿什利的事我一概不知。如何？”

“不，不是这件，是你叫我见鬼去那句。”

“好了，好了。不说你见鬼去了，”我说，“再逗留会儿，我们才开始吃饭呢。”

科恩转怒为笑了，又坐了下来。看起来，他还是挺乐意坐下来的。如果他不坐下来，又能干下他妈的什么事情呢?

“杰克，你居然说这么无礼的话。”

“抱歉了。我就是嘴上不饶人。只是嘴上说说，并没有恶意。”

“这我知道，”科恩说，“杰克，你实际上是我最好的朋友。”

我的神啊！我心底想。“别往心里去，”我大声说道，“对不起啦。”

“没关系。已经过去了。我只是刚才有点生气。”

“太好了。我们叫点儿别的吃吧。”

吃完午餐之后，我们去了和平咖啡馆，喝了杯咖啡。言语间，我可以感觉到，科恩又想提起布蕾蒂，但是我把话题给岔开了。我们又东扯西扯了会儿，然后我同他告了别，回到办公室。

# 第六章

下午五点。我来到克利翁酒店，等待着布蕾蒂。却没见到她，我找了个地方坐下，写了几封信，写得并不漂亮，不过我希望克利翁酒店的信笺纸对此有所补益。布蕾蒂终是没有出现，所以，在六点差一刻的时候，我便走下楼到了酒吧，和酒保乔治喝了一杯杰克玫瑰鸡尾酒。布蕾蒂也没来酒吧，我离开之前，去楼上找了一圈。随后，打了一辆出租车，去菁英咖啡馆。车子穿过塞纳河的时候，我看见一排空空的驳船被拖曳着顺流而下，场面颇为壮观。当船只快驶入桥拱的时候，船员撑起了长长的桨。塞纳河真是迷人啊！在巴黎，从桥上穿过总是件宜人的事情。

出租车绕过了旗语发明者的雕像，它也正打着旗语姿势呢，然后拐上了拉斯帕伊大道，我闭眼休息，让汽车开过这段。拉斯帕伊大道总是让人沉闷。它特别像枫丹白露和蒙特罗之间公路的一段，总是让我感觉烦躁，死气沉沉的，非等开过心情才能舒畅。我想，这应该是在旅途中，联想到某些念头，才会产生这些沉闷的地方。在巴黎，还有一些同拉斯帕伊大道一样丑陋的场所。若是走在这样的街上，我倒是完全不介意。但是，我就是不能忍受坐在车子里从那里经过。也许是因为我曾经在哪里读到过对这条街道的描述。这和罗伯特·科恩认识巴黎城的方式是一样的。我真好奇，科恩是受谁的影响而看不上巴黎的。可能是看了孟肯的书吧。孟肯对巴黎厌之入骨。孟肯可真影响了很多年轻人的好恶感啊。

出租车停在洛东达咖啡馆的前门。从塞纳河右岸，不管你叫司机送你去蒙巴纳斯哪个咖啡馆，他都会把你送到洛东达咖啡馆。从现在往后十年，多姆咖啡馆可能会取而代之。反正也挺近的。我穿过洛东达咖啡馆那些令人沮丧的桌子，来到菁英咖啡馆。屋内只有寥落几人，哈维·斯通独自坐在屋外。他面前堆着一大堆碟子，满脸胡子拉碴的。

“请坐，”哈维说，“我一直在寻你呢。”

“有事情吗？”

“没事。只是想见下你。”

“去赛马了吗？”

“没有。自上礼拜天就没去过了。”

“美国那边有消息吗？”

“没有，完全没有。”

“你怎么了？”

“我也不知道。我和他们断了来往。我和他们完全断了来往。”他身子向前倾，眼睛直视着我。

“杰克，你愿意听我说些事情吗？”

“你说吧。”

“我已经五天没吃东西了。”

我脑海中快速回放着。那是三天前，在纽约酒吧，哈维和我玩摇骰子游戏，赢了我两百法郎。

“发生了什么事吗？”

“没钱。钱没寄过来，”他停顿了一会儿，“杰克，我告诉你，很奇怪，我潦倒如这般的时候，总想一个人待着。我只想待在自己的房内。就像一只猫一样。”

我摸摸自己的口袋。

“哈维，一百法郎够帮你吗？”

“够了。”

“好了。我们去吃点东西。”

“不忙。先喝一杯吧。”

“最好吃点东西。”

“不了。我都这样了，也不在乎吃不吃饭了。”我们喝点酒。哈维把我的碟子累在他那摞。

“你知道孟肯吗，哈维？”

“知道。怎么了？”

“他这人如何？”

“他人不错，喜欢讲些小笑话。上次我和他一起吃过顿饭，还一起谈论霍芬海默。‘糟就糟在，’他说，‘他是个老色鬼。’说得不错。”

“正是。”

“他现在已经江郎才尽了，”哈维继续说道，“他已经写完了自己知道的东西，现在正在写的都是自己不熟悉的。”

“我想他挺不错的，”我说，“只是我读不进他的文字。”

“嗯，现在也没人读他的书了，”哈维说，“除了那些过去在亚历山大汉密尔顿学院念过的人。”

“噢，”我说，“这也是件好事。”

“当然。”哈维说。我们这么坐着，沉思了一会儿。“再来杯波尔图酒？”

“好的，”哈维说。

“科恩来了。”我说。罗伯特·科恩正过马路。“那个傻蛋啊！”哈维说。科恩走到我们的桌前。

“嘿，你们这帮流浪汉。”他说。

“你好，罗伯特，”哈维说，“我刚才还和杰克说，你是个傻蛋呢。”

“你是什么意思？”

“如果你想做什么就可以做什么，你最愿意做什么？立刻告诉我们。不要想。”科恩思考了起来。

“不要思考，马上说出来。”

“说不上来，”科恩说，“我说，这到底是怎么回事？”

“我的意思是，你最想干什么？你头脑中出现的第一个念头是什么？不管它多么荒诞不经。”

“不好说，”科恩说，“我想现在我最想重新踢足球，我又有些心得了。”

“我错看你了，”哈维说，“你不是傻蛋。你只不过是个发育受滞的病人。”

“哈维，你真有意思，”科恩说，“小心哪天被人捶扁你的脸。”

哈维·斯通哈哈大笑。“你这么认为。但是，人家可未必。因为那对我不重要，我又不是拳击手。”

“如果有人揍你，那就重要了。”

“这绝不可能发生。这就是你铸成大错的根源所在。因为你不够聪明。”

“别再拿我开涮了。”

“真的，”哈维说，“这和我没什么干系。你与我什么也不是。”

“好了。哈维，”我说，“再喝杯波尔图酒吧。”

“不了，”他说，“我去街上走走，找点东西吃。杰克，回头见了。”

他走出了大门，沿着街上往前走。我看着他在出租车流中穿过马路。在交通中，他身材矮小而笨重，缓缓地走着，步伐中有散发出满满的自信。

“他总是惹我生气，”科恩说，“我受不了他了。”

“我倒不反感他，”我说，“挺喜欢他的。你犯不着和他生气。”

“我知道了，”科恩说，“只是他刚才刺痛我了。”

“今天下午写作了吗？”

“没有，动不了笔。相比第一本书，这本书难写多了。我正费劲对付它呢。”

他早春时节从美国回来时那股意气风发的劲头不见了。那时，他对自己的“大作”可是自信满满，只是心中渴望着些奇异的经历。而现在，那种踌躇满志不见了。不知怎的，我感觉我还没有把罗伯特·科恩的问题讲清楚。事实是这样：在爱上布蕾蒂之前，我从未听过他说一句话，让他同其他人区分开来。他在网球场英姿飒爽，身材健美，精力充沛；他桥牌也玩得很好，而且身上有一种大学生特有的风趣幽默气质。

在人群中，他的言谈不会引人注目。他在学校常常穿着那种叫做马球衫的短袖衬衫，可能现在也叫这个名字，但是又不像职业运动员那样显得年轻。我认为，他不太看重穿着。他的外表在普林斯顿大学定了型，内在则受到两个曾经训练过他的女人的影响。他身上有那种美好的、孩子气般的乐天精神，即使经过规训也未将之磨灭，而且可能我并未完全将这点表述清楚。他渴望在网球场上取得胜利，也许那种对赢的热情同苏珊·朗格伦不相上下。另一方面，即使输了比赛他也不愤懑。待他爱上布蕾蒂之后，他在网球场上便不堪一击，以前根本不是他对手的人也能将他打败。而他对这一切又满不在乎。

就这样，我们坐在菁英咖啡馆的露台上，哈维·斯通刚穿过了马路。

“去丁香园咖啡馆吧。”我说。

“我和人有约了。”

“什么时间？”

“弗朗西丝七点一刻来这里。”

“她来了。”

弗朗西丝·克莱因正从街对面朝我们走来。她身材高挑，走起路来动作幅度很大。她朝我们挥了挥手，脸挂微笑。我们注视着她穿过马路。

“哈罗，”她说，“真高兴在这儿碰上你，杰克。我一直想和你说句话。”

“嘿，弗朗西丝。”科恩说。面带笑容。

“哟，罗伯特，你在这里啊？”她接上话茬，语速飞快地说，“我今天真度日如年啊！这位——”朝科恩摇了摇头——“连午饭也不回家吃了。”

“我也没说要回去吃饭啊！”

“噢，这我知道。但是，你也没和厨子说一句啊！结果，我只得自己约个人，波拉又不在她办公室，我便去丽兹酒店等她，她又不见人影，我身上带的钱哪里够在丽兹吃一顿啊！”

“后来怎么办呢？”

“我当然就走了。”她故作轻松地说，“我这人是顶守约的。现如今还有什么人守信用啊。我应该学聪明些。这个，杰克你还好吧？”

“很好。”

“你带来舞会的那个女孩还不错，后来你却和那个叫什么布蕾蒂的走了。”

“你不喜欢她？”科恩问。

“我觉着她挺有魅力的。你不这么认为吗？”科恩没有说话。

“喂，杰克。我想和你谈谈。和我去圆顶咖啡馆坐会儿好吗？罗伯特，你就待这里对吧？走吧，杰克。”

我们穿过蒙纳帕斯大道，坐在咖啡馆的桌前。一个男孩走上前来，手中拿着一沓《纽约时报》，我买了一份，打开来看。

“有什么事情吗，弗朗西丝？”

“唉，也没什么事情，”她说，“只是他想离开我了。”

“你这是什么意思？”

“嗯，以前他逢人就说我们就要结婚了。还告诉了我母亲和亲朋好友。现在他反悔了。”

“出了什么事情吗？”

“他觉得，自己还没好好享受人生。他当初去纽约，我就知道事情会变卦。”她抬起头，一双眼睛依然炯炯有神，尽量轻描淡写地说着。

“如果他不想娶我，我也嫁不了他，我当然是不愿意的。现在说什么我也是不愿意嫁给他的。可是，对我来说，确实有点晚了，我们已经在一起三年，而且我刚刚离了婚。”

我未置一词。

“我们本来要庆祝一番，结果却大吵了一架。太儿戏了。我们吵得你死我活，他只是哭，求我明点理，但是他说就是不能和我结婚。”

“真倒霉。”

“真是糟糕透顶了。我在他身上浪费了两年半时间。我现在不知道，还有哪个男人愿意娶我。放在两年前的戛纳，只要我愿意，哪个男人都愿意娶我。所有那些想娶个年轻貌美的女子安心过日子的老男人都对我如癫如狂。而现在，我可能没那魅力了。”

“你当然还可以想嫁谁就嫁谁啊！”

“不，我这么认为了。而且，我是真心喜欢他。我还想生孩子。我一直想我们应该养孩子。”

她用明亮的眼睛看着我。“我一直都不太喜欢孩子，但是我不想这辈子都没有孩子。我一直想，我要生几个孩子，然后爱他们。”

“他已经有孩子了。”

“嗯，是的。他有孩子，而且有钱，有个富婆母亲，还写了一本书。我写的东西虽然也不赖，出版商却看不上，根本没人买账。我现在连一个子儿也没有。本来我还能得到一笔赡养费，可是我火急火燎地把婚给离了。”她又一次用那明亮的眼睛看着我。

“真不公平。虽然我有错，但是也不全是我的错。我真该放聪明点。我一提结婚的事情，他只顾哭，说自己不能结婚。他怎么就不能结婚了？我会是个好妻子的。我是个很随和的人，也不打扰他工作。可是，这都无济于事。”

“真是件倒霉事。”

“不错，真够晦气的。但是，说这些又有什么用处呢？走吧，回菁英咖啡馆。”

“只是我也爱莫能助。”

“是啊。只要别告诉他我和你谈过。我知道他想干什么。”此刻，她第一次收起来她那明朗、充满十足欢乐的仪态。“他是想独自回纽约。等他第一部书面市的时候，年轻女孩子就会围着他团团转。这就是他所向往的。”

“也许女孩们不喜欢呢。老实说，我并认为他是那样的人。”

“杰克，你没有我了解他。他就是想那样。我就知道。我就知道。这就是他不想娶我的原因。他是想在今秋独自荣归故里。”

“想回咖啡馆吗？”

“好的。走吧。”

我们从桌边站起来——服务生居然忘记招呼我们，一杯水也没送上——我们穿过街道，朝菁英咖啡馆前行。科恩坐在大理石面的桌子边，微笑着看着我们走来。

“喂，你笑什么？”弗朗西丝问他，“觉得很开心？”

“我笑的是，你同杰克分享你的秘密。”

“唉，我同杰克讲的也不是什么秘密。大家很快都会知道了。我只是想合宜地告诉杰克。”

“什么事情？关于你去英格兰的事情？”

“是啊。关于我去英格兰的事情。哎，杰克！我都忘记告诉你了。我马上要去英格兰了。”

“那不是好事吗？”

“是啊。豪门望族都是这么办事情的。罗伯特要打发我走了。他给我两百英镑，好让我去拜访朋友们。这岂不想得挺美吗？朋友们压根儿还不知道呢！”

她转身，面带笑容地看着科恩。科恩不再嬉笑了。

“你本来只打算给我一百英镑，不是吗？罗伯特？后来我不干，他才说给两百。他真是够慷慨了。不是吗，罗伯特？”

我不知道，人们怎能对罗伯特·科恩说这么恶劣的话。对于有些人，我们是不能说这么刻薄的话的。如果你说了这些话，他们会给你一种感觉，世界会崩裂，而且会华丽地崩裂在你眼前。但是，科恩只是静静地听着。就是如此，一切都发生在我眼前，我甚至没有一丝冲动去劝解。而这对后来所发生的事情不过是一种善意的嘲弄。

“弗朗西丝，你怎么能这么说话？”科恩打断她。

“你听听他，我要去英格兰，去拜访朋友们。如果朋友们也不待见你，你也会去吗？噢，他们情非得已把你收留下，好吧。‘亲爱的，你好吗？这么长时间没见着你了。你母亲还好吗？’话说回来了，你母亲还好吗？她把所有的钱买了法兰西战争债券。不错，她正是这么干了。可能这世界上也只有她会这么干。‘呃，罗伯特还好吗？’或者小心翼翼地打听罗伯特的消息。‘你最好别提罗伯特的名，亲爱的。可怜的弗朗西丝已经受够了。’罗伯特，这样好笑吗？杰克，你说这不是挺好笑的吗？”

她转向我，带着那灿烂十足的笑容。有人听她倾诉，她颇感满意。“罗伯特，你要去哪里呢？都是我的错，对吧？完全是我的错。当年，我让你甩掉杂志社那个小秘书的时候，我就应该知道，有朝一日，我也会被人取代。这事杰克还不知道吧。我告诉他好吗？”

“弗朗西丝看在上帝的份儿上，住嘴吧。”

“嗯，我来告诉他吧。罗伯特当年办杂志的时候有个小秘书。真是世界稀有的小尤物啊！他认为她是美若天仙。后来，我出现了，他又觉得我也不错。所以，我设法让他甩掉了她。要知道，当初杂志社搬家的时候，他把她从普罗温斯敦带到卡梅尔，而后来，他连路费都没给她，就把她打发回了西海岸。这一切都是为了讨好我。在他眼里，我当年年轻貌美啊。罗伯特，这是你干的事情吗？”

“杰克，你千万不要误会。我和那秘书是纯友谊关系。连这也算不上。根本什么也不是，只是她人非常好。”“他这么做完全是为了讨好我。好吧，我认为，刀口舔血者，必为刀剑所伤。这不是一句文学语言吗？罗伯特，我希望你记住，写在你的下本书里面。”

“你知道，罗伯特正在为新书搜集素材。是吗？罗伯特？这就是他要离我而去的原因。他已断定我上不了镜头。你瞧，我们住一起的时候，他总是忙东忙西的，写着这本书，把我们的事情抛在脑后，所以，现在他要走了，去寻找新的素材。好吧，我希望他找到些石破天惊的材料。”

“罗伯特，亲爱的，听我说。我想对你说几句话。你不会在意吧，对吗？不要同你这位年轻的女士吵架。尽量不要吵。因为一旦吵架，你就会哭，然后顾影自怜，记不清楚对方的话。你这样是永远记不住任何对话的。尽量别动气。我知道很难。但是记住，这是为了文学。我们都得为文学做点牺牲。你看我，我就要去英格兰，一句怨言也没有。这都是为了文学。……我们必须帮助年轻作家。杰克，你说呢？……虽然，你不算是年轻作家了，对吧？罗伯特？你已经三十四岁了。但是，我认为对于一个大作家来说这年纪还算年轻的。比如，哈代。又比如，阿纳托尔·法郎士。他才死不久呢。但是，罗伯特并不觉得他算得上是好作家。他有几个法国朋友告诉过他。他读法文书籍都太吃力。要说他绝对比不上你这位优秀的作家，是吧？罗伯特？你认为他也会去外面寻找素材吗？你觉得他不打算请情人的时候都会对他怎么说？我想知道，他是否也会哭呢？噢，我想起些事情来了。”她把那戴着手套的手放在唇边。“我终于知道罗伯特不娶我的原因了，杰克。我刚才才想到。在菁英咖啡馆，恍惚之间他们让我明白了。很神奇对不对？哪一天他们将会挂起一块牌子。就像在卢尔德市一样。罗伯特，你想知道吗？我告诉你吧，其实很简单。我在想为什么我一直想不到。为什么呢？你看，罗伯特一直想要有个情人。而如果他不娶我，那么我就算是他的情人。我已经做了他两年的情人了。看到吧？如果他如他所许诺的那般娶了我，这意味着一切罗曼蒂克的终结。你不觉得我很聪明吗？这都能揣摩出来。的确如此。仔细瞧瞧他，看是不是如此。杰克，你去哪里？”

“我去里面一下。和哈维·斯通聊一会儿。”

我走进咖啡馆的时候，科恩抬起头来。我看见他惨白的脸。他为什么还要坐在那里？为什么还要如此逆来顺受。我背靠着吧台，往外面打量，透过窗户仍能看见他们。弗朗西丝还对着他念叨，脸上绽放着灿烂的笑容，每次质问他，总是盯着他的脸：“罗伯特，不是这样吗？”又或者她不在如此问了。也许她改说其他东西了。我告诉酒保我啥也不想喝，从边门走出去。我走出咖啡馆，透过两层厚厚的玻璃回看他们，看见他们仍坐在那里。她仍然对着他喋喋不休。我沿着一条小巷，走到了拉斯帕伊大道。一辆出租车驶过来，我坐了进去，告诉司机公寓的地址。

# 第七章

我走上楼梯，门房在她屋子大门的玻璃上叩了叩，我停住了脚步，她走了出来，递给了我几封信和一封电报。

“这是你的邮件。今天有位女士来找你。”

“她有留下名片吗？”

“没有。她同一个先生一起来的。就是那个昨晚来过的女士。结果发现她人非常好。”

“陪他来的先生是我的朋友吗？”

“这我可不知。他好像从没来过这儿。人高马大的。非常、非常魁梧。她倒是很友好。非常、非常友善。昨晚，她可能只是有点……”她用一只手托着腮帮子，上下摇晃着。“巴尔内斯先生，我就直说了吧。昨晚我真觉得她有失温柔。昨晚给我的印象不怎么样。但是，你听我说呀，她非常、非常温柔的。她出身名门。这你可以看得出来的呀。”

“他们没留下什么话吗？”

“有留。他们说一个小时之内会再来。”

“他们来了就让他们上楼。”

“好的，巴尔内斯先生。再说那夫人、那夫人看来不一般。虽说有点古怪，但是气度不凡，气度不凡。”

这门房以前在巴黎赛马场开过一家小酒店。本来她毕生的事业是同赛马场打交道，但是，她眼睛盯着赛马场里的各色人物，她会颇为自豪地告诉我，哪些客人是有教养的，哪些是出身望族，谁是运动员。她用法语说“运动员”这个词的时候，总是将重音落在“人”这个音上。这唯一的问题是，当人们难以归于这三类的时候，她很可能对人家说没人在家，没人在巴尔内斯先生家。我有一个朋友，是一个长得极端面黄肌瘦的画家，在杜齐纳太太眼中，他既缺乏教养，又非出身名门，也不是运动员，他写了一封信给我，问我是否能给他弄张通行证，让他能通过门房，晚上偶尔来看看我的时候，可以直接上楼去？

我一边上楼，心里一边嘀咕，布蕾蒂到底对门房使了什么花招。电报是比尔·戈顿拍来的，说他就正乘着法兰西号，就快到了。我把邮件放在桌上，回到卧室，脱去衣服，准备洗个澡。我正搓着身子，忽然听见有人按门铃。我穿上浴袍，趿上拖鞋，走到门口。正是布蕾蒂。她后面跟着那伯爵。他手中拿着一大束玫瑰。

“嘿，亲爱的，”布蕾蒂说，“不准备让我们进去吗？”

“进来呀，我刚正在洗澡呢。”

“你真会享受啊。还洗澡呢。”

“冲个凉而已。请坐吧，米皮波波勒斯伯爵。你们想喝点什么？”

“先生，我不知道你是否喜欢花，”伯爵说，“我且冒昧带来这些玫瑰来。”

“这边，把花给我吧，”布蕾蒂接过它们，“杰克，弄点水来养花。”我把厨房的大陶制水壶装满了水，布蕾蒂把花放了进去，然后把它们放在餐厅的桌子中央。

“哎，我们美美地玩了一整天。”

“你一点不记得曾同我约好在克利翁酒店见面？”

“没有啊。我们有约吗？我准是糊涂了。”

“老兄，你真喝多了。”伯爵说。

“难道我不是吗？伯爵绝对是个慷慨的人。”

“你现在同门房套上交情了。”

“可不。我给了她两百法郎。”

“别尽干蠢事。”

“他的钱啊！”她说，朝伯爵点了点头。

“我想我们应该给她点东西，补偿昨晚的无礼。昨天真是太晚了。”

“他真了不得，”布蕾蒂说，“发生的事情他都统统记得。”

“亲爱的，你也不是吗。”

“哎呀，”布蕾蒂说，“谁又想呢？我说，杰克，我们喝一杯吧？”

“你去拿吧，我去房间穿下衣服，你知道酒放在哪儿的。”

“当然。”

我穿着衣服，听到布蕾蒂摆好杯盏，然后放下苏打水瓶，接着便说起了话。我坐在床上，慢条斯理地穿着衣服。感觉倦怠，身体颇为不适。这时，布蕾蒂走入房间，手中端着酒杯，也在床边坐下来。

“亲爱的，怎么了？你觉得头晕吗？”她在我额头亲吻了下，没有一丝情欲。

“噢，布蕾蒂，我如此爱你。”

“亲爱的，”她说。停顿了会儿，接着说：“我把他打发走好吗？”

“不用。他是个好人。”

"我这就打发他走。"

"别，别这么做。"

"就这么说，我打发他回去。"

"你不能这么做。"

"为什么不能？你待在这儿无动于衷。我告诉你，他却对我如癫如狂。"

她走出了房间。我趴在床上，心情极差，我听到他们说话，却没有仔细去听，布蕾蒂又走了进来，坐在床沿。"亲爱的，瞧你这老迈的样子。"她抚摸着我的头。

"你怎么和他说的？"我躺在床上，眼睛不去看她。我不想看见她。

"叫他去买香槟。他可喜欢买香槟了。"

接着说道："你感觉好点了吗？亲爱的。头不晕了吧。""好点了。"

"好好躺着。他去河那边了。"

"我们不能一起生活吗？布蕾蒂。我们不能只住在一起吗？"

"我想不行。我见人就会和人搞关系，对你不贞。你肯定受不了。"

"我现在不是能忍受吗？"

"这是两回事。杰克，都怨我。这是我的本性。"

"我们去乡间待段时间可以吗？"

"这又有何益处。如果你想去，我可以陪你去。但是，我本就不能寂寞，无法老老实实地待在乡下，更不要说和自己心爱的人在一起了。"

"我明白。"

"这不是糟透了吗？我告诉你我爱你，却于事无补。"

"你知道我也爱你。"

"我们还是别说话了。说话是件无聊的事情。我就要离开这了，不久之后，迈克也要回来了。"

"你为什么要走？"

"对你好，对我也好。"

“什么时候出发？”

“尽快。”

“去哪里？”

“圣塞巴斯蒂安。”

“我们不能一道去吗？”

“不能。我们刚才不是把话讲清楚了吗？怎么现在又糊涂了。”

“我们又没有达成一致。”

“噢。你我都心知肚明。别拗了，亲爱的。”

“嗯，不错，”我说，“我知道你是对的。我只是情绪不佳，我一心情不好，说话就像个蠢蛋。”我坐了起来，弯下身子，在床边找到了鞋子，将鞋子穿上。我站了起来。

“亲爱的，别用这副眼神看我。”

“你想要我怎么看你？”

“唉，别傻了。亲爱的。我明天就走了。”

“明天？”

“是的。我没有说过吗？我明天就走了。”

“我们喝杯酒吧。伯爵就快回来了。”

“是啊，他应该快回来了。你知道，他买香槟可在行了。那对他可是件天大的事情。”

我们走进了客厅。我拿起白兰地酒瓶，给布蕾蒂斟了一杯，也给自己斟了一杯。这时，响起了门铃。

我走去开了门，正是伯爵。他身后跟着司机，拎着一篮子香槟。

“先生，放哪里呢？”伯爵问。“放到厨房去。”布蕾蒂说。“亨利，放到那儿去，”伯爵用手指了指，“现在去楼下找些冰块来。”他站在那儿，看着司机把香槟放进厨房门里去。“我想你喝了之后定会对这酒赞不绝口的，”他说，“我们知道现在在美国品尝到美酒的机会太少了，我这是从一个做酒生意的朋友那儿搞来的。”

“噢。你在各行各业都认识几个人啊！”布蕾蒂说。

“这家伙自己种葡萄，上千亩葡萄园呢。”

“他叫什么名字？”布蕾蒂问，“弗夫·凯歌？”

“不是，”伯爵说，“玛姆，他是个男爵。”

“真有意思，”布蕾蒂说，“我们都有头衔。杰克，你怎么没有头衔？”

“先生，我向你保证，”伯爵一只手放在我的手臂上，“头衔这东西没什么好处，大多数时候，都只是烧钱而已。”

“噢，这我倒是不知道，有时候倒是挺有用处的，”布蕾蒂说，“我到现在也不知道它于我有什么好处。”

“你是没有正确地运用它。它倒是给我带来不少声望呢。”

“伯爵，请坐，”我说，“我帮你把手杖放好吧。”

在煤气灯下，伯爵隔着桌子望着布蕾蒂。她吸着烟，将烟灰弹在地毯上。她发现我注意到了，便说：“我说，杰克，我可不想毁掉你的地毯，能给我找个烟灰缸来吗？”

我找来几只烟灰缸，把它们摆在几个地方。这时，司机提着满满的一桶盐水冰块上来。“亨利，把两瓶香槟放进里面镇一下。”伯爵吩咐道。

“先生，还有其他事情吗？”

“没事了，去车子里候着吧。”他转过身来，对布蕾蒂和我说，“我们要不要去布洛涅森林公园吃饭？”

“如果你想，也不妨，”布蕾蒂说，“只是我没有胃口。”

“我总是对大餐没有抵抗力。”伯爵说。

“要把酒拿进来吗？先生。”司机问。

“嗯，拿进来吧，亨利。”伯爵说。他掏出一只厚实的猪皮香烟盒，给我递上一支。“想尝尝地道的美洲雪茄吗？”

“不了，谢谢，”我说，“我要把这支烟抽完。”

他用拴在表链末端的金制小刀将雪茄的尾巴切掉。“我喜欢雪茄的原汁原味，”伯爵说，“你抽的雪茄，一般味道都被滤去了。”

他点燃了雪茄，吸了一口，看着桌子对面的布蕾蒂。“阿什利夫人，你何时离婚呢？那时，你可就没有头衔了。”

“是啊。真遗憾。”

“不会，”伯爵说，“你要什么头衔啊。你浑身上下透着高贵的气质。”

“谢谢，你真会讲话。”

“我可不是开玩笑哩。”伯爵吐出了一口烟，“你是我见过气质最高贵的人。你有它。就是如此。”

“你真好，”布蕾蒂说，“老妈听到这话肯定要乐坏了。你能把你说的话写出来吗？我在信中寄给她。”

“我会亲自告诉她的，”伯爵说，“我可不是在开你玩笑，我从不开人玩笑，因为你取笑别人，就无形中树了敌人。这是我时刻笃定的信条。”

“你说得对，”布蕾蒂说，“你说得太对了。我常常开别人玩笑，所以我在这世上没有一个朋友。除了这个杰克。”

“你不开他玩笑。”

“正是。”

“现在呢？”伯爵说，“现在你会开他玩笑吗？”

布蕾蒂看着我，眼角现出了皱纹。“不，”她说，“我是不会开他玩笑的。”

“明白了，”伯爵说，“你不会戏弄他。”

“这真是无聊至极的话题啊！”布蕾蒂说，“那香槟能喝了吗？”

伯爵往下伸手，在那闪亮的桶子里面转了一下。“还没冰透呢，我的宝贝，你总是贪酒喝。为什么不说说话呢？”

“我已经说得够多的了，都已经向杰克将自己和盘托出了。”

“我真欢喜听你好好讲话，我的宝贝。你同我讲话的时候，总是讲一半就不讲了。”

“那是留给你来把它们讲完啊！人们爱怎么讲完就怎么讲。”

“这一套真有趣，”伯爵又探下身子，将桶子里的瓶子转了转，“可我还是欢喜听你讲话。”

“你瞧他傻不傻？”布蕾蒂问。

“好了，”伯爵举起一个瓶子，“我想已经冰透了。”

我拿来一条毛巾，他将瓶子揩干，举了起来。“我喜欢大瓶装的香槟。这酒味道更好，就是更难冰透。”他举着瓶子，盯着看，我拿出了酒杯。

“我说，你可以开瓶了啊，”布蕾蒂敦促道。“是的，我的宝贝，我现在就将它打开。这是一瓶上等佳酿哦。”

“我说，这才算是酒啊！”布蕾蒂举起杯子，“我们应该为什么东西干一杯。‘为皇室干杯’。”

“这酒用来干杯未免太浪费了，我的宝贝。喝这样的酒不应该掺杂感情，这样便品不出味来了。”

布蕾蒂的酒杯已空。

“伯爵先生，你应该去写一本关于酒的书。”我说。

“巴尔内斯先生，”伯爵回答道，“我对酒的全部兴趣就在于品味。”

“让我们再品点吧。”布蕾蒂将杯子往前面一推。伯爵小心翼翼地往她杯中斟酒。“你瞧，我的宝贝，现在你慢慢地喝，待会儿你就会喝醉。”

“喝醉？喝醉？”

“我的宝贝，你喝醉时，可迷人了。”

“你听这人说话。”

“巴尔内斯先生，”伯爵在我杯中倒满了酒，“我没见过第二个女人像她这般，醉酒时和清醒时同样迷人。”

"你见少识浅吧，是吗？"

"才不是呢，我的宝贝，我交际广着呢。我认识的人可多呢。"

"喝你的酒吧，"布蕾蒂说，"我们交际都挺广的。我敢说，杰克见过的场面也不比你少。"

"我的宝贝，巴尔内斯先生见多识广，我是相信的。不要认为我对此有疑义，先生。我见得也不少呢！"

"亲爱的，你当然见识过许多，"布蕾蒂说，"我刚才只是逗你呢。

"我参加过七次战争，四次革命。"伯爵说。

"当兵上战场？"布蕾蒂问。

"亲爱的，有时候要的，你看我身上有几处箭伤呢。你们见过箭伤吗？"

"给我们瞧瞧吧！"

伯爵站了起来，解开背心的扣子，剥开衬衫。他将汗衫往上撸起，站在灯光下。露出黑黝黝的胸部，胃部隆起大块肌肉。

"看到了吗？"

在最后一根肋骨下方有两处白色隆起的条痕。"看下背部箭头穿出的地方。"在背部腰子的上方也有两处同样的伤疤，隆起来有指头那么厚。

"哎哟，好家伙。穿身而过。"

伯爵把衬衫掖好。"你在哪里弄的这些伤？"我问。

"在阿比西尼亚，当时我才二十一岁。"

"你当时在干吗呢？"布蕾蒂问，"参军吗？"

"亲爱的，我是去做买卖的。"

"我告诉过你，他是我们的同道中人，不是吗？"布蕾蒂转身面向我，"我爱你。伯爵，我心疼你。"

"宝贝，你就会哄我开心，可惜这不是真的。"

"别说蠢话了。"

“巴尔内斯先生，你瞧，正是因为我历经磨难，今儿才能体味到万事的乐趣。你不也是这么认为的吗？”

“是的，完全认同。”

“我知道，”伯爵说，“那便是奥秘所在。你须得明白些价值观念。”

“就没有什么动摇你的价值观念吗？”布蕾蒂问。

“没，再没有了。”

“没再爱上谁？”

“这一直有，”伯爵说，“我一直在恋爱中。”

“这对你的价值观念有何影响呢？”

“恋爱在我的价值观念中有一席之地。”

“你根本没有什么价值观念。你是死人一个，不过如此。”

“不，亲爱的，你说得不对，我根本没死。”

我们喝了三瓶香槟，伯爵把酒篮放在厨房中。我们在洛涅森林公园一家饭馆吃了饭。饭菜丰盛。食物在伯爵的价值观念中占有举足轻重的地位，就如酒一般。吃饭时，伯爵的兴致颇好，布蕾蒂也是一样，真是一次快乐的聚会。

饭后，伯爵问道：“你们想去哪儿？”整个饭馆就剩我们几个了。两个服务生靠着大门站在一边，巴望着下班回家。

“我们可能去山上溜达溜达，”布蕾蒂说，“我们这次聚会真不错，对吧？”伯爵笑容可掬，显然他非常开心。

“你们真是不错的一对，”他说，这时又抽起了烟，“为什么不结婚呢？你们俩。”

“我们想有各自的生活。”我说。

“我们有各自的事业，”布蕾蒂说，“好了，别扯这些了。”

“再喝一杯白兰地吧。”伯爵说。

“我们去山上吧！”

“别去了。就在这里喝，这多安静啊！”

“你和你的‘安静’待这里吧，”布蕾蒂说，“男人如何看‘安静’？”

“男人都喜欢‘安静’，”伯爵说，“亲爱的，就像你们喜欢喧闹一般。”

“好吧，”布蕾蒂说，“我们就喝一杯吧！”

“侍酒师！”伯爵招呼道。

“先生，来了。”

“你们这儿最陈的白兰地是哪一年的？”

“1811年的，先生。”

“给我们来一瓶。”

“喂，别摆阔了。杰克，叫他别拿来。”

“你听我说，亲爱的，我用钱买陈年白兰地，比买任何其他的古董都要值当。”

“你收藏了很多古董？”

“我整了一屋子。”

最后，我们登上了蒙马特高地。泽利酒吧里面已经挤满了人，氤氲一片，吵声喧天。一走进门，音乐便迎面袭来。布蕾蒂和我跳起了舞。人实在太多，我们几乎不能移动。黑人鼓手朝布蕾蒂挥手示意。我们被困在人群中，只能在他面前的一个地方踏着舞步。

“你好吗？”

“很好呀。”

“那敢情好。”

他脸上最显眼的就是一口白牙和两片厚厚的嘴唇。

“他是我一个很要好的朋友，”布蕾蒂说，“超级棒的鼓手。”

音乐停了下来，我们开始朝伯爵坐的桌子走去。然后，音乐又响起，我们又跳起了舞。我看了看伯爵。他坐在桌子边，抽着雪茄。音乐又停了下来。

“我们过去吧。”

布蕾蒂朝桌子走过去。音乐又开始了，我们又跳起了舞，挤在人群之中。

“杰克，你的舞技真是蹩脚，不像迈克，他是我认识的人中舞跳得最好的。”

“他很优秀。”

“他也有他的问题。”

“我喜欢他，”我说，“我真挺喜欢他的。”

“我就要和他结婚了，”布蕾蒂说，“真好笑，我有一个礼拜没想起过他了。”

“你没写信给他吗？”

“没有。从不写信。”

“他准给你写信了。”

“当然了。信写得真不错。”

“你们何时结婚呢？”

“我哪里晓得。最快也得我们各自办完了离婚手续吧。迈克正想法儿让他母亲出钱来摆平呢。”

“有什么我能帮你的吗？”

“别傻了。迈克家族有得是钱。”

音乐停了下来。我们走到桌边。伯爵站了起来。

“真美，”他说，“你看起来真是太美了。”

“伯爵，你不跳舞吗？”我问。

“不了，一把年纪了。”

“哎，别胡说了。”布蕾蒂说。

“亲爱的，如果我欢喜，我就会跳。我看着你跳舞挺享受的。”

“好极了，”布蕾蒂说，“那我找机会再跳给你看。你那位小朋友芝芝呢？”

“跟你说吧，我资助那孩子，但是不喜欢他整日在我身边转悠。”

“他着实艰难。”

“你知道的，我想那孩子将来一定会有光明前途的。但是，我就是不喜欢他跟在我后面。”

“杰克也是这号人。”

“他总让我毛骨悚然。”

“好吧，”伯爵耸了耸肩，“关于他的前程，谁也说不好。不过，他是我父亲一个故交的儿子。”

“走吧。我们跳舞去。”布蕾蒂说。

我们跳舞。舞池里挤满了人，空气闷热。

“亲爱的，”布蕾蒂说，“我真是痛苦。”

“我有一种感觉，心间的苦楚一遍遍地反复。”

“你刚才还挺开心呢！”

鼓手嘟囔道：“你不能两次……”

“都过去了。”

“怎么回事？”

“我不知道，只是心情很糟糕。”

……鼓手唱着，然后抓起鼓槌。“想走吗？”

我总感觉在一场噩梦之中，一些东西总是挥之不去，虽然好不容易熬过去了，现在又得经受一遍。

……鼓手柔声地唱。

“我们走吧，”布蕾蒂，“你别在意。”

……鼓手又叫嚷了起来，冲着布蕾蒂咧嘴笑。

“好吧。”我说。我们离开了拥挤的人群。布蕾蒂去了趟洗手间。

“布蕾蒂想走了。”我对伯爵说。他点了点头。

“她要走？行。你们坐车走。我再待会儿，巴尔内斯先生。”

我们握了握手。

“玩得真开心，”我说，“请让我来付钱吧。”我从口袋里掏出一张钞票。“巴尔内斯先生，别这么可笑了。”伯爵说。

布蕾蒂走了过来，穿好了外套。她亲吻了伯爵，将手放在他肩上，不让他站起来。我们走出大门，我回了回头，看见他桌边坐着三个女郎。我们坐进了轿车。

布蕾蒂告诉了司机她宾馆的地址。

“别，别上去了。”她在宾馆的门口说。她按了下门铃，大门并没有上锁。

“真的吗？”

“嗯，请回吧。”

“晚安，布蕾蒂，”我说，“你心情不好，我真难过。”

“晚安，杰克。晚安，亲爱的。再见不见。”我们在门前亲吻。她将我推开。我们又吻在一起。“噢，不要这样！”布蕾蒂说。

她飞快地转身，走进了宾馆。司机把我送到公寓。我给了他二十法郎，他身手碰了下帽檐：“先生，晚安。”然后，便开车离去。我按下门铃。门打开了，上了楼，躺在床上睡去。

## 第八章

我再也没见到布蕾蒂，直到她从圣塞巴斯蒂安回到巴黎。她给我从那里寄来了一张明信片。上面是贝壳海滩的风景，写着："亲爱的。心情宁静，身体安好。向所有的朋友问好。布蕾蒂。"

我也没再见到罗伯特·科恩。我听说弗朗西丝已经去了英国。科恩给我留了个便条，说他去乡间待几个礼拜，他也不知道去哪里，但是要我遵守诺言，不要忘记去年冬天说好的去西班牙钓鱼的旅行计划。他写道，我可以随时通过他的银行经纪人同他取得联系。

布蕾蒂走了，科恩也不会来向我抱怨他的麻烦事，不用去打网球也挺惬意的，要做的事情实在是很多，我常常去赛马场，同朋友们吃饭，另外在办公室加了会儿班，提前将一些活儿干好，这样便可以交给秘书去负责，六月底便可以同比尔·戈顿去西班牙了。比尔·戈顿来到巴黎，在我的公寓停留了两天，又去了维也纳。他兴致勃勃的，称赞美国如何如何好，纽约如何如何繁华。时值大戏剧节，规模宏大，出现了一大群青年轻重量级拳击手。不管哪一个选手都有希望成长起来，增加体重，将拳王邓普希击败。比尔可乐坏了。上一本书让他大赚了一笔，而且收入还会源源不断。他在巴黎期间，过得很开心，然后就去了维也纳。他三礼拜后还会回来，然后我们便一同去西班牙钓鱼，接着在潘普洛纳过圣日。他写信说，维也纳漂亮极了。然后，又从布达佩斯寄来一张明信片，写道："杰克，布达佩斯漂亮极了。"随后，我收到一封电报："礼拜一将返。"

礼拜一傍晚时分，他出现在我公寓楼前。我听到出租车停车的声音，走到窗口，朝他招呼；他挥了挥手，便提着大包小包走上楼。我在楼梯上迎接他，接过一个包。

"喂，"我说，"听说你这趟旅行玩得很开心。"

"好极了，"他说，"布达佩斯真是美不可言啊！"

"维也纳呢？"

"不太好，杰克。不太好。似乎比以前好点了。"

"你是说？"我一边拿出两个杯子和苏打水瓶。

"我醉了，杰克，我是醉的。"

"这可奇怪了。还是喝一杯吧。"

比尔揉搓他的额头。"真是稀奇，"他说，"我不知道怎么就醉了。突然就醉了。"

"多长时间了？"

"杰克，四天了。醉了刚好四天。"

"你去哪里了？"

"不记得了。给你写了张明信片。这我记得清清楚楚。"

"还做了什么？"

"说不清。可能……"

“接着讲。告诉我。”

“记不清了。我记得多少就告诉你多少吧。”

“继续。喝了那杯，再好好回忆下。”

“好像记得一点，”比尔说，“有一次拳击大赛。在维也纳举行的一次大型拳击赛。有个黑人选手。我对他印象最深了。”

“继续讲。”

“那黑人可了不得了。长得像泰格·弗拉沃斯，只不过身形是泰格的四倍。顷刻间，众人都向他扔东西。不过我没有。那黑人将本地的一个男孩击倒在地。他举起一只手套，想要说点什么。那神态可真是轩昂。正准备开始说话，这时那当地的白人小伙子又向他袭来，他一拳将对方击晕。这时，众人都朝他砸椅子。最后，黑人坐我们的车回家了。衣服也没拿，只得穿我的衣服。现在想起了这整件事情。真是刺激的比赛之夜。”

“后来呢？”

“我借了黑人几件衣服，同他四处活动，设法拿到他的奖金。对方却说黑人砸了场子，反倒欠他们的钱了。不知道当时是谁充当的翻译？是我吗？”

“大概不是你。”

“你说得对。不是我。是另外一个家伙。好像我们称他为当地的哈佛毕业生。现在想起来了，他是主修音乐的。”

“结果怎样？”

“不了了之。杰克，天下到处都是不平事。大赛组织者宣称，黑人答应过让当地小伙赢得比赛，说黑人违反了约定，不能在维也纳把维也纳小伙击倒。‘我的老天，戈顿先生，’黑人说，‘整整四十分钟，我站那儿，什么事情也没干，只是想着让他。那白人小伙准是出拳向我打来，却反伤了自己。我根本碰也没碰他。’”

“他拿到钱了吗？”

“没有。一个子儿也没拿到。我们能做的就是帮黑人把衣服拿回来。他的手表还被人拿走了。这黑人真是条汉子。千不该，万不该，不该去维也纳。杰克啊，世道艰难，世道艰难啊！”

“后来那黑人怎么样了？”

“回科隆去，在那儿定居了。结了婚，组了家庭。要给我写信，还说要还借我的钱。这黑人真不错。希望我给他的地址是对的。”

“大概不会错的。”

“嗯，随便了，我们吃点东西，”比尔说，“如果你不想让我告诉你更多旅途见闻的话。”

“往下说吧。”

“还是吃饭去吧。”

我们下了楼，走到圣米歇尔大道上，六月的傍晚，气温和煦。

“去哪儿呢？”

“我们去岛上吃饭吧？”

“当然好。”

我们沿着圣米歇尔大道往前走。在丹费尔－罗什洛大道交会处，矗立着一尊长衫飘逸的双人塑像。

“我知道他们是谁，”比尔注视着那尊雕像，“那是药学的祖师爷，别想拿巴黎的事来糊弄我。”

我们继续往前走。

“这里有家动物标本店，”比尔说，“想买什么吗？买一只好看的狗标本？”

“行了，”我说，“你真是醉糊涂了。”

“多么可爱漂亮的狗标本啊！”比尔说，“一定会让你的房子增色不少的。”

“行了吧。”

“就买一只，我买不买都可以，但是，杰克，听着，你得买一只。”

“走啦。”

“你把它买下，世界上其他东西在你眼中都是浮云了。简单的价值交换。你给钱，他们给你狗标本。”

“我们回来再买。”

“行。你想什么时候买就什么时候买。通往地狱之路上铺满了未买下的狗标本。别怪我没提醒你。”

我们继续往前走。

“你怎么突然对狗感兴趣了？”

“我一直爱狗啊！而且我也一直酷爱动物标本。”我们停下脚步，喝了一杯。

“我可喜欢喝酒了，”比尔说，“杰克，你也不妨偶尔试一试。”

“你胜过我一百四十四点。”

“别被这吓唬住了。永远别被吓倒。这是我成功的秘诀。永远不被人吓倒。也永远不在人前露出怯色。”

“你们在哪儿喝酒？”

“在克利翁酒店坐了会儿。乔治劝了我喝几杯杰克玫瑰酒。乔治是个了不起的人。知道他成功的秘诀吗？永远不被人吓倒。”

“再喝三杯珀诺酒，你就不敢嘴硬了。”

“不会在人前。如果我开始胆怯了，我就会自己走开。就像一只猫。”

“你什么时候见过哈维·斯通？”

“在克利翁酒店。哈维可有点丧气了。三天没吃东西。怎么也不肯吃东西。就像一只猫自个逃遁。真叫人心疼啊！”

“他现在没事了。”

“太好了。但愿他别总和猫一样只会逃避。让我很紧张。”

“我们今晚怎么打发呢？”

“干什么都行。只是别被吓倒。知道他们这里有煮鸡蛋卖吗？如果有的话，我们就不用跑到岛上去吃了。”

“不行，”我说，“我们要吃顿像样的饭。”

“我只是提议一下，”比尔说，“现在就去吗？”

“走吧。”

我们又沿着圣米歇尔大道往前走。一辆出租马车从我们身边经过。比尔瞧了一眼。

“看见那辆马车了吗？我把它制成标本送给你当圣诞节礼物吧。我准备给我每个朋友送一份动物标本礼物。我是个自然作家。”

一辆出租车经过，坐在里面的人朝我们挥手，接着敲击窗户，让司机停车。司机倒车到人行道。里面的人正是布蕾蒂。

“美人，”比尔说，“想绑架我们吗？”

“你好！”布蕾蒂说，“你好！”

“这是比尔·戈顿。阿什利夫人。”

布蕾蒂冲比尔笑笑。“我才刚回来，连澡都没顾上洗呢。迈克今晚到。”

“那敢情好。和我们一起吃饭吧，然后我们一起去接他。”

“我得清理下自己。”

“别废话了。走吧。”

“我得洗个澡。他九点之前到不了。”

“去喝一杯再洗澡吧。”

“也行，你这话说得有道理。”

我们坐进了出租车。司机四顾了下。

“去最近的酒馆吧。”我说。

“我们还是去丁香园咖啡馆吧，”布蕾蒂说，“那些劣质的白兰地我喝不惯。”

“那就去丁香园咖啡馆吧。”

“我今天刚才从布达佩斯来。”

“布达佩斯如何？”

“好极了，布达佩斯真不错。”

“问问他维也纳怎么样。”

“维也纳嘛，”比尔说，“有点怪异。”

“很像巴黎吧。”布蕾蒂朝他笑笑，眼角现出了皱纹。

“一点没错，”比尔说，“像极了巴黎这时节。”

“祝你在巴黎玩得开心。”

我们坐在丁香园外面的露台上，布蕾蒂点了杯威士忌苏打，我也点了一杯，比尔又点了杯珀诺酒。

“杰克，还好吗？”

“很好，”我说，“一直过得很开心。”

布蕾蒂看着我。“我真蠢，居然离开巴黎，”她说，“谁要离开巴黎，谁就是蠢蛋。”

“你玩得开心吗？”

“嗯，还行。挺有意思的。不过不是太精彩。”

“碰见熟人没有？”

“没有，谁也没遇到，我从没出门。”

“没去游泳？”

“没。什么也没干。”

“听起来像是维也纳。”比尔说。

布蕾蒂皱起了眼角，看着他。“原来维也纳就是这个样子呀。”

“真和维也纳一模一样。”布蕾蒂又冲他笑。

“杰克，你朋友真有趣。”

“他是不错，”我说，“他可是标本制作师哦。”

"那是在另一个国家的事情了，"比尔说，"再说，所有的动物都死光了。"

"再喝一杯，"布蕾蒂说，"我一定要走了，让服务生给我叫一辆出租车。"

"外面有一排车子候着呢。"

"太好了。"

我们喝完了酒，把布蕾蒂送到车上。

"记住！十点左右菁英咖啡馆见。让他也来。迈克会到那里。"

"我们会去的。"比尔说。出租车开动，布蕾蒂朝我们挥手。

"这姑娘真不错，"比尔说，"有品有貌。迈克是谁？"

"她未来的丈夫。"

"罢了，罢了，"比尔说，"我遇着的女人不是已婚，就是快嫁。我给他们送点什么好呢？我猜想他们可能会喜欢一对赛马标本吧？"

"我们还是吃饭吧。"

"她真是一位夫人什么的吗？"比尔问我。我们坐在出租车内，开往圣路易岛。

"嗯，是的。在良马登记册里面都记载着呢。"

"得，不问了。"

我们在勒孔特太太的餐馆吃了饭，餐馆坐落在小岛的远侧。里面都是美国人，我们不得不站着，等待座位。有人把该餐馆放上了美国女性俱乐部美食推荐清单上，说是巴黎码头上还未被美国人发现的美食天地。我们这样等了四十五分钟才等到了一张桌子。比尔1918年曾经在这家餐馆吃过，正是停战那一年。勒孔特太太见到他便嘘寒问暖起来。

"虽然连一张桌子也没给我们弄到，"比尔说，"然而，她可真是个好人。"

我们美美地吃了一顿饭，一只烤鸡、上市的青豆、土豆泥、沙拉、苹果派和起司。

“你把全世界人都吸引过来了，”比尔对勒孔特太太说。她扬起一只手。“哎，我的老天啊！”

“你就要发财了。”

“承您吉言。”

喝完咖啡和白兰地之后，我们要了账单，和以往一样，账单是用粉笔写在石板上，这无疑也是“古雅”的特点之一，付了钱，和勒孔特太太握了手，便往外走去。

“巴尔内斯先生，你自上次之后，再也没来过了。”勒孔特太太说。

“这里美国人太多了。”

“来吃午饭，那时人少。”

“好的。就会来的。”

我们在小岛奥尔良河滨街的树荫下走着，那些树木茁壮高大，枝丫伸到河面。过了河，看见老房屋的破旧墙壁，正在被拆迁。

我们继续绕着小岛走着。河面一片漆黑，一艘灯火通明的苍蝇艇经过，速度很快，却又那么悄悄地往上游驶去，消失在桥洞下。河的下游是巴黎圣母院，矗立在茫茫的夜空之下。我们从德贝松涅路，经过一座木制人行桥，越过塞纳河，去河的左岸。我们在桥上停住脚步，往下看着水中的巴黎圣母院。站在桥上看小岛，小岛漆黑一片，高高的屋宇衬着天空，树木是一团阴影。

“真壮观啊！”比尔说，“上帝，我真想往回走。”

我们倚在桥的木栏杆上，往河上游望去，看见前方一座座大桥，桥上灯光熠熠。桥下的河水平静而漆黑。它无声响地流过桥墩。一个男子和一个女孩他们挽着各自的手臂，从我们身边经过。

我们跨过了桥，顺着莫瓦纳红衣主教街往前走。那是一段很陡的路。

我们一直走到护墙广场。广场上弧光灯闪烁，灯光透过树木的叶子射了下来。在树下，是等待出发的S路巴士。音乐从快乐黑人咖啡馆里飘出来。透过窗户，我看到爱好者咖啡馆的长长锡制吧台，在外面的露台上，工人们喝着酒。在爱好者咖啡馆的露天厨房里，一个姑娘正在用油炸土豆条。那里有一把炖肉用的铁壶。那姑娘舀出一些炖肉放在盘子中，给那站在前面手中握一瓶红酒的老人。

“想要喝一杯吗？”

“谢了，”比尔说，“我没胃口。”

我们从护墙广场向右拐，沿着几条平坦而狭窄的街道走着，两边是高高的古旧房屋。有几幢房子凸向街道，另一些则往后一些则往里面缩回，我们来到铁锅街，一直沿着街道走，把我们带到南北笔直的圣雅克路，接着我们往南边走，经过圣宠谷教堂，该教堂在庭院和铁栅栏后面往内缩进。最后我们来到皇家港口大道。

“接下去想干吗？”我问，“去咖啡馆，同布蕾蒂和迈克碰面？”

“行啊！”

我们沿着皇家港口大道往前走，一直走到蒙帕纳斯大道，然后继续往前走，经过“丁香园”、“拉维涅”、“戴梦伊”和所有小咖啡馆，穿过街道，来到“洛东达”咖啡馆，经过它门前闪耀的灯光和桌子，来到菁英咖啡馆。

迈克从桌边向我们走来。他的皮肤晒成了褐色，气色很健康。

“哈罗！杰克，”他说，“哈罗，哈罗！还好吧，老小子？”

“你看起来很气色不错啊！迈克。”

“嗯，结实着呢。我除了散步什么也没做。整天徒步走。每天喝茶的时候同我母亲喝一杯酒。”

比尔已经走进了酒吧。他站在那儿同布蕾蒂聊天，布蕾蒂坐在高脚凳上，双腿交叉，腿上没有穿袜子。

“杰克，见到你真开心，”迈克说，“我有点微醺了。感觉不错，不是吗？你注意到我的鼻子了没？”

只见他鼻梁上有一片已干的血迹。

“这是一老太太的包裹砸伤的，”迈克说，“我走上去帮她提包裹，它们却砸在我身上。”布蕾蒂从吧台用烟嘴向他打了个手势，眼睛眯起，眼角起了皱纹。

“一位老太太，”迈克说，“她的包裹砸在我脸上。我们进去见布蕾蒂吧。她可真是迷人啊！布蕾蒂，你真是个漂亮的女人。那顶帽子哪里弄来的？”

“朋友买给我的。你不喜欢吗？”

“这帽子够丑的。换一顶好看的吧。”

“嗯，我们现在不缺钱嘛，”布蕾蒂说，“我说，你还不认识比尔吧？杰克，瞧你这东道主做得。”她转身向着迈克。“这是比尔·戈顿。这醉鬼是迈克·坎贝尔。坎贝尔先生是未偿清债务的破产者。”

“可不是吗！你知道，我昨天在伦敦碰见了我的前合伙人。就是这小子把我弄到这田地。”

“他怎么说？”

“请我喝了一杯酒。我心想还是喝了吧。喂，布蕾蒂，你真是貌美的女人，你们不觉得她漂亮吗？”

“漂亮。有这么个鼻子吗？”

“真是个漂亮的鼻子，过来，把鼻子对着我。她可不是很美丽吗？”

“我们不能把这一套留在苏格兰吗？”

“我说，布蕾蒂，我们早点回家上床睡觉吧。”

“迈克，说话注意点。酒吧里面还有很多女士呢。”

“她很美对吧？杰克，你不这么认为吗？”

“今天有一场拳击赛，”比尔说，“想去看吗？”

“拳击，”迈克说，“谁上台打？”

“勒杜和某人。”

“勒杜打得很好，”迈克说，“我想去看，非常想去。”他强打起精神，“但是，我去不成。我和这东西在这里有约在先了。我说，布蕾蒂，去买顶新帽子吧。”

布蕾蒂将毡帽拉得低低的，遮住了一只眼睛，在帽檐下露出笑容。

“你们俩去看拳赛吧。我要把坎贝尔先生直接送回家。”

“我没喝醉啊！”迈克说，“只是一点点醉。我说，布蕾蒂，你真是个美人啊！”

“去看拳赛吧，”布蕾蒂说，“坎贝尔先生越来越难对付了。说这些肉麻的话干吗呢，迈克？”

“我说，你是个美人。”

我们说了声晚安。“真抱歉，我去不成。”迈克说。布蕾蒂朗声笑起来。我站在门口往后看。迈克一只手靠在吧台上，身子靠着布蕾蒂，嘴中还在喋喋不休。布蕾蒂面无表情地看着他，但是她的眼角透出一丝笑意。

走在马路上，我说：“你想去看拳击吗？”

“当然想去了，”比尔说，“如果用不着我们走着去的话。”

“迈克对他的女友真是亢奋啊！”坐在出租车内，我说。

“唉，”比尔说，“他有这般福气，又怎能谴责他呢？”

## 第九章

勒杜对弗兰西斯拳击赛于六月二十号晚间举行，真是一场精彩的比赛。比赛之后的第二天清晨，我收到了罗伯特·科恩的信，信是从昂代发出的。他说，他正过着一种平静的生活，每天游泳，打高尔夫，经常打桥牌。昂代的海滩真是美极了，但是他着急着开始钓鱼之旅。他问我什么时候到南方去？让我给他买好双丝钓线，等我到了南方，他会把钱给我。

同一天早晨，我在办公室给科恩写了一封信，信中说比尔和我准备在二十五号离开巴黎，如有变更会拍电报告诉他，到时会在巴约讷同他碰面，在那里坐车翻过山脉到潘普洛纳。这天傍晚大概七点钟的时候，我路经宾馆，去看迈克和布蕾蒂是否在那里。结果他们并不在，于是我就去了叮戈咖啡馆。他们正在那里，坐在吧台边。

“哈罗，亲爱的。”布蕾蒂伸出一只手。

“哈罗，杰克，”迈克说，“我现在才明白，昨天我喝醉了。”

“可不是嘛，”布蕾蒂说，“丢人丢到家了。”

“喂，”迈克说，“你什么时候去西班牙？你介意我们同你一起南下吗？”

“那再好不过了。”

“你不介意，对吧？你知道的，我去过潘普洛纳。布蕾蒂特想去。你确定我们不会给你造成麻烦吧？”

“别说傻话了。”

“我有点醉了。如果我神志清醒，我也不会这样问你。你确定不介意吧？”

“哎，迈克，住嘴吧，”布蕾蒂说，“就算人家介意，也不会当面说啊。我待会儿会问他的。”

“不过，你应该不会介意，是吧？”

“如果你不是存心惹我生气，就别再问了。比尔和我二十五号南下。”

“对了，比尔人在哪里？”布蕾蒂问。

“他在尚蒂伊同人吃饭呢。”

“他是个好人。”

“他是个大好人。”迈克说。

“你又不记得他。”布蕾蒂说。

“我当然记得。记得清清楚楚地。你看，杰克，我们二十五号晚上南下吧。布蕾蒂早上起不来。”

“当真起不来。”

“如果我们的钱汇到了，你又真的不介意的话。”

“钱会来的。这点我保证。”

“告诉我要叫他们寄些什么家什来？”

“两三根鱼竿，带卷线器的，还有鱼线，再弄些鱼饵。”

“我不钓鱼。”布蕾蒂插话道。

“那弄两根鱼竿，这样比尔就不用买了。”

“好的，”迈克说，“我待会儿拍封电报给管家。”

“岂不妙哉，”布蕾蒂说，“西班牙！我们一定会玩得痛痛快快。”

“二十五号是礼拜几？”

“礼拜六。”

“我们要做好准备。”

“我说，”迈克说，“我要去理发。”

“我要洗澡，”布蕾蒂说，“陪我去宾馆吧。做个好人。”

“我们住的那家宾馆再豪华不过了，”迈克说，“我总觉得它是窑子。”

“我们把行李放在叮戈咖啡馆，然后去了那家宾馆。他们问我们是否只想住一下午。听说我们准备住过夜，似乎喜出望外。”

“我认为那是一间窑子，”迈克说，“而且应该没错。”

“哎，闭嘴吧，去理你的发。”

迈克走了。布蕾蒂和我坐在吧台边。

“再喝一杯？”

“也行。”

“我需要喝点。”布蕾蒂说。

我们走在德朗布尔路上。

“这次回来就没和你单独见过。”布蕾蒂说。

“是的。”

“杰克，还好吗？”

“挺好的。”

布蕾蒂望着我。“我说，”她说，“这趟旅行科恩也去吗？”

“是的，怎么这么问？”

“你不觉得这样对他有点残忍吗？”

“怎么会呢？”

“你认为我是同谁去圣塞巴斯蒂安的？”

“可喜可贺啊！”我说。

我们往前走着。

“你为什么祝贺我？”

“我也不知道，你想要我说些什么呢？”

我们往前走，然后拐了个弯。

“他举止倒是非常好，就是有点无趣。”

“是吗？”

“我还以为这是他的优点呢。”

“你可以去搞点社会公益服务。”

“别淘气了。”

“不敢。”

“你真的不知道吗？”

“不，”我说，“我想对此我一无所知。”

“你觉得这会对他太残忍吗？”

“这就看他自己了，”我说，“告诉他你要去。他总是可以不去的。”

“我会写信给他，让他有机会避免这场尴尬。”

之后，我一直没有见到布蕾蒂，直到六月二十四日晚上。“科恩来的信吗？”

“当然。他对这趟旅行可上心了。说恨不得马上见到我。”

“他不会以为你是一个人去吧？”

“不是。我告诉他了，我们是一伙人南下的。迈克和所有人。”

“他这人真不赖。”

“谁说不是？”

他们预计第二天钱就会汇过来。我们安排在潘普洛纳碰头。他们先直接去圣塞巴斯蒂安，然后再坐火车去那里。我们一伙人准备在潘普洛纳的蒙托亚会合。我们最晚等到礼拜一，如果那时他们还没有露面，我们就继续前行去山区的布尔格特，开始钓鱼。有一辆去布尔格特的巴士。我把路线写了下来，这样他们便可以跟随而来。

比尔和我在奥赛车站坐上了一趟早间的火车。天气真好啊！气温不冷不热，火车驶出了市区，进入了乡村，便是一片绮丽的风光。我们去后面的餐车吃饭。吃了早餐。离开餐车的时候，我问乘务员索要午餐券。

"前四批都发放完了，得等第五批。"

"这是什么情况？"

这火车一向只供应两次午餐，不过位置倒是挺多的。

"它们都被预订完了。"餐车乘务员说。

"在三点半的时候会第五次供餐。"

"这问题可严重了，"我对比尔说，"给他十法郎吧。"

"这，给你，"我说，"我们想在第一批用餐。"那乘务员把钱放入口袋。

"多谢了，"他说，"我建议你俩吃点三明治。前四批供餐位置在公司售票大厅都被预订了。"

"兄弟，你可帮了大忙啊！"比尔用英语对他说，"我想，如果给你五法郎的话，是不是你就建议我们跳下火车呢？"

"您说什么？"

"去死吧！"比尔说，"杰克，和他说，弄点三明治，再要一瓶酒。"

"把东西送到下一节车厢。"我向他描绘我们的位置。

在我们那节车厢，有一个男子带着他的妻子和小儿子。

"我猜你们是美国人，对吧？"那男人说，"旅途还愉快吗？"

"妙极了。"比尔说。

“就应该如此。趁着年轻的时候多旅旅游。孩子母亲和我一直想来欧洲转一转，可总腾不出时间。”

“你要真想来，十年前就可以来了，”妻子说，“你一直总是说：‘游完了美国再说！’不管怎么说，我要说我们去过的地方也真不少。”

“哎呀，这车上美国人还真不少，”丈夫说，“七节车厢都是，来自俄亥俄州的代顿，来罗马朝圣，现在南下去比亚里茨和卢尔德。”

“哦，原来他们是这来头，朝圣者，可恶的清教徒。”比尔说。

“小伙子们，你们来自美国哪里？”

“我来自堪萨斯城，”我说，“他是芝加哥人。”

“你们俩都是去比亚里茨？”

“不是，我们是去西班牙钓鱼的。”

“噢，我本人倒是不太喜欢。但是，我家乡人有很多都爱好。在蒙大拿州钓鱼是最理想不过的。我曾和孩子们去过，但是我一点不感兴趣。”

“你出去那些趟，也钓了不少次鱼呢。”他妻子说道。他朝我们眨了眨眼。

“你们知道女人就是这样。看见一瓶威士忌，或者一盒啤酒，就以为是世界末日。”

“那是你们男人吧。”妻子对我们说。她捋了捋裙子的下摆。“为了讨好他，我投票反对禁酒令。因为我也喜欢在家里喝点小啤酒。可是，他用这副腔调讲话。这种人能找到老婆真是奇了怪。”

“哎呀，”比尔说，“你知道不，那帮清教徒把餐车给霸占了，要到下午三点半才能空出来呢。”

“你说什么？他们不能这么不道德吧。”

“你去试试，找两个位置出来。”

“喂，孩子他妈，看来我们最好去后面，再吃一顿早餐。”她站起身来，整了整衣服。

“小伙子们帮我们照看下东西好吗？走吧，胡伯特。”

他们一家三口全都去了餐车。他们走之后，过了一小会儿，一个乘务员走过来通知第一批用餐开始了，那伙朝圣者和神父开始结对走在走廊上。我们的朋友和他的家人不见回来。一个服务生端着我们点的三明治和一瓶夏布利酒在走廊上经过，我们把他叫了进来。

“今天生意可够忙的吧？”我说。

他点了点头。

“现在十点半，他们开吃了。”

“我们什么时候吃饭呢？”

“哈！我什么时候吃饭呢？”

他放下两只酒杯给我们喝酒，我们给了他三明治的钱，付了小费。“我待会儿再过来收拾盘子，”他说，“或者你们帮我带过来。”

我们吃了三明治，喝了夏布利酒，看着窗外的乡村风光。稻谷就快要成熟了，田地里满是罂粟花。牧草地一片绿油油的，良木成片，有时还会看见宽阔的大河，掩映在树林中的城堡。

到了图尔市，我们下了车，又买了一瓶酒，等我们回到车厢的时候，那位蒙大拿的绅士和他的妻儿正安逸地坐在那儿。

“比亚里茨有好浴场吗？”胡伯特问道。

“这孩子就是喜欢下水嬉戏，”他的母亲说，“带着个小孩子旅行真够戗。”

“那里有很好的浴场，”我说，“只是起风浪的时候会有点危险。”

“你们吃了饭吗？”比尔问。

“当然吃过了。他们刚开始进来的时候，我们已经坐在里面了。他们准以为我们是一起的。一个服务生对我们嘟哝了几句法语，然后把他们中的三个人叫了回去。”

“他们显然以为我们是大人物哩，”那男子说，“可见天主教教会的势力，只可惜你们不是天主教教徒，要不然也定能吃上饭了。”

“我正是天主教教徒，”我说，“就因为这样，我才气不打一处来。”

最后，在四点一刻终于轮到我们吃饭了。比尔最后终于忍不住发飙了。他在往回走的那群朝圣者中拉住一位牧师。

“神父，我们这些新教徒什么时候有机会吃饭？”

“我对这事可一点不知。你们没有领到餐券吗？”

“这种行为足以逼一个人加入三K党。”比尔说。那神父回头盯了他一眼。

在餐车内，服务生端上了第五批套餐。那给我们端饭菜的服务生浑身被汗水浸湿了。外套下腋处染成了紫色。

“他肯定喝了不少葡萄酒。”

“要么里面穿了紫色的内衣。”

“我们来问问他。”

“还是别了。他已经够累的了。”

火车在波尔多停了半小时，我们走出车站，去外面溜达了一会儿。没有时间去城里面逛。之后，我们路经了朗德省，看见了西沉的太阳。宽阔的防火带从松林中穿过，极目看去，宛如一条条大道，在尽头处，可以看到树木苍翠的小山。七点半左右，我们开始吃晚饭，透出餐车打开的车窗，看着外面的乡间风光。这是一片长着松树的沙质地，开满了欧石南。有几片小空地，几栋房屋坐落其中，每隔几分钟就会经过一个锯木厂。天暗沉下来了，我们感到车窗外一片闷热。这里是沙质、黑暗的乡间，大概九点钟火车开到了巴约讷。那男子及妻儿一一同我们握手道别。他们要继续前行去拉内格里斯镇，再转车去比亚里茨。

“好了，祝你们一路顺意，”他说，“看斗牛比赛一定要注意安全。”

“说不定我们能在比亚里茨再碰面，”胡伯特说。

我们拎着包，带着鱼竿盒下了火车，穿过漆黑的车站，走出车站看见闪亮的灯光，成队待客的出租马车和宾馆巴士。我们看见了罗伯特·科恩，他同酒店接待人员站在一起。起先他并没有看到我们。后来才走上前来。

“哈罗，杰克。旅途还愉快吧？”

“还好，”我说，“这位是比尔·戈顿。”

“你好啊。”

“走吧，”罗伯特说，“我租了一辆出租车。”他有轻度的近视，以前我倒是没有注意到，他盯着比尔看，试图把他看个真切。他还是有点腼腆。

“我们去我住的宾馆吧。条件还不错，也算得上高档了。”

我们坐入了出租马车，车夫将我们的包裹放在他的座位旁边，然后爬上了驾驶座，挥动了马鞭，马车驶上了黑漆漆的桥，进入了市区。

“认识你真是太高兴了，”罗伯特对比尔说，“杰克跟我讲过很多你的事情，我还读过你的大作。杰克，你帮我把钓线带来了吗？”

马车停在宾馆前面，我们都下了马车，走进了宾馆。真是一间不错的宾馆，前台的接待人员笑呵呵的，我们每个人都要了间舒适的小房间。

# 第十章

早晨，阳光灿烂，人们在城市的街道上洒着水，我们在咖啡馆用了早餐。巴约讷是一座不错的城市，很像一尘不染的西班牙城市，且坐落在大河之滨。虽然还是大清早，但是站在跨河的桥上已觉得暑气逼人了。我们走下了桥，穿进了市区里。

迈克是否能及时将鱼竿从苏格兰带来，我完全没有把握，所以我们在街上找了渔具店，最后在布匹店楼上一个店给比尔买了一支鱼竿。卖渔具的人出门了，我们只得等他回来。最后，总算回来了，我们买了一支相当好的鱼竿，价格也公道，还有两张抄网。

我们回到街上，看了一下大教堂。科恩说了几句评论的话，说这教堂是什么风格的典范，具体我也记不得了。看上去是一座不错的教堂，建造精致，光线微暗，像西班牙的教堂。接着，我们往前走，经过一座古老的城堡，来到当地的旅游资讯局，巴士就从这里开出。然后，工作人员告诉我们，巴士要到七月一号才运营。

我们在游客咨询处查到，我们需雇一辆汽车去潘普洛纳，于是，我们便在市剧院拐角的一个大车库雇了一辆车，花了四百法郎。这车四十分钟后会去宾馆接我们，所以我们就在广场我们用早餐的咖啡馆歇脚，喝了一杯啤酒。天气着实热，但是城里却弥漫着一种清爽的早间气息，坐在咖啡馆里，心情颇为舒畅。

开始吹起了一阵微风，你可以感到那是从海面吹来的风。在外面，广场上一群群鸽子，房屋是黄色的，被太阳烤焦的那种颜色，我真不想离开咖啡馆。但是，我们必须回宾馆准备行李，还有结账。我们付啤酒钱，我们争着给钱，最后，我想是科恩付的钱。接着，便走回宾馆。我和比尔每人只付了十六法郎，外加百分之十的小费，我们叫服务生把包裹送到楼下，在那里等罗伯特·科恩。我们等着等着，突然在镶木地板上看见一只蟑螂，而且至少有三英寸长。我把它指给比尔看，然后把它踩在脚下。我们一致认为，它一定是从花园跑进来的。这宾馆真是干净得要命啊。

科恩终于磨叽着下了楼，我们走到外面去坐车。汽车很大，是厢式客车，司机穿着一件蓝色领子和袖口的白色风衣，我们让司机把车后座放下。他帮我们把行李整齐放好，我们便出发了，汽车往城外开。一路上经过一些漂亮的花园，坐在车后回头好好地打量这城市的风光，然后我们便出了城，来到乡间，满眼绿色，山峰起伏不定，公路一直往上延伸。

一路上看见很多巴斯克人，有些赶着公牛或牛，有些赶着大车。还有漂亮的农舍，低矮的屋顶，外墙刷成白色。在巴斯克乡村，土地看过去都很肥沃，绿油油的一片，屋舍整齐，村庄一片繁荣景象。每个村庄都有一个回力球球场，在一些球场上，孩子们冒着毒辣辣的太阳打着球。在教堂的墙壁上印着告示，说不许对着教堂的房子打回力球，村庄房屋的屋顶铺着红瓦。随后，道路拐了个弯，又接着往上攀爬，我们紧沿着山坡往前走，下面便是峡谷，群山向后延绵通向大海。可看不见大海，因为太远了。你能见到的除了山，还是山，不过你知道海在哪个方向。

我们穿过了西班牙边境线。看见了一条小溪、一座小桥，还看见一侧站着西班牙卡宾枪手，戴着漆皮拿破仑帽，背负短枪，另一侧则是胖胖的法国人，头戴平顶帽，留着小胡子。他们只打开了一个包，把护照拿了进去，然后进行检查。

在边界线的两边都有一家杂货店和小旅馆。司机须得进去填写几张汽车登记表，我们一行则跑到溪边，看看是否有鳟鱼。比尔试图用西班牙语同其中一个卡宾枪手攀谈，可是进展不顺。罗伯特·科恩用一只手指着小溪，问那溪中是否有鳟鱼，那骑手说有是有的，但不是很多。

我问他是否去钓过鱼，他回答说没有，他对此不感兴趣。

正在此时，一个一头褐色长发，长着络腮胡子的老人走了过来，穿的衣服好像是用麻布袋制的，迈着大步走向桥头。他拄着一根长杖，背上吊着个山羊，四条腿被紧紧地绑着，头朝下垂着。

卡宾枪手挥动佩剑叫他回头。这老人便转了身，一句话也没说，然后便踏上白色的路，开始走回西班牙。

“这老头怎么回事？”我问。

“他没有护照。”

我给了他一支香烟。他接过，向我道谢。

“他打算怎么办？”我问。

卫兵朝地上吐了口唾沫。

“噢，他会直接从小溪蹚过来。”

“你们这边走私多吗？”

“嗯，”他说，“经常有人穿越边境。”

司机出来了，将文件折好，然后把它们放入外套的内口袋中。我们都上了车，驶上了尘土风扬的白色大道，奔着西班牙而去。起初，景色并未发生多大变化；然后，汽车一直攀爬着，道路蜿蜒曲折，我们穿过了一个山坳的顶端，这才到了真正的西班牙。只见延绵不绝的棕色群山，在一些远处的山腰上有几棵枫树，还有一片山毛榉树林。

公路沿着山坳的顶端伸展，然后猛然降落，司机只得拼命按喇叭，放缓速度，这才得以避免撞上两只睡在路中间的驴。我们从山上开下来，穿过一片橡树林，看见森林里白色的牛群正在吃草。下面是长满草的平原，清澈见底的溪流，然后我们涉过了一条小溪，穿过了一个有点忧郁的小村庄，然后又开始往上爬。汽车不断往上攀爬，又穿过了一个高高的山坳，顺势拐弯，公路往右边下降；随后，我们看见了一片新的山脉，连绵向南，山体全部呈现褐色，有点像烤焦的感觉，千沟万壑，奇形怪状。

过了一会儿，车子载着我们从山上开出，公路两旁种着树木，一条溪流沿着公路往前流淌，还有一片成熟的庄稼，公路往前伸展着，非常白而笔直，然后又微微地拔高了点，然后又降下来，在左边有一座小山，山上有一座城堡，紧贴其旁还有其他建筑，一片庄稼一直伸展到墙脚，随风摇摆。

我同司机一起坐在前面，转过头去，看见罗伯特·科恩已经睡着，但是比尔朝我看看，点了点头。接着，我们穿过了一片宽阔的平原，在右边不远处，有一条大河，阳光从树行间洒落下来，照得河水闪闪发光；在远处，你可以看到潘普洛纳高原从平原上升起，城市的城墙，褐色的大教堂，以及其他教堂的断断续续的轮廓线。在高原背后，是群山绵延，不管你朝哪里看，一山之外又是一山，前方道路伸展，白茫茫的一片，穿过平原，往潘普洛纳奔去。

我们进入了平原另一侧的城镇，道路两旁绿树成荫，往上陡然上升，尘土飞扬，然后穿过正在旧城墙外建造的新城区，道路变得平整了。我们经过了斗牛场，那是一片高大的建筑物，墙体呈现白色，在太阳光下显得非常坚固，接着我们从一条小巷驶入了一个大广场，车子停靠在蒙托亚宾馆门前。

司机帮我们把行李拿下车。一群小孩围着车子好奇地打量，广场上真够热的，不过绿树成荫，旗帜悬挂在旗杆上，广场周围是拱廊，如果要出去，走在拱廊的荫下，倒是挺舒服的。蒙托亚见到我们很高兴，同我们一一握手，给我们安排了可以看见广场的房间，接着我们料理了下个人卫生，走下楼到餐厅吃午饭。司机也留下来吃了饭，饭后，我们给了他工钱，他便开车回巴约讷了。

在蒙托亚宾馆有两个餐厅，一个在二楼，可以看见广场，另一个则在比广场低一层的地方，有一扇门通往后街，清晨牛群就是经由这条街跑到斗牛场去的。在这底层的餐厅总是很凉爽，我们在那里好好地享用了一顿午餐。人们在西班牙吃第一顿饭总是不免震惊，我们吃了几盘开胃菜，一道蛋做的菜、两道荤菜、几盘蔬菜、沙拉、甜点，一应俱全。所以，你得大口喝酒，这样才能把食物吃下去。罗伯特·科恩想要说，他不想要第二道荤菜，可是我们没有给他翻译，所以女服务生给他端来了另一道菜，好像是一盘冷肉。自从我们在巴约讷会面之后，科恩总是显得非常惴惴不安。他还不知道，我们是否已经得知了布蕾蒂同他一起去了圣塞巴斯蒂安，这让他非常窘迫。

“哎，”我说，“布蕾蒂和迈克今晚就会到了。”

“我看他们不一定会来。”科恩说。

“怎么不会来？”比尔说，“他们当然会来了。”

“他们总是不守时的。”我说。

“我倒是认为他们不会来了。”罗伯特·科恩说。

他说话的时候，带着一种高人一筹的气势，这惹恼了我们。

“我赌五十比塞塔，他们今晚就会到。”比尔说。他生气的时候总喜欢赌上一把，所以经常赌得不理智。

“我接受，”科恩说，“很好。杰克，你做证人。五十比塞塔。”

“我决不食言。”比尔说。我见他真动怒了，所以想让他消消气。

“他们来，肯定会来，”我说，“但是可能不在今晚。”

“想反悔吗？”科恩问。

“不！我为什么要反悔？如果你没意见的话，把赌注定为一百比塞塔吧。”

“好。我接受。”

“够了，”我说，“再加上去的话，我得做个账簿了，到时候可要给我工钱哦！”

“我没有异议。”科恩说。他笑了笑。

“反正你打桥牌的时候也会把它赢回去。”

“你还没赢呢！”比尔说。

我们走了出去，绕着拱廊的荫翳下，步行到了伊鲁弗拉咖啡馆喝咖啡。科恩说他要去别处刮刮胡子。

“喂，”比尔对我说，“你说那场赌我有胜算吗？”

“你没多少赢面。他们去哪里也从来没准时过。如果他们的钱没准时到的话，可以肯定地说，他们今晚到不了。”

“我一开口就后悔了。不过我非得教训教训他。我觉着，他这人不坏，但是怎么能弄到这些内情呢？迈克、布蕾蒂和我们商定好来南方的。”

我看见科恩从广场走过来。

“他过来了。”

“得让他改一改那副颐指气使的态度和犹太人的习气。”

“理发店关门了，”科恩说，“四点钟才会开。”

我们在伊鲁弗拉喝了咖啡，坐在舒坦的藤椅上，从大广场的拱廊阴凉处，朝外面看。过了一会儿，比尔走回去写几封信，科恩去了理发店。理发店仍未开门，所以，他决定去宾馆洗一个澡。我坐在咖啡馆外面，然后去城里溜达了一圈。天气非常炎热，不过我走在街道有荫的一边，穿过市集，又愉快地看了一遍这城市。

我来到市政厅，找到每年给我订购斗牛比赛车票的那位老绅士，他已经收到了我从巴黎打过来的钱，续订了门票，所以一切都安排妥当了。他是档案保管员，城里所有的档案都放在他办公室。这和本故事无关。不过，反正他的办公室有一扇绿色的羊毛毡门，还有一扇大木门。当我走出去的时候，我把他留在身后，坐在汗牛充栋的档案卷之中，我关上了两扇门，当我走出大楼的时候，服务员把我拦住，给我掸了掸外套上的灰尘。

"您准是坐过汽车吧！"他说。

衣领后面和双肩上部沾满了灰色的尘土。

"从巴约讷来。"

"原来如此，原来如此，"他说，"从您身上的尘土，我就知道您坐了汽车。"

于是，我给了他两个铜币。

在街的末端，我看见了一座大教堂，便走了上去。我第一次见这种大教堂的时候，觉得它外观丑陋，不过现在我倒是喜欢上它了。我走了进去，里面光线昏暗，高而挺拔的梁柱，人们在祈祷，有香火味，有一些大而美观的窗户。

我屈腿跪下，开始祈祷，为我能想得到的所有人祈祷，布蕾蒂、迈克、比尔、罗伯特·科恩和我自己，还有所有的斗牛士，为那些我喜欢的斗牛士一一祈祷，其他人就混在一起祈祷，然后我再为我自己祈祷一次。当我为自己祈祷之时，我发觉自己有点昏昏欲睡，所以我祈祷所有的斗牛赛都精彩，这次假日玩得尽兴，我们能钓上鱼儿。

我琢磨着，我还可以为什么东西祈祷，然后我想我希望发点财，所以我便祈祷我将来大发一笔。接着，我便思考，我怎样才能赚到这笔钱，赚钱又让我想到伯爵，我又开始思索伯爵在哪儿，自那晚在蒙马特一别之后，就再没见过，心中不免遗憾，还想起布蕾蒂告诉我关于他的那些好笑的事情。我就这么一直跪着，额头靠在前面的木头上，我一边祷告，一边想着自己，心间有丝羞怯，为自己是个如此拙劣的天主教教徒而懊丧，不过我又意识到，我对此也毫无办法，至少是现下这会儿，也有可能永远如是。但是，不管怎么说，天主教确是一种伟大的宗教，我只愿自己有颗虔诚的心，或许下次我再来时就会有的；接着，我走出了教堂，站在教堂的台阶上，外面阳光灼烈，右手的食指和拇指依然潮湿，我感觉它们在太阳下慢慢变干。阳光热辣猛烈，我靠着几栋建筑物穿过马路，沿着小巷朝宾馆往回走。

那晚吃饭的时候，我们发现罗伯特·科恩已洗好了澡，刮了胡须，修剪了头发，用洗发液洗了头，而且还在头发上涂了些什么东西，让头发往后下垂。他忧心忡忡的，而我没想过去宽他的心。从圣塞巴斯蒂安开来的火车预定九点钟到，如果说布蕾蒂和迈克要来，一定是坐这趟车了。八点四十的时候，我们晚饭还没吃到一半。罗伯特·科恩便从桌边站起来，说他要去车站。我说我同他一起去，就为了逗弄他一番。比尔说不吃完饭，是会遭诅咒的。我说我们马上就回来。

我们走着去了车站。看着忧心忡忡的科恩，我心间窃喜。我倒希望布蕾蒂就在车上。火车到站晚点，我们坐在行李推车上，等在外面漆黑的夜里。在文明生活中，我从来没见过谁像罗伯特·科恩这般紧张兮兮，这般望眼欲穿的。我心里有丝快感。这不免有些卑鄙，但是我确实感觉厌恶。科恩有这种奇特的本事，让人表现出最差的一面。

过了一会儿，我们听到远在高地另一侧底下火车鸣笛的声音，然后看见火车的前灯渐渐爬上小山。我们走进了车站，挤在一群站在出站口后面的人群间，火车进入了站台，停了下来，人们从出站口走了出来。

在人群中没有见到他们。我们一直等着，直到所有人都出了站，离开了车站，坐上了巴士，或者坐进了出租车，或者同亲友并肩而行，渐渐消失在浓黑的城市中。

“我就知道他们不会来。”罗伯特说。我们走回宾馆。

“我还以为他们可能会来呢。”我说。

我们走进宾馆的时候，比尔正在咬着水果，一整瓶酒快喝完了。

“没来，哈？”

“没来。”

“科恩，早上给你那一百比塞塔没问题吧？”比尔问，“我现在还没有兑换钞票呢。”

“噢，算了，”罗伯特·科恩说，“我们赌个别的什么吧。你会赌斗牛吗？”

“你可以不要，”比尔说，“但是大可不必如此。”

“我喜欢拿战争来打赌，”我说，“也不会有什么经济上的得失。”

“要见着他们，我倒是觉得极为奇怪呢。”罗伯特说。

蒙托亚走到我们的桌边，手中拿着一份电报。

“给你的。”他把电报给我。上面写着：“夜宿圣塞巴斯蒂安。”

“他们来的信，”我说，我把电报放进了口袋。要在平时，我应该会把电报递给大家看。“他们在圣塞巴斯蒂安逗留，”我说，“他们问大家好。”

我不知道，为何当时会有那种逗弄他的冲动。现在当然是明白了。我失去了理智，心里放不下，嫉妒他的艳遇。虽然我尝试把这当做理所当然的事情，却于事无补。我过去当然也是讨厌他的。不过，我想，要不是吃午饭时他那股高人一筹的得瑟样——还有去理发店折腾一番，我也不会真心讨厌他。所以，我把电报放入了口袋。不管怎么说，这电报是属于我的。

“好了，”我说，“我们得明天中午坐车去布尔格特。如果他们明晚到，到时候可以跟过来。”

圣塞巴斯蒂安开来的车只有两趟，一趟是在大清早，另一趟就是我们刚才去接的。

“这主意不错。”科恩说。

“越早赶到溪边越好。”

“什么时候动身对我来说都一个样，”比尔说，“不过，越早越好啦。”

我们在伊鲁弗拉咖啡馆坐了一会儿，喝了杯咖啡，然后走了一小段路到了斗牛场，穿过了运动场，来到悬崖边的大树下，朝下面看，只见深黑的河水，回来后我便早早地休息了。比尔和科恩一直坐在咖啡厅外面，一直到深夜时分，因为我睡着之前他们还没有回来。

早上，我买了三张去布尔格特的车票。车子定于两点出发。没有更早的班车了。我坐在伊鲁弗拉咖啡馆读着报纸，这时，我看见罗伯特·科恩从广场走来。他走到桌边，坐在其中一张藤椅上。

“这真是一家舒适的咖啡馆，”他说，“杰克，昨晚睡得好吗？”

“睡得可沉了。”

“我昨晚睡得不太好。比尔和我在外面待到很晚。”

“你们到哪里去了？”

“就在这里。店打烊之后，我们又去了其他咖啡馆。那边有个老头会说德语和英语。”

“苏易兹咖啡馆。”

“就是那家。那老头人还不错。我觉得那家咖啡馆比这家好。”

“白天有点难熬，”我说，“太热了。顺便说下，我已经买了车票了。”

“我今天不去了。你和比尔先去吧。”

“我买了你的票啊。”

“把票给我。我去把钱退回来。”

“五比塞塔。”

罗伯特·科恩掏出一块五比塞塔的银币，给了我。

“我得留下来，”他说，“我担心出了什么误会。”

“怎么这样说，”我说，“他们要是在圣塞巴斯蒂安搞起聚会了，没个三四天是到不了这里的。”

“就是这点，”罗伯特说，“我担心，他们指望在圣塞巴斯蒂安同我碰面，所以他们就在那里逗留了。”

“你怎么会这么想？”

“唉，我写信给布蕾蒂这么说的。”

“你那小子怎么不待那里，同他们碰面呢？”我正准备说，但是还是忍住了。我想他自己就应该明白这点，但是我看根本就没有。

他正向我吐露真言呢，他明白我知道他和布蕾蒂那档子事，所以能和我说说，让他非常开心。

“好吧，我和比尔午饭后就动身了。”我说。

“真希望我也能去。我们整个冬天都在期盼这趟钓鱼之旅呢。”他言语间不无伤感。“但是，我得留下来，一旦他们来了，我马上带着他们前往。”

“我们去找比尔吧。”

“我想去下理发店。”

“那午饭时见吧。”

我在他房间找到了比尔，他正刮着胡须。

“哎，是的，他昨晚全部告诉我了，”比尔说，“他真是个了不起的交心人。他说同布蕾蒂在圣塞巴斯蒂安约好了。”

“这个说谎的小杂种。”

“唉，别了，”比尔说，“别动气。旅行才刚开始呢。你怎么认识这家伙的？”

“别提了。”

比尔胡子刮到一半，回过头，然后一边往脸上抹肥皂泡，继续对着镜子说话。

“去年冬天你不是叫他送一封信到纽约给我吗？感谢上帝，我当时正在旅行。你就没有其他犹太朋友可以带来一起旅行吗？”

他用拇指刮了刮下巴，在镜子里面看看，又刮了一遍。

“你自己不有好几个犹太好友吗？”

“嗯，是的。有几个出众的。但是同罗伯特·科恩比不了。有趣的是，他人又好。我喜欢他。但是，他有时挺讨厌的。”

“他可以非常讨人喜爱。”

“这我知道。这也就是最可怕的一点。”我笑着说。

“是吧。接下来还好笑呢，”比尔说，“你昨天没有同他一起待到凌晨两点。”

“他真的那么糟糕吗？”

“糟糕透顶了。他同布蕾蒂到底怎么回事？她和他有干系吗？”

他仰起了头，用手左右拨弄了着下巴。

“那还用说。她同他一起南下去了圣塞巴斯蒂安。”

“干这事真蠢啊。她为什么这么做呢？”

“她想去巴黎，但是，她又不能一个人去。她说她以为这样对他有好处哩！”

“怎么有这么蠢到家的人。她怎么不同自己的朋友去呢？比如说你？”他含糊其词地说这句话。“比如我？为什么是我？”他仔细地在镜子中端详自己的脸，在颧骨抹上一大片肥皂泡。“真是一张诚实的脸啊。哪个女人看见这张脸不觉得心底踏实？”

“她又没见过你这张脸。”

“她看过就好了。所有女人都应该看看。应该将这张脸投射到全国上下每块电影荧幕上。应该给每个离开圣坛的女人发一张这张脸的照片。母亲应该告诉女儿这张脸。我的儿啊。”他用剃须刀指着我，“带着这张脸去西部吧，和祖国一起成长。”

他弯下腰，就着脸盆，用冷水冲洗了脸，抹上一些酒精，然后对着镜子仔细看自己，往下拉了拉他那长长的上嘴唇。

“老天啊，”他说，“好一张威严的脸啊！”他盯着镜子看自己。

“至于罗伯特·科恩，”比尔说，“他让我倒胃口，他可以去死了，他待在这里，我真是开心坏了，这样我们就可以不用同他一起去钓鱼了。”

“你说得真他妈太对了。”

“我们就要去钓鳟鱼了。我们马上就要去伊拉提河钓鳟鱼了。我们今天中午要一醉方休，才不枉来这美酒之乡一趟，然后再踏上美妙的汽车之旅。”

“走啦！我们去伊鲁弗拉，准备开动吃饭了。”我说。

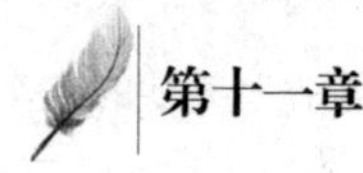

## 第十一章

饭后，我们走了出来，广场上炙热如烤，拎着大包小包，还有鱼竿盒，准备去布尔格特。人们坐在巴士的底层，其他人沿着梯子往上爬。比尔也上去了，罗伯特坐在比尔旁边，让出了一个座位给我。我返回了宾馆，买了几瓶酒，带回车上。等我出来的时候，巴士上已挤得水泄不通。男人女人们坐在顶层的行李和箱子上，女人们在阳光下把扇子摇个不停。天气真是热极了。罗伯特爬了下来，我在他给我在横跨顶层的木制长椅占的位置坐了下来。

罗伯特·科恩站在拱廊的阴凉处等着我们起程。一个巴斯克人衣兜里面装着个大皮制酒袋，横躺在我们座位前面，身子靠着我们的腿。他把酒袋递给比尔和我。然后，他举起酒袋喝了起来，嘴上模仿汽车电喇叭的声音，真是惟妙惟肖，一不小心，酒便洒了出来，大伙儿都笑了。他向大伙儿道了歉，又让我再喝一口。过了一会儿，他又模仿电喇叭声，这次又把我骗着了。他真是把好手。巴斯克人就爱这套。坐在比尔旁边的男子用西班牙语对比尔说话，比尔听不懂，所以拿了一瓶酒递给了那人。

那人挥了挥手拒绝了。他说天气太热，午饭时喝了很多。当比尔再次递上的时候，他长饮一气，然后酒瓶就在周围几人传开了。大家都非常斯文地喝一口，然后他们让我们把酒瓶塞好，放了起来。他们所有人都要我们喝他们酒袋中的酒。他们都是去山区的农民。

最后，响了几声假喇叭之后，巴士发动了，罗伯特·科恩向我们挥手道别，所有的巴斯克人都向他挥手。汽车一开上路，到了城外，就凉爽了起来。汽车往高处行驶，穿梭在大树之下，好不惬意。巴士开得相当快，呼呼生风，我们沿着大道往前开进，激起阵阵尘埃，撒落在树上，飘落山下，回望树林，看见城市从河流之上的断崖升起，真是大饱眼福。靠着我们膝盖躺着的那个巴斯克人用酒瓶颈指着风景，朝我们眨眼睛，他点了点头。

“景色不错吧，哈？”

“这群巴斯克人真不错。”比尔说。

那靠着我腿躺着的巴斯克人皮肤晒得黝黑，就如鞍皮的颜色。他同其他巴斯克人一样，身着一件罩衫。黝黑的颈部满是皱纹。他转过身，将酒袋递给比尔。比尔给了他一瓶酒。那巴斯克人摇了摇食指，啪的一声用手掌盖上瓶塞。他举起了酒袋。

“举起来！举起来！”他说，“把酒袋举起来。”

比尔举起了酒袋，把头往后一仰，让酒水涌出，注入嘴中。喝罢，把酒袋朝下拎着，几滴酒从他下巴流下。

“不对！不对！”几个巴斯克人嚷道，“不是那样喝的。”那酒袋的主人正待亲自示范，一个人把酒袋抢了过去。那是个年轻小伙，他双臂伸直，攥着酒，把它高高举起，用手挤压酒袋，酒水便嗞嗞地注入他嘴中。

他站在那儿手持酒袋，袋中的酒沿着一条笔直、遒劲的轨迹喷入他嘴中，他不紧不慢、咕噜咕噜地将酒咽下。

“嘿！”酒袋的主人叫嚷道，“那酒到底是谁的？”

那喝酒者朝他摇了摇一根小指，眼中透着笑意，看着我们。他急剧地刹住酒流，倏地一下把酒袋高高举起，然后又放下来还给了主人。他向我们眨巴着眼睛。主人伤心地晃了晃酒袋。

我们穿过一座城镇，停在一家小旅馆门前，司机提上几件包裹，然后我们又出发了，出了城，道路渐渐升高。我们正经过种着庄稼的乡村，山石嶙峋的山岗往下倾斜，直入田地中。庄稼地沿着山坡往上攀爬。此时，我们已经到了较高处，一阵风拂过庄稼。道路是白茫茫的一片，尘土从车轱辘下腾起，尘土风扬，飘悬在我们身后的空中。道路往上爬到山岗，把肥沃的庄稼地抛在下方。

这时，在裸露的山腰上和水道的两侧只有零星几畦庄稼地。车子急转了弯，驶到道路的旁边，给过往的一长列六头毛驴让道，这群毛驴一头尾随一头，拖着一辆载着货物的高篷大马车。这马车和驴群沾满了灰尘。车上载着木材，赶骡人往后倚靠着，扳上木制刹车，把车停住，待我们通过。在高处这乡间颇为荒凉，岩石满山，烤焦的泥土被雨水刷成道道沟壑。

我们绕过了一条弯道，驶入了一个城市，一个苍翠的山谷陡然在两侧展开。一条小河流过市中心，成亩成亩的葡萄与屋舍毗邻。

车子在一家小旅馆门前停下，很多乘客下了车，人们从那张大大的防水油布的车篷上松开扎好的包裹，并卸下了车。比尔和我也下了车，走进了那家旅馆。这是一间低矮的屋子，光线昏暗，放着马鞍、挽具、白杨木制的草叉，屋顶上挂着一串串帆布绳底鞋、火腿、培根片、白色的蒜头和长长的腊肠。屋里凉爽、幽暗，我们站在长长的木制柜台前，两个妇女坐在柜台后卖酒水。她们身后是货架，堆满了各色货物和商品。

我们两人各喝了一杯土酿白兰地，付了四十生丁酒钱。我给了那妇女五十生丁做小费，她把那铜板还给了我，认为我是弄错了价钱。

车上的两个巴斯克人走了进来，坚持要请我们喝一杯。所以，他们便给我们买了一杯酒，我们回请了一杯。后来，他们拍拍我们的后背，又请我们喝了一杯。随后，我们又回请了。喝毕，我们全部走了出去，来到太阳底下，阳光仍然炽热，我们爬上了车顶。

空间变得宽敞了许多，每个人都可以坐到座位，那刚才躺在锡质车顶上的巴斯克人这会儿坐在我们两人中间。那卖酒的女人走了出来，在围裙上拭了拭手，对着巴士上的一个人说话。接着，司机手中晃动着两只瘪瘪的皮制邮递袋走了出来，爬上车，车子开动了，大伙向我们挥别。

道路瞬间将那苍翠的峡谷抛在后面，我们又爬上了山岗。比尔和那拿着酒袋的巴斯克人攀谈了起来。一位男子从座位的另一边倾过身子，用英语问道："你们是美国人？"

"不错。"

"我去过美国，"他说，"四十年前。"

他是一位男子，同其他人一样有着太阳晒黑的皮肤，留着一茬儿白色的胡须。

"还行吧？"

"你说什么？"

"美国如何？"

"噢，我当时是在加州。很不错。"

"你为什么离开呢？"

"你说什么？"

"你为什么回到这儿？"

"噢！我回来结婚的。我本来是想回去的，结果我妻子不爱远走他乡。你们从哪里来？"

"堪萨斯城。"

“那儿我去过，”他说，“我去过芝加哥、圣路易斯市、堪萨斯城、丹佛、洛杉矶、盐湖城。”他一字一顿地说出这些名字。

“你在美国待了多长时间？”

“十五个年头。然后就回来结婚了。”

“喝酒吗？”

“好，”他说，“在美国可喝不到这玩意儿，对吧？”

“只要你有钱，想喝多少都有。”

“你们来这里干吗？”

“我们去潘普洛纳参加圣日活动。”

“你们喜欢看斗牛？”

“当然啦。你不爱看？”

“也爱，我想我是喜欢的。”沉默了几秒钟，他又说道：“现在你们是去哪里？”

“北上布尔格特钓鱼。”

“哦，”他说，“希望你们能钓到大鱼。”

他同我握了握手，转过身子，重新在后面的座位上坐好。我们的谈话吸引了另一个巴斯克人的注意。他安逸地坐在后面，我回过头去看乡村风景的时候，他便对着我笑。不过，刚才费劲地说美国英语似乎把他累着了，后来就再也没说什么。

巴士沿着大道稳稳地往上爬。乡村一片荒芜，岩石破土突起。路边光秃秃的，寸草不生。别过头，我们看见乡村风光往下铺展开来。在旷野的后面，远远地，在山腰上有几块绿褐相间的田地。地平线是褐色的，还有形态怪异的群山。我们越爬越高，地平线则在不断变化。巴士缓缓地在大道上碾过，我们看见又一群山峰从南面迎过来。

接着，道路爬过山顶，变得平坦起来，驶入了森林之中。那是一片栓皮栎林，斑驳的阳光洒在树间，树林后面，一群牛正在啃着草。我们穿过这片树林，大道出现了，顺着一块高地拐弯，前方是一片起伏的绿色平原，再过去是黛色的山脉。这群山和我们刚才抛在后面的褐色、烤焦的山脉又不同了。

这片山脉树木浓密，朵朵云雾从山上飘落下来。绿色平原伸展开来。栅栏把平原分成一块一块的，两行树木穿过平原，指向北方，树行中间正是一条白茫茫的大道。当我们来到高地的边缘，我们看见布尔格特红色的屋顶和白色的房子，在平原上连成一列。在远处，第一座黛色的山脉山肩处，是朗塞瓦尔斯修道院的灰色铁皮屋顶。

"那就是朗塞瓦尔斯峡谷。"我说。

"哪儿？"

"在那边，那座山升起的地方。"

"这儿挺冷的。"比尔说。

"海拔高嘛，"我说，"肯定有1200米高了。"

"真是冷啊。"比尔说。

巴士驶下高地，开到那通往布尔格特的笔直马路上。我们穿过一个十字路口，驶过溪流上的一座桥。布尔格特的房子建在大道的两旁。城里没有街道。我们经过了一座教堂和校园，巴士停了下来。我们下了车，司机把包裹和鱼竿盒递下给我们。一位戴着三角帽、佩戴黄色皮制的交叉皮带的卡宾枪手走上前来。

"里面是什么？"他指着鱼竿盒说。

我打开了盒子让他看。他要看我们的钓鱼许可证，我们一一掏出。他看了看日期，便挥手让我们过去。

"没问题吧？"我问。

"当然没问题。"

我们沿着街道往前走，经过了刷成白色的石头屋子，一户户人家坐在家门口看着我们，最后走进了旅店。

经营旅店的那个胖胖的女人从厨房走了出来，同我们握手。她摘下眼镜，揩了揩，再重新戴上。旅店有点冷，外面开始刮起了风。胖女人使唤了个姑娘陪我们一起上楼，带我们看房间。房间内有两张床、一个脸盆架、一个衣柜，还有一张大大的加上边框的朗塞瓦尔斯圣母钢版画。风吹打着百叶窗。房间位于旅馆的北边。我们洗漱完毕，穿上毛衣，下楼来到餐厅。餐厅是石头地板，低低的天花板，四周墙壁镶上了橡木。百叶窗全部往上合着，气温非常低，都可以看到自己哈出的热气。

“我的天啊！”比尔说，“明天可不能这么冷啊。如果天气这样，我可不想去蹚那溪水了。”

远处，在屋子的角落边，在木桌子那边，放着一台竖式钢琴，比尔走过去，弹奏了起来。

“我要暖暖身。”他说。

我走了出去，去找那女店主，问房间和伙食怎么收费。她把双手落在围裙上，眼睛没看我。

“十二比塞塔。”

“什么？在潘普洛纳也只要这价钱。”

她没有再说话，只是摘下眼镜，在围裙上拭了拭。

“太贵了，”我说，“我们住大酒店也没这么多钱。”

“浴室的费用也包括在里面。”

“有便宜点的吗？”

“夏天就这个价。现在是旺季。”

我们是旅店的唯一旅客。我想，算了，反正也就几天。

“酒水钱算在里面吗？”

“嗯，算在里面。”

“好，”我说，“就这样吧。”

我走回去找比尔。他刻意向我哈气，想告诉我这屋子里有多冷，然后继续弹着钢琴。我坐在一张桌子边，打量墙壁上的画。有一幅画上面是几只兔子，都已经死了，还有一幅是几只野鸡，也是死的，另外还有一幅是几只死鸭子。所有的画无一不是黯淡的烟青色。还有一个橱柜，里面放满了盛装利口酒的瓶子。我一一看过这些东西。比尔仍然在弹着琴。

“来一杯朗姆潘趣酒如何？”他说，“弹钢琴取暖也不是长久之计啊。”

我走了出去，告诉女店主什么是朗姆潘趣酒，又应该如何调制。几分钟后，一个女孩端着一个热气腾腾的石罐走进餐厅。比尔从钢琴处走了过来，我们喝下了热乎乎的潘趣酒，听着外面的呼啸的风声。

“里面没搁多少朗姆酒。”

我走到那橱柜，拿起一瓶朗姆酒，将半杯量的朗姆酒倒入石罐中。

“好一个‘直接行动’，”比尔说，“比等待立法要强。”

那女孩走了进来，布置晚饭的餐桌。

“这里的风刮得正如鬼哭狼嚎啊。”比尔说。

女孩端进来了一大碗热气腾腾的蔬菜汤，还拿来了酒。我们后来又吃了红烧鳟鱼，还有一道炖菜，外加一大碗满满的野生草莓。我们在酒水上没多花钱，那女孩有点腼腆，但是客客气气的，将酒端过来。那老妇人进来看了一次，数了数空瓶子。

吃过晚饭，我们上了楼，为了暖和些，坐在床上抽烟、读报。夜间我醒了一次，听见外面呼呼的风声。躺在床上暖暖和和的，感觉真不错。

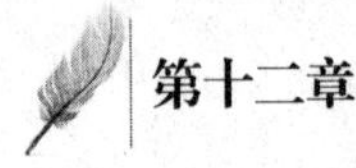

## 第十二章

早晨醒来，我走到窗户边，朝外张望。天气已经转晴，山间的雨雾已经消散。外面窗户下，停着几辆大车，还有一辆公共马车，篷顶的木条历经风雨的沧桑，已破裂而叉开。这马车在使用汽车巴士之前，肯定就已经废弃在此。一头山羊一跃而上，跳入一辆大车，然后又跳到马车的篷顶。它向下面的其他山羊拉了拉脖子，我向它挥了挥手，它便跃了下来。

比尔还在酣睡，我穿上衣服，在外面走廊上穿好鞋子，走下楼梯。楼下没有声响，我便拉开了门闩，走了出去。大清早外面有点凉意，风停歇之后，降下了露珠，太阳这时还没有将露珠晒干。我在旅店后面的棚舍寻了一圈，找到了一把鹤嘴锄，沿着溪流而下，想去挖一些蚯蚓做鱼饵。溪水浅浅的，清澈极了，不过看上去不像有鳟鱼藏身。溪水岸边绿草青青，土壤湿润，我挥下鹤嘴锄，刨松了一块草皮。下面有几条蚯蚓。我拎起草皮，它们就溜走了，我又仔细地挖了一下，挖出了好多条。我就在这湿地边挖了几下，便装满了两个空烟草盒，在蚯蚓上撒了点泥土。那群山羊就看着我挖蚯蚓。

我回到旅馆，那女人正在厨房，我叫她给我们准备咖啡，还告诉她我们想在店里吃午餐。比尔已经醒了，坐在床边。

“我在窗子口看见你了，”他说，“不想打搅你。你在那儿干吗呢？掘地埋宝吗？”

“你这懒虫！”

“为我们共同福祉奋斗？太好了。我真想你每天早上都那么做。”

“好了，”我说，“起床。”

“什么？起床？我才不起床呢。”

他又钻进了被窝，把被单一直拉到下巴。“你再试试，看能不能说服我起床。”

我继续找着渔具，把它们通通放进渔具袋中。“你没兴趣？”比尔问。

“我下楼吃饭去了。”

“吃饭？你刚才怎么不说吃饭？我还以为你喊我起床是闹着玩呢。吃饭？太好了。你现在才算会讲道理。你再出去多挖点蚯蚓吧，我马上就下去。”

“唉，见鬼去吧！”

“为了大家的福祉嘛！”比尔穿上了内衣裤。“有点反讽精神和怜悯心好吗？”我带着渔具袋、渔网和鱼竿盒走出了房门。

“喂！回来！”

我把头探进了房门。

“你不是要我有点反讽精神和怜悯心吗？”我朝他做了个轻蔑的动作。

“这哪是反讽？”

我走下楼的时候，听见比尔唱了起来，“反讽精神和怜悯心。当你感觉到……噢，给他们点反讽精神，给我们点怜悯心；噢，给他们反讽精神吧。当你感觉到……只要一点反讽精神，只要一点怜悯心……”他一直唱着，直到来到楼下。那调子变成：“那铃声为我和我的姑娘而鸣。”我正在读一张一个星期前的西班牙报纸。

“你反讽精神和怜悯心到底是什么玩意儿？”

“什么？你连《反讽精神和怜悯心》这首歌都不知道？”

“不知道。这是谁编的？”

“人人都在传唱啊。在纽约大家都对这首歌着迷，就如同以前人们追捧法塔里尼三兄弟小丑组一般。”

女孩端着咖啡和奶油吐司走了进来。或者，更准确点说，那是一块烘烤过然后抹上奶油的面包。“问问她有没有什么果酱，”比尔说，“话说得有点反讽精神。”

“你们有果酱吗？”

“那可不是反讽。我真希望我会讲西班牙语。”

咖啡不错，我们是用大口的碗喝的。女孩用一个玻璃盘子盛着些覆盆子果酱拿了过来。

“谢谢你。”

“嘿！不是这样，”比尔说，“揶揄两句。挖苦两句普里莫·德里维拉。”

“我可以问她。他们在里夫山脉里面放了什么果酱。”

“不好，”比尔说，“非常不好。你不会玩反讽。就是不会。你根本不懂反讽。你也没有怜悯心。要不说点值得怜悯的东西。”

“罗伯特·科恩。”

“还不错。好多了。现在说说，科恩为什么值得怜悯了。说得反讽一点。”他大口大口地喝着咖啡。

“噢，可恶！”我说，“一大清早就干这无聊事。”

“你又来这套。你还声称自己要当作家呢。我看你只是个报社记者。还是一个流亡国外的报社记者。你一起床，就应该说反讽的话。你一睁开眼睛，就应该满嘴怜悯的话。”

“继续，”我说，“谁教会你这套的啊？”

“大伙都这样。你不看书读报吗？你从没见过别人这样？你明白自己的身份吗？一位流亡人士。你为什么不住在纽约？如果你住纽约，你就会知道这些东西了。要不然你想要我怎样？每年来一次，告诉你这些？”

“再喝点咖啡。”我说。

“行。咖啡对人有好处。咖啡里面有咖啡因，咖啡因，我们来了。咖啡因将男人送上女人的马背，将女人送进男人的坟墓。你知道你的问题出在哪里吗？你是个流亡者。最可悲的那种。你有没有听过？离开祖国的人写不出值得印刷的作品，甚至都不堪在报纸上发表。”

他喝了口咖啡。

“你是个流亡者。你同那片土壤失去了联系。你变得矫揉造作。那套伪欧洲道德毁掉了你。你嗜酒如命，对性成瘾。你整天就知道说话，不去工作。你就是个流亡者，懂了吗？溜达于各个咖啡馆之间。”

“这倒是好极了的生活，”我说，“我什么时候工作呢？”

“你也不工作。有人说你靠女人养着。有人说你是个无能的男人。”

“不对，”我说，“我只是遭遇了点变故。”

“别提了，”比尔说，“那种事情不值说道。你应该好好组织一下那故事，把它变成一个谜。就像亨利的自行车。”

他口若悬河地讲着，但是还是停顿了下来。我担心，他可能以为，刚才挖苦我是个无能的男人刺痛了我。我想让他继续讲下去。

“不是自行车，”我说，“他当时骑在马背上。”

“我听说是一辆三轮车。”

“好吧，”我说，“飞机也有点像三轮车。操作杆的原理也差不多。”

“只是你不用脚踩。”

“是的，”我说，“我猜是不需用脚踩。”

“我们别再争论这个了。”比尔说。

“好吧。我不过是拥护三轮车而已。”

“我想他也是个优秀的作家吧，”比尔说，“而你也是个绝世的好人。有人告诉过你你是个好人吗？”

“我可不是什么好人。”

“听着。你真是个好人。我喜欢你，胜过这地球上其他任何人。如果在纽约，我不能对你说这话。别人会以为我是个基佬。南北战争就是这么引发的。亚伯拉罕·林肯是个基佬，他爱上了格兰特将军。杰斐逊·戴维斯也是如此。林肯仅仅为了打赌才解放黑奴的。德雷德·斯科特案是反沙龙联盟设下的圈套。性是万事的源头。上校夫人和朱迪奥格雷迪骨子里就是一对同性恋者。”

他停了下来。

“还想再听吗？”

“呸！才不要。”我说。

“再多我也不知道了。午饭时候再告诉你一些。”

“你这小子。”我说。

“你这废材！”

我们在帆布背包里面打包了午饭和两瓶酒，比尔背着包。我将鱼竿盒和抄网挎在背上。我们沿着大道往前走，穿过了一片草地，发现了一条横穿旷野的小径，我们向着第一座小山的斜坡上的树林前行，踏着那条沙径，穿过了旷野。那旷野延绵起伏，一片苍翠，上面的草已被羊群啃短。牛群在山上，我们听见林中传来的铃铛声。

那条小径经过一根独木桥跨过一条溪流。那是一根刨平了的木头，一棵弯曲的小树横跨其上充作扶手。在溪流的旁边有个浅浅的池塘，蝌蚪点缀在池塘底部的沙土上。我们走上了陡峭的堤岸，穿过延绵起伏的旷野。我们回过头，看见布尔格特，白色的房子和红色的屋顶，那条白色的大道上一辆卡车正在往前奔行，掀起尘土一片。

走过这片旷野，我们穿过了一条水流更加湍急的溪流。一条沙径往下伸展，通向一片浅滩，走过浅滩，便进入了一片树林。小路在浅滩的下方又经过了一根独木桥，跨过一条溪流，同大道会合，然后我们便走进了树林中。

这是一片山毛榉木林，树木都颇有年月了。树根隆出地面，枝丫缠绕。我们走在古老粗大的毛榉木间的道路上，阳光透过树叶射到草地上，光影斑驳。高大的树木，厚实的叶子，但是林中却不阴暗。大树下没有灌木，只有光滑的草地，碧绿而新鲜，阴郁的大树错落有致，宛如这是一座公园。

“这才是地道的乡村风光。”比尔说。

道路往上到了一座山上，我们进入了一片浓密的树林，路还在往上攀爬。有时，道路会往下跌落一点，但是又会陡然升起。我们站在当地的最高点，就是我们从布尔格特看到的那片苍郁的山林的制高点。在山脊的向阳面，树木间的小空地间，长着些野生的草莓。

在前方，森林中出现了一条道路，沿着山脊的尖角往前伸展。前方的山上数目稀疏，长着大片大片的黄色的金雀花。我们看见远处陡峭的断崖，黑森森的林木，灰色的石头往外突出，下面正是伊拉提河的河道。

“我们必须沿着山脊走这条路，越过那些山，穿过远处山上的树林，然后下到伊拉提峡谷。”我指着前方对比尔说。

“真是段艰苦的跋涉啊。”

“路程可不短，一天内，走着去，钓完鱼，再返回，可不是件舒服的事情。”

“舒服。真是个美妙的词儿。我们先要去，再要赶回来，还要钓鱼，肯定要累掉半条命。”

真是一段漫长的旅途，乡村风光也真是如诗如画，但是，当我们从那陡峭的道路上下来，走出了树木浓郁的群山，进入了法布里卡河谷之时，我们已精疲力竭。

道路从树荫下伸出，进入了烈日之中。前方便是一个河谷。河流过去便是一座陡峭的山峰。在山上种着一片荞麦。我看见山腰上的几个树下有一栋白色的屋子。天气非常炎热，我们便在几个树下停了下来，树旁边是一个大坝，河水从那儿流过。

比尔将背包靠着其中一棵树，我们拼接起鱼竿，装上钓丝卷，系上引线，做好钓鱼的准备。

“你确定这里边有鳟鱼？”比尔问。

“多得是。”

“我要用飞蝇钓。你那里有没有麦克金蒂钩？”

“在那里有一些。”

“你用鱼饵钓吗？”

“是的。我就在大坝这里钓。”

“嗯，那我把飞蝇钓带走了。”他装上了一只蝇钩。

“我去哪里钓好呢？上游还是下游？”

“下游最好了。那里的鱼最多。”

比尔沿着堤岸往下边走去。“带上一只蚯蚓罐。”

“不了，我不需要。如果鱼儿不吃蝇钩，我就多走几个地方。”比尔往下游去看着溪水流动。

“喂，”他扯开嗓子喊，声音穿过大坝那哗哗的水声，“把酒放在路前面的那泉水里面如何？”

“好啊！”我喊道。比尔挥了挥手，开始沿着溪流的下游走去。我在背包里面找出两瓶酒，提着它们走到路的前方，泉水从一根铁管中汩汩地冒出。泉水之上有块木板，我掀起了木板，将木塞紧紧地敲入瓶中，把它们放入水中。泉水真是透心凉，我的手和手腕失去了知觉。我把那块木板放回去，希望酒不会被别人发现。

我拿起靠在树的鱼竿，拿起鱼饵罐和抄网，走到大坝上。建造这大坝的目的是造成水位差，借此来运送木头。水闸关着。我坐在一块方木上面，看着平滑的流水，即将坠下化成瀑布。大坝脚下的河水白沫四溅，深不见底。在我装鱼饵的时候，一条鳟鱼从白色的水花中跃起，窜入了瀑布中，被河水带走。还没等我装好鱼饵，又一条鳟鱼朝着瀑布跃去，在空中划出一条优美的弧线，随之，消失在轰鸣着、奔流而下的水流中。我装上一个大大的铅坠，抛入紧靠水坝木闸边泛着白沫的河水中。

第一条鳟鱼咬饵的时候，我并没有感觉到。当我开始往上拉的时候，我才发觉自己钓上了一只，我把鱼儿从瀑布脚下如沸水般翻腾的河水中拉起，它拼命挣扎，几乎把鱼竿弯成了两半，我将它提起，放在大坝上。真是一条肥美的鳟鱼，我砰然把它摔在木头上，它颤动了几下，并僵直不动了，然后，我把它放进了鱼袋中。

我在钓着那条鱼的时候，好几条鱼儿跃向瀑布中。待我重新装好鱼饵，再掷入河水中，又一只鱼上钩了，我用老办法将它钓上来。不一会儿，我已经钓上了六条鱼。它们大小都差不多。我把它们拿出来，整齐地并排摆着，所有的鱼头对着相同的方向，我看着它们。它们的颜色真漂亮，因为河水冰凉，它们的身子结实而坚硬。鉴于天气炎热，所以我把它们一一剖开，掏出内脏，摘掉鱼鳃，将这些东西扔到河里。我把鳟鱼带回岸上，在水坝上方冰冷而静水深流的河水中将之洗净，然后采摘了些蕨类植物，将它们全部包裹在鱼袋中，铺一层蕨类植物，放上三条鱼，再铺一层，再放三条鱼，最后用蕨类植物盖在上面。它们包裹在蕨类植物中真是好看，鱼袋此时已是沉甸甸的，我把它放在树荫之下。

大坝上真是热，所以我把蚯蚓盒连同鱼袋一并放在树荫下。我从背包里面掏出了一本书，坐在大树下读了起来，等着比尔上来叫我吃午餐。

刚过中午，树荫只剩一点，我靠着两棵长在一起的大树树干上坐着，读着书。这本书是艾·爱·伍·梅森写的。我读的这个故事非常精彩，说的是一个男子在阿尔卑斯山冻死了，掉进了冰川之中，消失不见了，他的妻子为了在冰碛石见到丈夫的尸体，打算等上二十四年，而那真爱她的男子也在等着。就这样，比尔走上来的时候，他们仍然还在等着。

“有收获吗？”他问。鱼竿、鱼袋和渔网全持在一只手中，大汗淋漓。大坝处水声太响，我压根儿没听着他走上来。

“六条。你呢？”

比尔坐下来，打开鱼袋，将一条大鳟鱼倒在草地上。接着，他又拿出来三条，每一条总比上一条要大，他将鱼儿并排摆在树荫下。脸上挂着汗渍，满脸笑容。

“你的鱼多大？”

“比你的小点儿。”

“拿出来看看。”

“我已经包好了。”

“到底有多大？”

“它们和你最小的那条一般大。”

“你不是瞒着吗？”

“我倒是想。”

“全是用蚯蚓钓的？”

“是的。”

“你这懒虫。”

比尔将鳟鱼放进鱼袋中，又朝着河边走过去，摇晃着那敞着口的鱼袋。他浑身从腰部以下全部湿透，我想他准是蹚溪水过来的。

我走到大道前方，取出那两瓶酒。它们都已经冰透。我拿着它们走回树下，水汽在瓶子上结出了水珠。我将午餐摊开在一张报纸上，拔掉一瓶酒的塞子，将另一瓶靠在一棵树上。比尔一边走过来，一边擦着手，鱼袋里面塞满了蕨类植物。

"我们来品尝那瓶酒吧。"他说。他拔去瓶塞，将瓶子往上仰起，汩汩地喝下去。"哎哟！弄疼了我的眼睛。"

"让我尝一口。"

这酒冰凉冰凉的，微微有点锈味。

"这酒味道也不坏。"比尔说。

"这是冰镇的效果。"我说。

我们打开装着午餐的小包裹。

"鸡肉。"

"还有煮熟的鸡蛋。"

"有盐吗？"

"先吃鸡蛋，"比尔说，"再吃鸡肉，这道理布赖恩都能明白。"

"他过世了。我在报纸上看到的。"

"不，不会吧？"

"千真万确。布赖恩死了。"

比尔放下那只正在剥的鸡蛋。

"绅士们，"他说，一边剥开报纸裹住的鸡腿，"我颠倒一下顺序，为了布赖恩，算是向这伟大的'平民'致敬。先吃鸡肉，再吃鸡蛋。"

"不知道上帝在哪一天创造了鸡的？"

"唉，"比尔说，一边吮着鸡腿，"我们怎么知道？我们不应该质疑。我们在这地球上不会待得太久。让我们高高兴兴的吧，相信上苍，学会感恩。"

"吃个鸡蛋吧。"

比尔一手举着鸡腿，一手握住酒瓶。

“让我们为属于我们的赐福欢欣鼓舞吧。让我们享用空中的飞禽。让我们享用葡萄藤的果实。兄弟，你要享用点吗？”

“兄弟，你先请。”比尔长长地喝了一口。

“兄弟，享用点吧，”他将酒瓶递给了我，“兄弟，我们不要怀疑。我们不要用类人猿的手指伸进鸡笼，去窥探那神圣的奥秘。让我们接受信念，只需说——我要你和我一起说——我们该说些什么呢？”他用鸡腿指着我，继续说道。让我来告诉你。我们可以说，就我而言，我会自豪地说——我想你同我一起说，跪下吧，兄弟。人们在大自然面前没什么好羞愧的。记住，森林是上帝第一座庙堂。让我们跪下，说：‘不要吃那只母鸡——那是门肯的化身。’”

“来，”我说，“享用点这个吧。”我们打开了另一瓶酒。

“怎么了？”我说，“你不喜欢布赖恩？”

“我喜欢布赖恩，”比尔说，“我们情同手足。”

“你在哪里认识他的？”

“他、门肯和我是圣十字学院的同学。”

“弗兰基·弗里奇也是。”

“这是谎言。弗兰基·弗里奇是福特罕姆大学的。”

“好吧，”我说，“我和曼宁主教上的是罗耀拉学院。”

“这是扯谎，”比尔说，“我本人才是同曼宁主教一起上的罗耀拉学院。”

“你喝醉了。”我说。

“喝酒喝的？”

“怎么不是？”

“是湿气惹的祸，”比尔说，“我们该将这该死的湿气驱走。”

“再来一口吧。”

“我们就这么点酒吗？”

“就两瓶。”

“你知道自己是什么人吗？”比尔深情地看着瓶子。

“不知道，”我说，“你是反沙龙联盟雇用的人。”

“我和韦恩·B. 惠勒是巴黎圣母院同学。”

“这是谎言，”比尔说，“我同韦恩·B. 惠勒一起上的奥斯汀商学院。他是班长。”

“好吧，”我说，“沙龙必须取缔。”

“你说对了，老同学，”比尔说，“沙龙必须取缔，我要把它带走。”

“你喝醉了。”

“喝酒喝的？”

“喝酒喝的。”

“好吧，也许是我喝醉了。”

“想休息下吗？”

“好的。”

我们躺在树荫里，头枕着地，眼睛往上看着树木。

“睡着了？”

“没呢，”比尔说，“我在想问题。”

我闭上了双眼。我发觉躺在地上真舒服。

“喂，”比尔说，“布蕾蒂是怎么一回事？”

“你是指什么事？”

“你是否同她恋爱过？”

“这还用说。”

“多长时间？”

“断断续续老长一段时间了。”

“噢。可恶！”比尔说，“抱歉，伙计。”

“没关系啦，”我说，“我不再介怀了。”

“真的吗？”

“当然。只是我非常不想谈起这事。”

“我问你，你生气吗？”

“我生哪门子的气？”

“我要睡了。”比尔说。他将一张报纸盖在脸上。

“听着，杰克，”他说，“你真是天主教教徒吗？”

“严格来讲是。”

“什么意思？”

“我不知道。”

“好吧。我现在要睡了，”他说，“别扯那么多，让我睡不着。”

我也睡着了。我醒来的时候，比尔正在收拾背包。天色已近黄昏，树木的影子拉得老长，一直落在大坝上。由于刚才睡在地上，我的身体感觉有点僵直。

“你这是做什么？醒了？”比尔问，“怎么不在这里过夜？”

我伸了伸懒腰，揉揉双眼。

“我可做了个美梦，”比尔说，“具体记不太清了，总之很美。”

“我想我没做梦。”

“你应该做梦，”比尔说，“我们所有最成功的商业巨子都是梦想家。瞧瞧福特，瞧瞧柯立芝总统，瞧瞧洛克菲勒，再瞧瞧裘·戴维森。”

我拆卸了我和比尔的鱼竿，将它们装在鱼竿盒中。我把钓丝卷放进了渔具包。比尔收拾好了背包，我把一只装鳟鱼的袋子放了进去，另外一只提在手上。

“喂，”比尔说，“东西都收拾起了吗？”

“还有蚯蚓。”

“你的蚯蚓。把它们放进去。”

比尔将包背在肩上，我把蚯蚓盒放在外面一只带盖口袋中。

“没落什么吧？”

我环顾了榆树脚下的草地。“没有。”

我们开始沿着大道往前走，走进了树林。回布尔格特还有很长一段路。我们往下穿过旷野来到大道上，沿着镇上灯火通明的屋子间的马路走着，走进旅馆，此时天已经黑了。

我们在布尔格特待了五天，好好地钓了一番鱼。夜间很冷，白天却很热，但是，白天总是会刮点微风。气温真是够高，所以蹚在冰凉的溪流中，真是舒服极了，待从溪流中走出，坐在堤岸上，太阳烘干了你的衣袖。我们找着了一条溪流，中间有个足够游泳的深潭。夜间，我们同一个叫哈里斯的英国人玩三人桥牌。哈里斯是从圣让皮耶德港徒步走过来的，在这旅店休歇，准备去钓鱼。他非常讨人喜欢，同我们去了两次伊拉提河。没有罗伯特·科恩的音信，也没有布蕾蒂和迈克的音信。

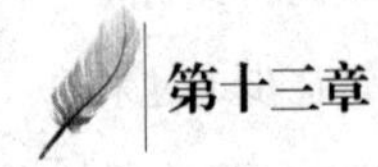

# 第十三章

一天早上，我走下楼去吃早餐，那英国人哈里斯已坐在桌边。他戴着眼镜读着报纸。他抬起头，对我笑了笑。

“早上好啊，”他说，“你有封信。我路过邮局，他们把我俩的信一起给了我。”

那封信放在桌子我的座位上，靠在一只咖啡杯上。哈里斯又读起了报纸。我打开信封。信是从潘普洛纳转来的。是礼拜天从圣塞巴斯蒂安寄出的。

亲爱的杰克：

我们于礼拜五到达此处，布蕾蒂在火车上醉得不省人事了，所以我带着她到我们的故友这里休息了三天。我们礼拜二会到达潘普洛纳蒙托亚酒店，具体到达时间尚不清楚。你能否写封信交给巴士捎来，告诉我们周三在哪儿同你们大家会合？顺祝你们一切安好，对于我们的迟到，深感抱歉。布蕾蒂实在太过疲惫，礼拜二可望完全恢复，实际上，现在已好很多。虽然我十分了解她，竭尽全力，悉心照顾，但是终非易事。向所有的朋友们问好。

迈克尔

“今天礼拜几了？”我问哈里斯。

“我想是礼拜三吧。是的，没错，是礼拜三。在这大山里，竟然把日子过忘了，真是桩妙事。”

“是啊，我们来这儿快一个礼拜了。”

“你们不是就要走吧？”

“是的。可能坐今天下午的巴士回城里。”

“真扫兴啊。我还希望我们仨能再去伊拉提河玩一趟呢。”

“我们必须回潘普洛纳了。我们和朋友约好在那里会合。”

“我真够背的啊。我们在布尔格特玩得真是痛快啊。”

“去潘普洛纳吧。我们在那儿还可以玩桥牌，那儿就要开始精彩的圣日庆典了。”

“我是想去。你能邀我去，真是太好了。不过，我最好还是待这里。我还没好好地钓鱼呢！”

“你想在伊拉提河钓几条大鱼。”

“是的，如你所知。那儿的鳟鱼可大了。”

“我也想去再钓一次鱼。”

“去吧。再多逗留一天。好兄弟。”

“我们真得回城里了，”我说，“真是遗憾。”

早餐之后，比尔和我坐在旅馆前面的长椅上，晒着和煦的阳光，商量着这事。我看见一个姑娘从镇中心的马路上走过来。她在我们跟前停住了脚步，从裙边挂着的皮包里面拿出一封电报。

“是你们的吗？”

我看了一下。地址是：“布尔格特巴尔内斯收。”

“是的。是给我们的。”

她掏出一本本子，要我签名，我给了她几个铜板。电报是用西班牙写的：我来礼拜四科恩。

我把电报递给了比尔。

“科恩这字是什么意思？”他问。

“这电报拍得真烂，”我说，“同样的钱他可以写十个字。‘我礼拜四到’。这样就更加清楚了，不是吗？”

“反正我们要回去了，”我说，“所以，没有必要把布蕾蒂和迈克弄到这儿来，再赶在圣日庆典开始之前，回到潘普洛纳。我们要回电报吗？”

“我们最好是回一下，”比尔说，“我们没必要摆架子。”我们走到邮局，要了一张电报稿纸。

“我们说什么呢？”比尔问。

“今晚到。足够了。”

我们付了电报费，走回了旅店。哈里斯正在那儿，我们仨一起走去朗塞瓦尔斯修道院。我们仔仔细细地参观了下修道院。

“真是个好地方啊。”我们走出来的时候，哈里斯说。

“不过，你知道的，我不是很喜欢这类地方。”

“我也是。”比尔说。

“但是，确实是个好地方啊，”哈里斯说，“我一直想来见识见识。以前每天都打算过来瞧瞧。”

“可是不如钓鱼，对吧？”比尔问道。他喜欢哈里斯。

“在我看来是比不上。”

我们站在修道院古老教堂前面。

“路那边不会是个酒馆吧？”哈里斯问，“还是，我的眼睛欺骗了我？”

“像是一家酒馆。”我说。

“我看也是一家酒馆。”

“我提议，”哈里斯说，“我们去享用一番吧。”他从比尔嘴中学到了“享用”这个词、我们每人喝了一杯酒。哈里斯坚决不让我们付钱。

他西班牙语讲得非常好，掌柜不肯收我们的钱。

“我说，你们不知道，在这里遇见你们这些朋友对我意义多么重大。”

“哈里斯，我们度过了段难忘的时光。”

哈里斯有点醉了。

“我说，你们是真的不知道这对我有多么重大的意义。大战之后，我就没有这么开心过。”

“别忘记了，哈里斯。以后我们还可以一起钓鱼。”

“一言为定。我们在一起玩得真是开心。”

“再来一瓶如何？”

“再好不过了。”哈里斯说。

“这次我来请，”比尔说，“否则，我们就不喝了。”

“我希望我来付钱，你知道，这样我才开心。”

“这样也会让我开心。”比尔说。

掌柜端来了第四瓶酒。我们还是用原先的杯子。哈里斯举起杯。

“我说。这酒的确值得好好享用一番。”

比尔在他的背上拍了拍。

“哈里斯老兄，真有你的。”

“我要说，我的名字其实不是哈里斯，而是威尔逊-哈里斯。两个都是名字。中间有个连字符，你们知道的。”

“威尔逊-哈里斯老兄，”比尔说，“我们称呼你哈里斯是因为我们喜欢你。”

“我说，巴尔内斯，你不知道这对我多么重要。”

“来吧，再‘享用’一杯。”我说。

“巴尔内斯，你是不知道，就这样。”

“干了吧，哈里斯。”

我们从朗塞瓦尔斯往回走，哈里斯走在我们俩中间。在旅馆吃了午餐，哈里斯陪我们一起去了车站。他将自己的名片给了我们，上面写着他在伦敦的地址，他的俱乐部和办公地址。我们上了巴士，他给了我们一人一个信封。我打开我的信封，里面有一打蝇钩。哈里斯的蝇钩都是自己扎的。他所有的蝇钩都是自己制作的。

“我说，哈里斯——”我感动得快流出眼泪。

“别，别！”他说。他一边从巴士上爬下去，一边说着：“它们根本算不上是最好的蝇钩。我只是想，如果你们以后用用它们来钓鱼，可能会让你们想起我们共度的美好时光。”

巴士发动了。哈里斯站在邮局门前，朝我们挥手。当我们开始沿着马路前进，他转身而去，走回了旅馆。

“哎，哈里斯不是个实诚的人吗？”比尔说，“我想，他这段时间是真的过得很快乐。”

“哈里斯？那还用说。”

“我真心希望他来潘普洛纳。”

“可他想去钓鱼。”

“不错。总之，说不清楚英国人是如何同彼此相处的。”

“我也想象不到。”

黄昏时刻，我们进入了潘普洛纳市，巴士停在蒙托亚宾馆门前。在外面的广场上，人们在为圣日拉电灯线，好让广场亮堂起来。巴士停靠的时候，一群孩子迎了过来。本城的海关官员让所有下车的人们在人行道上拉开包裹。我们走进了宾馆，上了楼梯，碰见了蒙托亚。他同我们俩握手，露出标志性的不自然的笑容。

“你们的朋友们来了。”他说。

“坎贝尔先生吗？”

“是的，科恩先生、坎贝尔先生，还有阿什利夫人。”

他脸上挂着笑容，好像有些事情正是我想听到的。

“他们什么时候来的？”

“昨天。我把你们的房间留着呢。”

“太好了。你给坎贝尔留的房间是面朝广场的吗？”

“是的。所有房间都朝着广场。”

“我们的朋友现在在哪儿呢？”

“我想他们去看回力球比赛了。”

“斗牛赛有什么消息？”

蒙托亚笑笑。“就在今晚，”他说，“今晚七点他们请来的是维拉尔公牛，明天来的是米乌拉斯公牛。你们都去看吗？”

“嗯，是的。他们还没见过放牛出笼吧。”蒙托亚将一只手放在我的肩膀上。

“到时那里见。”

他又笑了笑。他总是那么笑，好像斗牛是我们两人间特别的秘密；一种非常令人震惊，但是我们心领神会、深藏心底的秘密。他总是那么笑，好像这秘密有不足对外人道的东西，但是我们彼此又心照不宣。这个秘密不应向不懂它的人们吐露。

“朋友，他也是斗牛迷吗？”蒙托亚对着比尔笑了笑。

“是的，他专程从纽约赶来参加圣费尔明节的。”

“是吗？”蒙托亚礼貌地表达了自己的质疑。

“但是，他可不如你那么痴迷。”他不自然地又把一只手放到我肩上。

“没有，”我说，“他是个真正的斗牛迷（aficionado）。”

“但是，不如你那么痴迷（aficionado）啊。”

西班牙语Aficion是热情的意思。说一个人是aficionado意思就是说，他对斗牛很感兴趣。所有优秀的斗牛士都下榻在蒙托亚宾馆；也就是说，对斗牛感兴趣的人都会住在那儿。以赚钱为目的的斗牛士可能是住上一次，然后就再也不会来了。那些优秀的斗牛士每年都会来。蒙托亚的房间挂满了他们的照片。那些照片是献给胡安尼托·蒙托亚或是他姊妹的。蒙托亚真正崇敬的斗牛士的照片都加了镶框。那些没有激情的斗牛士照片则被蒙托亚放在抽屉里面。照片上常常会有一些再谄媚不过的词。但是，却不知言之为何物。有一天，蒙托亚把这些照片全部都拎了出去，丢进了垃圾筐中，不想让它们出现在眼前。

我们常常阔谈斗牛，品评斗牛士们。我已经好几年都住在蒙托亚宾馆了。每次我们谈论的时间不会很长。只不过是以交流我们的感受为乐而已。人们有的远道而来，在他们离开潘普洛纳之前，总是会和蒙托亚说道几句，聊一聊斗牛的话题。这些人都是斗牛迷。那些斗牛迷随时都可以订到房间，哪怕宾馆住满了人也不例外。蒙托亚把我介绍给一些斗牛迷。他们起先倒是彬彬有礼的，知道我是美国人之后，可把他们乐坏了。不知怎的，人们理所当然地认为，美国人没什么热情。美国人可能充满激情，或是把激动错当做激情，实际上，他们根本就没有激情。这没有什么密码，也没有可以密码安全问题可以让这种热情显现出来，这靠的是一种口头上的心灵体验，通过一些小心翼翼但是永远模糊的问题，才能知道的。当他们看见我确对斗牛充满热爱，就会忸怩地将一只手放在我的肩上，或者说一句“真爷们儿”。但是，在更多情况下，只是真正地触摸下，那好像是说，他们想触碰下，看看到底是真是假。

对于充满热情的斗牛士，蒙托亚可以无比宽容。他可以忍受他们神经发作，惊慌失措，甚至恶劣的难以解释的行为，各种各样的过失。总之，他对充满激情的人无比宽容。所以，他瞬间原谅了我，不去怪罪我那些行为乖张的友人。他一句话也没说，那不过是我俩之间难以启齿的一些小事儿，就像马儿在斗牛场上刺穿了肚皮流出了内脏。

我们进屋的时候，比尔已上了楼。我发现他正在自己房间内洗澡、更衣。

"怎么，"他说，"说够了西班牙语？"

"他告诉我公牛今晚就要登场了。"

"我们去找我们那伙人，然后一起去看。"

"行。他们很可能在咖啡馆。"

"门票带来吗？"

"嗯。连看牛出笼的票都有了。"

"那是什么场面？"他在镜子前扯了扯脸颊，看下巴上面是不是还有没刮干净的胡须。

"可壮观了，"我说，"他们每次让一只公牛从笼子中出来，在畜栏里面放了几只犍牛来迎接它们，避免它们彼此打斗，公牛去撕扯犍牛，那些犍牛则四处奔跑，就像个老仆人，让公牛安静下来。"

"它们会刺伤犍牛吗？"

"当然会了。有时候，它们就紧追在犍牛之后，将它们杀死。"

"犍牛就不会反抗吗？"

"不会。它们会尽量表示友好。"

"那把犍牛放在里面干什么？"

"为了让公牛安静下来，让它们不要撞石墙，免得弄伤犄角，还有就是避免刺伤彼此。"

“犍牛真是了不起。”

我们下了楼，出了门，走过了广场，奔着伊鲁弗拉咖啡馆走去。在广场上有两座孤零零的售票屋。屋子的窗户紧闭，上面标着西班牙语，它们要在圣日前一日才对外售票。

广场对面，白色的柳条编的桌子以及伊鲁弗拉咖啡馆的椅子摆到了拱廊的外面，一直到马路旁边。我挨桌寻找布蕾蒂和迈克。他们正坐在那儿。布蕾蒂、迈克和罗伯特·科恩。布蕾蒂戴着一顶巴斯克贝雷帽，迈克也戴着一顶。罗伯特·科恩没有戴帽子，眼睛上架着一副眼镜。布蕾蒂走了过来，朝我们挥了挥手。我们走到桌子边，她的眼睛眯起来看着我们。

“哈罗，朋友们！”她叫道。

布蕾蒂很高兴。迈克有种本事，能将浓烈的感情通过握手传达给对方。罗伯特·科恩同我们握手，因为我们回来了。

“你们死去哪儿了？”我问。

“我把他们带到这儿来的。”科恩说。

“胡说，”布蕾蒂说，“要不是你来，我们早就到这儿了。”

“你们永远也到不了这里。”

“胡说！你们俩都晒黑了。瞧瞧比尔。”

“你们钓鱼还愉快吧？”迈克问道，“我们本想去找你们的。”

“还不错。我们也想着你们哩。”

“我也想去的，”科恩说，“但是，我一想，我要带着他们俩。”

“你带我们？胡说八道。”

“真的很好玩吗？”迈克问道，“钓到了很多鱼吗？”

“几天时间，我们每人钓了十几条。那儿遇见一个英国佬。”

“名字叫哈里斯，”比尔说，“你认识他吗？迈克。他也打过仗呢。”

“幸运的人啊，”迈克说，“真让人怀念的岁月。我真想让那宝贵的时光倒流。”

“别傻了。”

“迈克，你打过仗吗？”科恩问。

“那还用说。”

“他可是个非常出色的战士哦，”布蕾蒂说，“给他们讲一讲那次，你的马怎么在皮卡迪利大街上惊跑的。”

“我才不要讲，我都已经讲了四遍了。”

“你可没告诉过我。”罗伯特·科恩说。

“我可不想再讲那个故事了。那是件让我颜面尽失的事。”

“告诉他们你得了多少勋章吧。”

“我可不想。那个故事是更丢人了。”

“什么故事？”

“布蕾蒂会告诉你。她总是喜欢讲我那些糗事。”

“来，来，布蕾蒂，讲吧。”

“我可以吗？”

“我自己来讲吧。”

“迈克，你都得了什么勋章？”

“我哪有得什么勋章。”

“肯定有几块吧。”

“我想普通的勋章我是有的。但是，我从未去索要。有一回，威尔士王子要来参加盛宴，邀请函上写着一定要佩戴勋章。很自然，我根本就没有勋章，我去了裁缝铺，那裁缝见到那份邀请函觉得来头不小。我想这可能是一桩好买卖。我对他说：‘你得给我准备几块勋章。’他说：‘阁下，什么勋章？’我说：‘哎，什么勋章都行。只要给我弄几块就好了。’然后，他说：‘阁下，您都有什么勋章呢？’我说：‘我哪里晓得？’他是否认为我一直都会读那恶臭的任命公报呢？‘多给我弄几枚就行了。我自己来挑。’然后，他给我弄了几块勋章，你知道的，那种微型勋章，他将盒子递给我，我把它放入口袋，忘到脑后去了。且说，我去赴宴，正是那天晚上，亨利·威尔逊遭到枪击，所以王子没来，国王也没来，没人佩戴什么勋章，所有家伙都忙着摘下勋章，而我的勋章放在口袋里呢。”

他停顿下来，等着我们哄然大笑。

“就这样？”

“就这样。可能我讲得不好。”

“你是讲得不好，”布蕾蒂说，“但是没关系。”

我们每个人都哈哈大笑。

“哈，是的，”迈克说，“我现在知道了。那真是一次无聊透顶的宴会，我们实在待不住了，便走了。那天晚上，我发现那盒子还在我口袋里。这是什么玩意儿？我说。勋章？血淋淋的军功勋章？所以，我把它们从衬里上通通扯下——你知道的，它们别在一根长带上——然后，派发给周围的人。每个姑娘给一块，就当是纪念品。她们以为我是铁铮铮的战士，在夜店里面派发勋章，好不威风啊。”

“接着往下讲。”布蕾蒂说。

“你们不觉得好笑吗？”迈克问。我们又哈哈大笑了一阵。

“好笑。真好笑。不过，那裁缝给我写了信，向我索回那些勋章。派了一个人到处找我。连续写了好几个月的信。好像是说有个人把勋章请他清洗。是个威风凛凛的军人，把勋章看做命根子。”迈克顿了顿又说，“那裁缝真是倒了大霉了。”

“你也不是故意的，”比尔说，“我倒认为本来对他倒是一件好事。”

“真是个手巧的裁缝啊。绝不会相信现在潦倒至此，”迈克说，“我以前每年给他一百英镑，就是为了让他安生点，这样他就不会追着问我要账了。我破产对他可是致命的打击。这件事就发生在勋章事件之后。他的信口气可尖酸呢。”

“你是怎么破产的？”比尔问。

“两方面，”迈克说，“开始是每况愈下，接着便是一泻千里。”

“什么原因造成的？”

“朋友呗，”迈克说，“我交友广，都是些狗肉朋友。后来就有了债主，可能在英国没谁有我的债主多的。”

“给他们讲讲在法院遇见的事情。”布蕾蒂说。

“记不得了，”迈克说，“我当时有点醉了。”

“醉了！”布蕾蒂大声说道，“你那完全是不省人事！”

“异乎寻常的事情，”迈克说，“前几天碰见我以前的合伙人，拉着我要请我喝杯酒。”

“给他们讲讲你那博学的顾问吧。”布蕾蒂说。

“我不想讲，”迈克说，“我那博学的顾问也喝高了。这个话题太晦气了。你们下去吗？看看那些公牛是怎么出笼的。”

“我们下去吧。”

我们叫来服务生，付了钱，起身穿过市区。我起先和布蕾蒂并肩而行，但是罗伯特·科恩赶了上来，走在她另一侧。我们仨并排往前走，穿过市政厅，旗帜插在阳台上随风飘扬，往前走，经过市集，再往前走，经过那直通阿尔加大桥的陡峭的街道。一路上，看见很多人前往，去看公牛，马车从山坡上驶下来，跨过了桥。车夫、马匹还有鞭子出现在街头之上。过了桥，我们拐上了一条通往畜栏的路。我们经过一家酒店，窗户上有个标识：好酒，仅售三十生丁每升。

“等我们手头紧的时候就去那里吧。”布蕾蒂说。

我们经过的时候，一个女人站在酒店门口，看着我们。她朝里面对着某人嚷了一声，三个姑娘便来到窗前，瞪着眼睛。她们正是盯着布蕾蒂看。

两个男人站在畜栏的门口收门票。我们走入了大门。里面种着几棵树，一栋低矮的石屋。在远端，是畜栏的石墙，石头上打着孔，就像一个个透光孔，遍布每个畜栏的正面。一个梯子相同石墙的顶端，人们爬上梯子，然后散开，站在将两个畜栏分割开的围墙上。我们穿过树底下的草地，爬上梯子，经过那些巨大的漆成灰色的牛笼。每只运输箱里面装着一头公牛。它们是从卡斯提尔公牛饲养牧场用火车运过来的。在火车站，从敞车上卸了下来，然后托运至此，准备从笼子中放到畜栏里面。每个笼子都印上了公牛主人的姓名和标记。

我们爬了上去，在围墙上找了个地方，可以往下看到畜栏。石墙被刷成了白色，地上铺了干草，靠着墙壁建造了食槽和水槽。

“看那边。”我说。

在河那边，城市所在的台地耸起。古老的围墙和壁垒上站满了人。三道壁垒上站满了三排黑压压的人群。在城墙之上，人头从房屋的窗户伸出来。在那台地的远端，孩子们爬到树上。

“他们肯定觉得有好戏登场了，”布蕾蒂说，“他们想看看公牛的英姿。”

迈克和比尔站在畜栏斗兽场的对面的另一座城墙上。他们朝我们挥了挥手。晚来的人们则站在我们后面，当其他人挤着他们，他们就挤压在我们身上。

“他们怎么还不开始？”罗伯特·科恩问道。

一头骡子拴在一个笼子中，它拖着笼子往前，靠在畜栏围墙的大门处。人们用撬棍又推又挪，想把它放到靠着大门的地方。站在墙头上的人们跃跃欲试地拉起畜栏的大门，接着拉起笼子的大门。在畜栏的另一端，一道门打开了，两头犍牛摇晃着它们的脑袋跑了进来，精瘦的侧腹颤悠着。它们并排站在远端，头对着大门，公牛就是从那儿进来的。

“它们看上去不开心啊。”布蕾蒂说。

在墙头最上边的人向后仰，拉起了畜栏的大门，然后，他们又拉起了笼子的门。

我弯下身子，向笼子里面看，里面黑漆漆的。有人用铁棒敲击笼子。里面好像有东西爆炸了。一头公牛用犄角扎进了木栅栏里边，左右摇摆，发出巨大的响声。接着，我看见了公牛黑色的鼻口，还有牛角的影子。随后，只听一声镂空的木箱发出的哐啷声，那头公牛便猛地往前冲，跑进了畜栏，前蹄在干草上打了个滑，站定住了，仰着头，它颈部上的隆起的肌肉紧绷了起来，它看着站在石墙上的人群，身体上的肌肉微微地颤抖。那两头犍牛往后退，靠在墙上，低着头，双眼直视着那头公牛。

那公牛注意到了它们，便冲了过来。箱子后面的一个人叫了一声，用帽子拍打笼子的木板。而那公牛在快要撞到犍牛之前，突然掉转了身子，汇聚全身力气，向那个人站的地方冲了过去，用右犄角反复快速、深深地撞击了五六下木板，企图撞倒在背后站着的那个人。

“我的老天啊，它很美不是吗？”布蕾蒂说。我们眼睛朝下直直地看着它。

“看它如何使用它的犄角，”我说，“它左一下，右一下，活像个拳击手。”

“不见得吧？”

“你看呀。”

“它跑得真够快的。”

“等等。马上又要来一头了。”

他们又将一只笼子堵在畜栏入口处。在远处角落，一个人躲在木板屏障后面攻击公牛。当公牛将脸转向别处，大门被拉了起来，第二头公牛便放入了畜栏。

它直冲向犍牛，两个人从木板后跑出来，大声喊叫，引它转身。它并没有改变方向，那两个男子大声喊：“嘿！嘿！公牛！”且挥动着他们的手臂。两头犍牛侧过身子，严阵以待，而那头公牛则冲向其中一只犍牛。

“别瞅了。”我对布蕾蒂说。她正在看着，如痴如醉。

“太好了，”我说，“只要它不冲撞你就行。”

“我看到了，”她说，“我看到它从左犄角换到右犄角。”

“太好了！”

那犍牛已经倒地，脖子伸得老长，扭着脑袋，它以倒下的样子躺着不动。突然间，那公牛停了下来，准备向另外一头犍牛扑过去，那头犍牛一直远远地站着，摇晃着脑袋，静观着这一切。那犍牛窘迫地跑动，公牛把它擒住，轻轻地钩了一下它侧腹，接着便转过身，抬头望着石墙上的人群，隆起的肌肉渐渐胀起。那犍牛走到它面前，好像要嗅嗅它的味道，公牛漫不经心地了钩了钩它。随后，它又嗅了嗅犍牛，接着它们就结队走到另一头公牛那儿去了。

待下头公牛出来的时候，总共便有三头牛，两头公牛和一头犍牛，并头站在一起，犄角对着新进的公牛。过了几分钟，那犍牛同那头新来的公牛处熟了，让它安静下来，使它成为牛群的一员。待最后两头公牛被卸下来的时候，牛群都站在一起。

那头被刺伤的犍牛不得不站了起来，靠着石墙。所有公牛都离它远远的，它也无意加入牛群当中。

我们同大伙一起从墙头爬了下来，从畜栏石墙的透光孔看了牛群最后一眼。它们现在都安安静静的，低下了脑袋。我们在外面坐上了马车，赶回了咖啡馆。迈克和比尔在一小时半后回来了。他们在半路上停下来喝了几杯。

我们安坐在咖啡馆内。

“真是大开眼界啊！”布蕾蒂说。

“最后进来的那几头公牛会和前几头一样好斗吗？”罗伯特·科恩问，“它们似乎非常快就安静下来了。”

“它们认识了彼此，”我说，“只有它们独处的时候，或者只有两三头的时候，它们才会变得有攻击性。”

“你说什么，攻击性？”比尔说，“我看它们都很危险。”

“它们只有独个的时候才会动杀戮。当然了，如果你跑进畜栏，你很可能会引来一头公牛，脱离牛群，这时候它就充满攻击性。”

“太复杂了，”比尔说，“迈克，你可别把我从大部队撵出去啊。”

“在我看，”迈克说，“它们都是一等一的公牛，不是吗？你们看见了它们的犄角吗？”

“我以前没见过，”布蕾蒂说，“我以前都不知道犄角长什么样子。”

“你有没有见到那头攻击犍牛的公牛？”迈克问，“那真是罕物啊。”

“当一头犍牛可真没趣。”罗伯特·科恩说。

“你不是这么想的吧？”迈克说，“我还以为你喜欢做一头犍牛呢，罗伯特。”

“你这话什么意思？迈克。”

“它们过着恬淡的生活。不吭一声，可总是喜欢成群结队的。”

我们都觉尴尬。比尔笑了笑。罗伯特·科恩一脸怒色。迈克继续说道：“我认为你应该喜欢这种生活。你总也不需说一句话。罗伯特，来吧。说两句。别干坐在那儿。”

“迈克，我说过啊。你不记得了，关于犍牛的事情。”

“噢，再多说点。说些有趣的事情。你没看见，我们现在兴致多高呢？”

“迈克尔，打住吧。你喝醉了。”布蕾蒂说。

“我没喝醉。我是正经的。罗伯特·科恩会整天跟着布蕾蒂吧？”

“迈克尔，住嘴吧。有点教养好吗？”

“他妈的教养。除了公牛，谁有教养？那些公牛不是很可敬吗？比尔，你不喜欢它们吗？罗伯特，你怎么不说话了？别只管坐那儿，又不是葬礼。布蕾蒂和你上床了又如何？和她睡过的男人比你好的多得是。”

“闭嘴！”科恩说着站了起来。

“闭嘴吧，迈克。”

“哎，站起来干吗，搞得想要揍我一样。这招对我可不管用。告诉我，罗伯特，你为什么老是像头可怜的犍牛一般跟着布蕾蒂？你没发现自己很讨人嫌吗？如果我不被待见，我可有自知之明。你怎么就不知道别人嫌你呢？你跑到圣塞巴斯蒂安，可那里并不欢迎你。像一头可怜的犍牛一般缠着布蕾蒂。你认为这么做合适吗？”

“住嘴了，你喝醉了。”

“可能我喝醉了。你为什么不喝醉？罗伯特，你怎么从来都不喝醉？你知道自己在圣塞巴斯蒂安自讨没趣，因为我们的朋友没一个邀请你去参加派对。你可不能太责怪他们，不是吗？我叫他们请你来，可他们不干。现在，你可不能责怪他们。不是吗？喂，回答我。你有资格责怪他们吗？”

“去死吧，迈克。”

“我是无权责问他们。你能怪他们吗？你为什么老是缠着布蕾蒂？你就没点教养吗？你觉得我会如何想？”

“你真是有资格谈教养，”布蕾蒂说，“你真是有教养极了。”

“走吧，罗伯特。”比尔说。

“你老跟着她干吗？”比尔站起来，拉着科恩。

“别走啊，”迈克说，“罗伯特·科恩还要请大家喝酒呢。”

比尔同科恩一起离开了。科恩的脸色不好。迈克喋喋不休地讲着。我坐在那儿，听了一会儿。布蕾蒂满脸厌恶的样子。

“喂，迈克，你不应该愚蠢至此。”她打断了他的讲话。“我并不是说他说的是假话，你知道的。”她对我说。

迈克的语气渐渐缓和了起来。我们又如老友一般坐在一起。

“表面上我是醉了，其实我清醒着呢。”他说。

“我知道你没醉。”布蕾蒂说。

“我们都有点醉了。”我说。

“我哪句话都不是瞎讲的。”

“不过，你说得太尖酸刻薄了。”布蕾蒂笑笑。

“不过他是个蠢蛋。他跑来圣塞巴斯蒂安，即使那儿并不欢迎他。他缠着布蕾蒂，盯着她看。怪叫我恶心的。”

“他的行为确实过分。”布蕾蒂说。

“你听着。布蕾蒂以前就同一些男子有牵扯。她什么都告诉我了。她还把科恩写的信给我看。可我不想看。”

“你真是高尚。”

“不是这么回事，听着，杰克。布蕾蒂以前也同其他男人睡过。但是，他们可不像犹太人一样，他们不会事后还跟着来纠缠不休。”

“个个都是好样的，”布蕾蒂说，“别说这些了，真是无趣。迈克和我彼此知根知底。”

“她把科恩的信给我看。我可没兴趣。”

“亲爱的，你谁的信也不读，我的信你也不想读。”

“我看不懂信，”迈克说，“可笑，不是吗？”

“你什么也看不懂。”

“不。这你就说错了。我读的书不少。我在家的时候，经常会看书。”

“你接下去还要写作呢，”布蕾蒂说，“行了。迈克，振作点。你现在得放下这码子事。他人就在这儿。别把好好的圣日给破坏了。”

“好吧，那你让他规矩点。”

“他会规矩的。我会同他说的。”

“杰克，你得告诉他。要么老老实实的，要么滚蛋。”

“好，”我说，“由我告诉他再恰当不过了。”

“我说，布蕾蒂，告诉杰克他怎么称呼你来着。真是妙极了。”

“噢，算了，我不能说。”

“说吧。我们都是朋友。杰克，我们不都是朋友吗？”

“我不能告诉他。太荒唐了。”

“那我来说。”

“别，迈克，别犯傻了。”

“他称她为赛丝[①]，”迈克说，“他宣称她能把男人变成猪。真他妈的形象。我真希望自己也是个文人。”

“他蛮不错的，”布蕾蒂说，“写得一手好信。”

“这我知道，”我说，“他从圣塞巴斯蒂安给我来过信。”

“那不算什么，”布蕾蒂说，“他的信写得幽默风趣。”

“你还让我写呢。当时以为你生病了。”

“我当时好得很。”

“好了，”我说，“我们得进去吃点东西了。”

“我该怎么面对科恩呢？”迈克说。

“装作什么都没发生就好了。”

“我是没什么，”迈克说，“我一点不觉难为情。”

“如果他说什么的话，你就说你喝醉了。”

“的确是醉了。有趣的是，我现在才发现自己当时是醉了。”

“走吧，”布蕾蒂说，“这些‘穿肠药’都给了钱吧。吃饭前我得洗个澡。”

我们穿过广场。天黑了，广场周围都是从拱廊下咖啡馆发出的灯光。我们穿过树荫下的砾石路，朝宾馆走去。

他们俩上了楼，我停下来同蒙托亚讲话。

“觉得这几头公牛如何？”他问。

---

① 希腊神话，喀耳刻，荷马史诗《奥德赛》中的美丽仙女，精通巫术，曾把奥德修斯的同伴变成猪。

“很好。都是些很不错的公牛。”

“它们还算凑合，”蒙托亚摇摇头，“但是，谈不上好。”

“你不喜欢它们哪里？”

“说不上来。它们只是没给我那种很好的感觉。”

“我明白你的意思。”

“它们还不错。”

“是的，它们还不错。”

“你的朋友们如何看？

“还好。”

“那不错。”蒙托亚说。

我上了楼。比尔在他的房间，站在阳台上，看着广场。我站在他旁边。

“科恩去哪儿了？”

“在楼上自己房间呢。”

“他情绪如何？”

“还用说，糟透了。迈克这人真讨厌。喝醉酒时，太可怕了。”

“他没有完全喝醉。”

“瞎说，还没醉呢！我知道，我们在来咖啡馆之前喝了多少。”

“他后来就清醒了。”

“好吧。他真恶劣。我也不喜欢科恩，老天知道，我也觉得他南下去圣塞巴斯蒂安够傻的，但是谁也没权利像迈克那般说话。”

“你觉得公牛怎么样？”

“很帅。他们把它们赶出来的那套真是帅极了。”

“明天米乌拉斯公牛就来了。”

“圣日庆典何时开始？”

“后天。”

“我们得想法让迈克别再喝醉了。那玩意儿真可怕。”

“我们最好梳洗下准备吃晚饭。”

“嗯。将是一顿愉快的晚餐吧。”

“那还用说？”

实际上，那顿晚饭吃得并不愉快。布蕾蒂身着一件黑色的无袖晚礼服，真是美极了。迈克好像什么事也没发生过。我不得已上楼把罗伯特·科恩领下来。他沉默不语，神情拘谨，一张蜡黄的脸紧绷着，不过最后终于振作了起来。他情不自禁地看着布蕾蒂。这似乎让她开心。看见她如此光彩照人，想到这女人曾同他私奔过，而且人人皆知此事，他定会非常得意。谁也抹杀不了这点。比尔非常幽默风趣，迈克也一样，凑在一起正好是一对。

这段晚餐的情形就像大战在即那时吃过的那些晚餐。觥筹交错，忘记紧张的氛围，感觉该来的终究要来，我们无能无力。酒过三巡，心情不再厌烦，甚至开心起来。在那一刻，似乎所有的人都是那么可爱可亲。

## 第十四章

我不知何时跑去睡觉了。我记得我脱下衣服，穿上浴袍，站在外面的阳台上。我知道自己醉得厉害。走进房间，打开床头灯，开始看书。我读的是一本屠格涅夫的书。有两页我大概反复读了好几遍。那是《猎人笔记》中的一则故事。其实，我早已读过，但是又感觉充满了新意。乡间的景色变得异常清晰，脑子压抑的感觉渐渐放松。我醉得厉害，但是，我不想闭上双眼，因为闭上眼睛，房间便会转个不停。如果我一直读书，那种感觉就会消退。

我听见布蕾蒂和罗伯特·科恩上楼的声音。科恩在门外说了声晚安，便上楼去了自己的房间。我听见布蕾蒂走进隔壁的房间。迈克已经上了床。他在一小时前同我一起上楼的。她进来，惊醒了他，两人便聊了起来。我听见他们的笑声。我关掉灯，想尽快睡去。没必要再多读了，因为我闭上眼睛不再有那种旋转的感觉。但是，我就是睡不着。没有原因。因为黑暗中看到的东西同亮堂处看到的东西不同。真见鬼，毫无理由！

突然之间，我想明白了。过去整整六个月，我从未关灯睡着过。这又是个精彩的想法。反正，女人见鬼去吧。布蕾蒂·阿什利见鬼去吧。

女人可做知己。真真好的知己。首先，你得爱上她，这是友谊之基。我一直把布蕾蒂当做朋友。我倒是没考虑她那方的损益。我算是不劳而获了。这不过是推延账单到来的时日罢了。那账单总是要来的。这便是我们能指望的好事之一。

我曾以为自己偿还了所有的人情债。不像女人，还啊，还啊，还啊，没完没了，根本没想到报应或惩罚。只是一种价值交换。有风险才会有收获。或者说有辛劳才会有丰收。为了获得些许好的东西，你总要付出些成本。我为我喜爱的东西大费周章，所以我才能快乐如斯。这种付出要么是辛苦的学习，要么是艰辛的经历，要么是冒险尝试，要么是消耗金钱。享受生活就是学会让你的财富物尽其用，并且知道你何时拥有它。你可以将钱花得上算。这世界就是个大市场。这看似套完美无缺的哲学。我想，只需过上五年，这套哲学就会如我以前秉持的哲学一般，变得愚不可及。

虽然，这不一定是真的。或者，随着时光的推移，你的确会有所领悟。我不在乎这世界到底是怎么回事。我想知道的只是如何生活于这世界。也许，你找到了生活于世之道，就能看清这世界的面目。

但是，我希望迈克对待科恩不要太刻薄。迈克喝醉酒了便口无遮拦。布蕾蒂喝醉酒了仍然优雅如常。比尔喝醉酒了依旧规规矩矩。而科恩则从不喝醉。迈克只要过了某个点就惹人厌。我喜欢看他伤害科恩。但是，我还是希望他别那么做。因为，事后，我会厌恶自己。那就是道德，那种让你事后反感的东西。不，那一定是不道德。这真是个宏大的命题。我一晚上想出了这么多无聊的话。胡说，我听到布蕾蒂说这句话。真是荒唐！当你同英国人待一起，就在思维中渐渐地无意识地使用英语表达。英国人的口语词汇——至少是上流社会——肯定比爱斯基摩人还少。我当然对爱斯基摩语一点都不懂。说不定爱斯基摩语是种优美的语言。比方说彻罗基语，我对彻罗基语也一点都不知。英国人说话常用转调的词汇。一个词汇可以涵盖一切意义。然而，我喜欢他们。我喜欢他们说话的方式。就拿哈里斯来说吧，虽然他算不得是上流阶层。

我又打开了灯，读起了书，我读屠格涅夫的书。那一刻，我明白了，在喝了过多白兰地之后，脑子过度敏感的状态下阅读，我会在某地重新忆起，事后，还会有一种感觉，好像那真正地发生在我身上，终身难忘。这就是你付出之后收获的又一好处。天亮前的某刻我终于睡着了。

在潘普洛纳的接下来两天，我们相安无事，没有再发生争吵。整个城市都在为圣日做准备。工人们竖起了门柱，当公牛从畜栏里面放出来，在清晨被赶着去斗牛场，穿过大街的时候，小巷便可以封起来。工人们挖了很多坑，在洞上安了木桩，每根木桩上都标好了数字，以示它该放的地方。在城市那边的台地，斗牛场的工作人员训练着斗牛士骑的马匹，在斗牛场栅栏后面的坚硬、焦黄的场地上，策马飞奔。斗牛场的大门敞开，在里面，人们正在清扫着圆形剧场。场地经过了碾压，洒上了水，木匠更换了木板矮围墙上不结实或开裂的木板。站在那光滑的碾平的沙地上，你抬起头，看见空荡荡的坐台，看见几个婆子正在清扫包厢。

在外面，从城市最后一条街道通往斗牛场入口处的栅栏修葺完毕，形成了个完整的围栏。在斗牛开始的那天早上，公牛在后面追赶，人群在前面往前奔跑。穿过马牛市集的平地，几个吉卜赛人在树下扎营。葡萄酒和土酿白兰地的小贩正在搭建棚子。一个棚子上面写着“公牛茴香酒”的广告词。布质招牌挂在烈日照射的木板上。作为市中心的宽大广场还没有大变化。我们坐在咖啡馆阳台上的白色藤椅之上，看着巴士开进来，从乡里来赶集的农民从车上袭来，看着巴士装得满满的，车里农民坐在各自的马鞍袋上，里面装着从城里买来的东西，巴士发动开走了。除了几只鸽子，还有一个拿着软管的男子，给砾石铺就的广场和街道洒水，那高高的灰色巴士便是广场上唯一的生机。

晚上便是散步。每天晚饭后一小时，街上面容姣好的女子，卫戍部队的长官，城里所有时髦的人们，走上广场一侧的街道上，而一边咖啡馆的桌子前坐满了用餐完毕的常客。

早晨，我一般坐在咖啡馆里，读着马德里的各种报纸，然后去城里转转，或是到城外乡间溜达一会儿。有时候，比尔会和我一道。有时，他在自己房间写作。罗伯特·科恩早上学西班牙语，或是去理发店刮胡子。布蕾蒂和迈克不到中午是不会起床的。我们都会在咖啡馆喝一杯苦艾酒。这是一种恬淡的生活，没人会喝醉。我去了几次教堂，有一次同布蕾蒂一起去的。她说想听听我忏悔，不过，我告诉她，那不仅是不可能的，同时也不似想象中有趣，此外，她也听不懂忏悔的语言。我们出教堂的时候，正巧碰见了科恩。虽然很明显他就跟在我们后面，不过他倒是很讨人喜欢，也很友好。我们三人走了一段路，来到吉卜赛人的帐篷边，布蕾蒂卜了一卦。

真是个美好的早晨，高空中白色的云朵飘到在群山之上。夜间下了阵小雨，台地上空气清新而凉爽，风景非常的美。我们心情都非常不错，神清气爽。我对科恩的态度非常友好。在这样一个早晨，什么事情也上不了你的心头。

明天就是圣日了。

# 第十五章

在礼拜天的中午，也就是七月六号，圣日终于盛大开幕了。场面之壮观真无法形容。整日间，人们一直从乡间拥入城里，但是他们同城里人混杂在一起，你不会注意到他们。烈日下的广场，安安静静的，同任何一天无二般。农民坐在偏僻的酒馆里，他们在那儿喝着酒，为圣日庆典做好准备。他们最近才刚从平原或山区来城里，所以非常有必要渐渐地改变对金钱的态度。他们无法一开始就跑到昂贵的咖啡馆去。所以，他们在酒馆里面实现他们钞票的“价值”，金钱仍然有确定的价值，可以用工作时间和出卖的粮食数量来衡量。待圣日庆典晚近的时候，他们就不在乎花多少钱，在哪儿花钱了。

在圣费尔明节的第一天，他们一大清早就开始待在城里的宅巷子里的酒馆里面。早上，我沿着大街走去教堂做弥撒，我听见他们的歌声从酒馆开着的窗户飘出来。他们正在做着准备。十一点钟的弥撒来了很多人。圣费尔明节也是宗教节日。

我从教堂出来，走下山坡，沿着大街来到广场上的一家咖啡馆。就快要到中午了。罗伯特·科恩和比尔正坐在一张桌子边。大理石面的桌子和白色的藤椅不见了，换上了铸铁桌子和古朴的椅子。这咖啡馆就像一艘战舰，没有了不必要的东西，准备投入战斗。这天，服务生整个早上不会让你安静地读读书报，总是追着问你要点什么吃的。我刚一坐下，一位服务生便走了上来。

“你们喝什么呢？”我问比尔和罗伯特。

“雪利酒。”科恩说。

“Jerez（雪利酒的西班牙语）。”我对那服务生说。

还没等服务生把酒端过来，宣布圣日开始的火箭弹就升上了广场上空。那火箭弹迸发出来，在广场另一侧对面的加亚雷剧院上空，灰色的烟雾弹便高高升起。那颗悬在空中的烟雾弹就像一颗炸开的榴弹。我正注目的时候，又一颗火箭弹腾空而上，在明媚的太阳光下，吐出缕缕青烟。它炸开时，我看见明亮的一闪，接着，又出现了一小朵烟雾。第二颗火箭弹炸开的时候，拱廊下已聚集了一大群人，要知道一分钟前拱廊下还空无一人。服务生将酒高高地举过头，但是还是无法穿过人群，来到我们桌子边。人们从四面八方拥入广场。在街头，我们听到风笛声、短笛声、还有喧天的鼓声越来越近。他们正在演奏riau-riau舞曲，尖尖的笛声，砰砰的鼓声，在乐队身后，走来一群手舞足蹈的成年男子和男孩。当短笛停下，他们全部蹲在街上；当簧管和短笛发出尖尖的声音，单调、干瘪、空洞的鼓声又敲了出来，他们又站了起来，跳起了舞。在摩肩接踵的人群中，你只能看见人们的头还有跳舞者上上下下摆动的手臂。

在广场上，一个男子弯着腰吹着簧管，一群孩子跟在他身后大声起哄，拉扯他的衣服。他走出了广场，孩子们也跟着他走，他给他们吹奏簧管，经过了咖啡馆，走进了一个小巷子里面。我们看见他那毫无表情的脸，上面布着痘痕，他吹奏簧管走了过去，紧跟着他身后的孩子们仍是大声起哄，拉扯着他。

“他准是个乡下白痴，”比尔说，“我的天！瞧那边！”

街头又走来一群跳舞的人。整条街被跳舞的人围得水泄不通，全都是男子。他们和着拍子，跟在自己的笛子手和鼓手后边跳着舞。他们是某个俱乐部的，所有人都穿着蓝色的工作服，脖子间系着红色的围巾，并用两根杆子撑着一面大旗帜。当他们走过来，被人群拥簇着，那旗帜随着他们的舞步上下舞动。

那旗帜上印着“美酒万岁！外宾万岁！”的字样。

“外宾在哪儿？”罗伯特·科恩问道。

“我们就是外宾啊。”比尔说。

火箭弹一直在往上飞蹿。咖啡馆的桌子坐得满满的。广场上的人群渐渐离去，各家咖啡馆都坐满了人。

“布蕾蒂和迈克去哪儿了？”比尔问。

“我去找他们，”科恩说，“把他们带过来。”

圣日真的开始了。将昼夜不息地进行整整七天。舞不歇，杯不停，喧嚣声此起彼伏。这一切只有在圣日才可能发生。最后，所有的事情都变得非常不真切，就好像任何事情都不会产生后果。似乎在圣日期间，去计较后果是不合时宜的。在圣日，即使是在安安静静的时刻，你也总有这样感觉，好像不大声说话，别人就听不到似的。对任何行为都有同样的感觉。这就是圣日，整整持续七天。

下午是盛大的宗教游行。人们抬着圣费尔明神像从一个教堂到另一个教堂。游行中有达官贵人、有普通百姓，也有宗教人士。人山人海的，我们根本看不到游行的队伍。在正式游行队伍的前后都有跳着riau-riau的舞者。有一群穿着黄衫的人在人群中忽前忽后地跳着舞。摩肩接踵的人群把街道和人行道围得水泄不通，我们只能透过这人群，看到游行队伍抬着巨大的雕像、烟草店的印第安人雕像，三十英尺高的摩尔人雕像，一尊国王、王后雕像，这些雕像和着华尔兹舞曲，肃穆地旋转着，好似跳着华尔兹。

人群堵在教堂外面，圣费尔明雕像和达官贵人进入了教堂，外面卫队和巨型雕像留在门外，那些原本藏在雕像里跳舞的人站在他们的担架旁边，小矮人们转动着巨大的气球，穿梭在人群之中。我们走入教堂，闻着里面一股香火味，人们排队进入教堂，但是，布蕾蒂被挡在门内，因为她没有戴帽子，所以我们又走了出来，沿着教堂通往市区的街道往前走。街道两旁仍是人头攒动，人们站在路边，等待着队伍返回。

几个舞者将布蕾蒂围在一个圈内，开始跳起舞来。他们脖子间挂着大串大串的白色大蒜。我和比尔也被拉进了圈里。比尔也跳起了舞。他们唱着赞美歌。布蕾蒂也想跳舞，但是他们却不让。他们想把她当做偶像，围着她跳舞。当曲子随着一声尖尖的riau-riau结束时，他们把我们拥入了一间酒馆。

我们站在柜台边。他们请布蕾蒂坐在一只酒桶上。酒馆内有些昏暗，坐满了哼着歌曲、扯着嗓子唱歌的人们。他们从柜台后面的酒桶中舀出来酒。我掏出了酒钱，但是其中一人把钱捡起，放入了我的口袋。

“我想买个皮制酒袋。”比尔说。

“这条街前面有一个店，”我说，“我去买几个来。”

那些舞者不让我出门。他们中有三个人坐在布蕾蒂旁边一只高高的酒桶上，教她如何从酒袋里面喝酒。他们在她脖子上挂了一串大蒜。有人建议给她一个杯子。有人教比尔唱歌，对着他的耳朵吼，在比尔背上拍着拍子。

我给他们解释说，我要回去了。出了酒馆，我沿着街道往前走，寻找卖皮制酒袋的商店。人群挤满了人行道，很多商店都关门歇业了，我找不到卖酒袋的商店。我一直走到教堂，眼睛扫着街道两边。然后，我问了一个人，他握住我的手臂，把我带了进去。百叶窗拉上了，但是大门是开着的。

店铺里面一股新已硝过的皮革和焦油的味道。一个男子在制成的酒袋上印下图案。酒袋成串地挂在屋顶上。他摘下一个，朝里面吹了口气，将瓶嘴拧紧，然后跳上酒袋。

“看见没？没漏洞。”

“我还想要一个。一个大的。”

他又从屋顶摘下一个大得可以装下一加仑多的酒袋。他对着酒袋鼓起双颊将它吹起，他扶着桌子站在酒袋上。

“你这是干吗用？拿去巴约讷卖？”

“不是。用来喝酒的。”

他拍了拍我的臂膀。

“好家伙。八比塞塔两个。最低价了。”

那男子又在一只酒袋上印图案，把印好的酒袋扔到堆里，便停下手。

“这可是真的，”他说，“八比塞塔确实是便宜价。”

我付了钱，走出店铺，沿着街道折回酒馆。街上比店铺里面更昏暗了，而且非常拥挤。我没找到布蕾蒂和比尔，有人说他们在后厢。在柜台处，女孩帮我把两只酒袋装满酒。一只装了两升，另外一只装了五升，共花了三比塞塔六十生丁。在柜台边我碰见个生人抢着给我付酒钱，不过，最后我还是自己付了钱。那想给我付钱的男子给我买了一杯酒。我想回请一杯，他拒绝了，却说，想从我新买的酒袋中喝一口，漱漱口。他扬起那只五升的大酒袋，双手一捏，酒水便嗞嗞地喷入喉底。

“好了。”他说，接着把酒袋还给了我。

在后厢，布蕾蒂和比尔坐在酒桶上，旁边绕了一圈跳舞的人。大家都互相肩搭着肩，一起唱起歌。迈克和几个穿着衬衣的人坐在桌边，吃着一碗金枪鱼、碎洋葱就着醋。人人端着一杯酒，用面包片蘸着碗中的油和醋吃。

“哈罗，杰克。哈罗！”迈克叫道，“过来。我想给你引见几位朋友。我们正在吃点开胃小菜。”

迈克把我介绍给桌边的人们。他们把名字告诉迈克，又叫人给我拿来了一把刀叉。“迈克，别吃人家的东西。”布蕾蒂坐在酒桶上朝这边喊道。

“我可不想吃光你们的食物。”当有人给我递来一把刀叉，我说道。

“吃吧，”他说，“食物本来就是用来吃的。”

我旋开那只大酒袋，一一递给旁人。每个人扬起酒袋，深深地喝了一口。

在歌声中，我们听到外面游行的奏乐，队伍从此经过。

“那不是游行吗？”迈克问。

“啥也不是，”有人说，“没啥事。干了这杯，举起瓶子。”

“他们在哪儿找到你的？”我问迈克。

“有人把我带到这来的，”迈克说，“他们说你们在这儿。”

“科恩呢？”

“他醉倒了，”布蕾蒂说，“有人把他安顿在不知什么地方。”

“他在哪儿？”

“不清楚。”

“我们怎么知道呢，”比尔说，“我还以为他死了呢。”

“他没死，”迈克说，“我知道他没死。他不过是喝多了茴香酒，醉倒了而已。”

当他说到茴香酒，桌边的一个男子抬头看了看，从罩衫里掏出一个瓶子，递给了我。

“我不喝，”我说，“谢了。”

“喝吧，喝吧。举起来。举起酒瓶来！”

我喝了一口。一股甘草味，入嘴便觉灼口，到了肚子里仍感觉烧胃。

“科恩到底在哪儿？”

“我不知道，”迈克说，“我帮你问问。那醉酒的同志在哪儿呢？”他用西班牙语问道。“你想见他？”“是的，”我说。“不是我，”迈克说，“是这位客人想见。”那带来茴香酒的男子擦了擦嘴巴，站了起来。“跟我来。”

在后厢房，罗伯特·科恩正在几只酒桶上安静地睡着。屋内光线太暗，看不清楚他的脸。他们用一件外套盖在他身上，另一件外套折叠好做枕头。在他脖子上，还有胸前，放着一大串螺旋状的大蒜。

“让他睡吧，”那男子轻声说，“他没大碍。”

两小时后，科恩出现了。他来到前厢房，脖子上仍然挂着一串大蒜。他走近的时候，西班牙人喊了起来。科恩揉揉眼睛，咧嘴一笑。

“我肯定睡了很久了。”他说。

“噢，根本没有。”布蕾蒂说。

“你只是死去了。”比尔说。

“你们不准备去吃晚饭吗？”科恩说。

“你想吃吗？”

“想啊。怎么不想。我饿坏了。”

“罗伯特，啃那些大蒜吧，”迈克说，“我是说，一定要吃那些大蒜。”

科恩站在那儿。这一觉让他感觉神清气爽。

“是得去吃饭了，”布蕾蒂说，“我想去洗个澡。”

“走吧，”比尔说，“我们送布蕾蒂去宾馆。”

我们同众人道别，同他们握手，然后出了酒馆。

外面天黑了。

“你认为现在几点钟了？”科恩问道。

“已经是第二天了，”迈克说，“你都睡了两天了。”

“没，”科恩说，“几点了？”

“十点。”

“我们真喝了不少啊。”

“你的意思是我们喝了不少吧。你睡觉去了。”

沿着漆黑的街道，向宾馆走去，我们看见广场上流星烟火往上奔蹿。从通向广场的小巷往前走，我们看见广场上人头攒动。那些在广场中心的人们都跳起了舞。

我们在宾馆美美地饱餐了一顿。这是圣日后的第一顿饭，价钱比之前翻了一番。有几道新菜。饭后，我们到城里转悠了下。我记得自己打定了主意，熬夜一晚，在早上六点钟的时候，看公牛奔过街道。但是，我太困了，所以在四点钟左右的时候只得去睡了。其他人则通宵等待。

我自己的房间上了锁，我找不到钥匙，所以我上了楼，睡在科恩房间的一张床上。街外头的圣日活动在夜间也没有停息。不过，我实在是太困倦了，喧嚣声也惊不醒我。当我醒来之时，我听到火箭弹炸开的声音，这说明公牛要从城外的畜栏里面释放出来了。它们将跑过街道，前往斗牛场。我睡得实在是太沉了，我醒来的时候，感觉太迟了。我穿上科恩的外套，走到阳台上面。下面那条狭窄的街道空无一人。所有的阳台都挤满了人。突然有一群人从街上走来。他们全部都是狂奔着，摩肩接踵，经过宾馆，沿着街道，朝着斗牛场奔去。在他们后面，跟着更多一伙人，跑得也更快，再后面便是掉了队的人，拼了命地往前跑。人群过后，只有一点点小空隙，接着公牛们便奔腾过来，上下甩着脑袋。一股脑儿地消失在街角。

有一人摔倒了，滚落街沟，一动不动地躺在那儿。但是，公牛们并未理会他，仍旧往前跑。人们成群结队地跑着。

等他们跑出了视线，斗牛场传来一声巨响。接着，响声不断。最后，听到火箭弹的爆裂声，这说明牛群穿过了人群，进入了畜栏。我回到房间，躺在床上。刚才我一直赤脚站在石头阳台上。我知道我们那伙人肯定去了斗牛场。躺回床上，我又睡了过去。

科恩走进了房间，叫醒了我。他开始脱衣服，走过去关上窗户，因为对面阳台上的人正往屋里看。

“看了表演吗？”我问。

“看了。我们一伙人都在那儿。”

“有人受伤了。有头公牛在斗牛场冲进了人群，挑伤了六个还是八个人。”

“布蕾蒂喜欢吗？”

“一切来得都太快，人们还没来得及惊慌，事情就过去了。”

“真希望我没有来睡觉。”

“我们不知道你去了哪儿。去你房间找你，门又是锁着的。”

“你们在哪儿通宵？”

“我们在一个俱乐部跳舞。”

“我太困了。”我说。

“我的老天！我现在困死了，”科恩说，“这东西就不会消停吗？”

“要闹腾一个礼拜呢。”

比尔打开了房门，把头探了进来。

“杰克，你晚上去哪儿了？”

“我在阳台上看着他们经过。感觉如何？”

“好极了。”

“你要去哪儿？”

“睡觉去。”

大家都差不多中午才起床。我们坐在拱廊下的餐桌前吃饭。城里到处都是人。我们等了好一会儿才等到张桌子。午饭之后，我们去了伊鲁弗拉咖啡馆，里面坐满了人，而且等斗牛赛快开始时，人变得越来越多，桌子一张张挤得更加紧。斗牛赛开始前的每天，咖啡馆内一片嘈杂声。这儿在平时，不管人有多少，都不会如此嘈杂。那嘈杂声不断，我们就处于其间，是其中的一部分。

每场斗牛赛，我都订了六张票。三张是头排座位，紧靠斗牛场，三张是斗牛场看台上位于出入口上方的座位，座位后面是木制靠背，在竞技场看台的中段。迈克认为，这是布蕾蒂第一次看斗牛，最好是坐高一点，科恩则想和他们坐在一起。比尔和我打算坐在头排，然后把多余的那张票给了服务生，让他拿去卖。比尔向科恩传授了注意事项和观看要领，这样才不会将注意力集中在马身上。比尔曾看过一次斗牛赛。

“我倒不担心自己受不了那惨烈的场面。我只是担心我可能会觉得无聊。”科恩说。

“你这么想？”

“公牛刺伤马之后，不要去看马，”我对布蕾蒂说，“注意公牛的进攻，看斗牛士如何想法设法将牛避开。但是，如果马被刺伤，只要不死，就不要再去看它。”

“我有点紧张，”布蕾蒂说，“我担心自己是否能好好地把斗牛赛看完。”

“没事的。也没啥，就是那马上场的部分可能会让你不舒服。再说，每匹马同每头公牛交锋也就几分钟。如果场面血腥，不看就好了。”

“你会没事的，”迈克说，“我会照顾你的。”

“我想你不会觉得无聊的。”比尔说。

“我回趟宾馆，把杯子和酒袋拿过来。”我说。

“回头见，别喝醉了。”

“我同你去。”比尔说。布蕾蒂朝我们笑笑。

我们走在拱廊下，躲避广场的炙热。

“科恩让我不爽，”比尔说，“他那犹太人的优越性太强烈了，居然认为斗牛只能让他觉得无聊。”

“我会用望远镜盯着他的。”我说。

“哎，叫他去死吧！”

“他待在那儿很久了。”

“我倒想他待在那儿。”

在宾馆我们见到了蒙托亚。

“过来，”蒙托亚说，“你们想见见佩卓·罗麦洛吗？”

“好啊，”比尔说，“我们去拜谒下他吧。”

我们跟着蒙托亚走上一段楼梯，顺着走廊一直往前。

“他在八号房，”蒙托亚说道，“他已经装束好了，要上斗牛场了。”

蒙托亚敲了敲门，门便开了。那是一间幽暗的房间，一缕光线从狭窄的街道上射入。一块简朴的隔板隔开两张床铺。电灯开着。那男孩身材魁梧，穿着斗牛士服，一脸严肃。他的外套搭在一把椅子背上。随从们忙着给他缠上腰带。他的黑发在灯光下闪着光芒。他穿着一件白色的亚麻衬衫，随从系好了腰带，站了起来，退到一边。佩卓·罗麦洛同我们握了握手，点了点头，神情淡漠，不可亵渎。蒙托亚说了两句，说我们是斗牛迷，想祝他好运。罗麦洛神情严肃地听着。然后，他转身向我。他是我见过的最帅气的男孩。

“你们都去看斗牛吧。”他用英语对我说。

“你会说英语。”我说，说完又觉得自己像个傻瓜。

“不会。”他回答道，笑了笑。

坐在床上的三人中一个人走上前来，问我们是否会讲法语。

“要我们帮你们翻译吗？有什么事情要问佩卓·罗麦洛的吗？”

我们向他道谢。我们有什么要问的呢？这男孩不过十九岁，除了一名随从和三名跟班之外，只有他一人。斗牛赛二十分钟之后就要开始了。我们祝他“好运”，我握了握手，走了出去。他站在那儿，身材挺拔、帅气，孑然一身，我们关上房门，他独自同几名跟班待在房内。

“他是个出色的少年。你们不这么觉得吗？”蒙托亚问。

“他是个外表出众的孩子。”我说。

“他生得就像一个斗牛士，”蒙托亚说，“他有斗牛士的气质。”

“真是个好少年。”

“我们将看到他在斗牛场的英姿。”蒙托亚说。

我们找到了那只大号皮酒袋，就靠在房间的墙壁上。我们拿起来酒袋和望远镜，锁上了房门，走下了楼。

真是一场精彩的斗牛赛。比尔和我对佩卓·罗麦洛的表现非常激动。蒙托亚坐在离我们十个位置远的地方。罗麦洛杀死第一头公牛之后，蒙托亚同我眼神相会，冲我点了点头。真是一名名副其实的斗牛士。好久没有见过铮铮的斗牛士了。其他两名斗牛士，一个非常棒，另外一个也还行。虽然罗麦洛杀死的公牛不算什么，但是他们俩都不能同罗麦洛相提并论。

在斗牛赛进行的过程中，我好几次用望远镜往上看迈克、布蕾蒂和科恩。他们看似还好。布蕾蒂并不沮丧。三人身子都向上倾，靠在他们前面的水泥扶手上。

“把望远镜给我。”比尔说。“科恩看上去无聊吗？”我问。

“那犹太巴子！”

斗牛赛结束后，在斗牛场外面，人无法在人群中移动。我们无法走过去，但后边的人又硬是挤着我们出去，慢慢地，就像块冰川，漂回城里。每次斗牛赛结束，我们都有一种不安的情绪，同时，又因为欣赏完一场精彩的斗牛士，心间喜洋洋的。圣日活动还在继续。锣鼓喧天，笛声咝咝。一圈圈跳舞的人让行人停住了脚步。跳舞者被围在人群中，所以，你看不见那错综复杂的舞步。你能看到的只是，上下起伏的头和肩膀。最后，我们从人群中离开，朝咖啡馆走去。服务生给我们另外几个人留了座位。我们每人点了一杯苦艾酒，望着广场上的人群和跳舞者。

“你认为那是什么舞？”比尔问。

“是霍塔舞的一种。”

“他们跳得不完全相同，”比尔说，“曲调不同，他们跳得也不同。”

“一种很美的舞蹈。”

在我们前面街头的一块空地，一群男孩跳着舞。舞步非常复杂，脸上挂着专心致志的表情。他们跳舞的时候，眼神全部往下。绳底鞋踢踏着地面、脚趾相触、脚尖相碰、脚掌相撞。接着，音乐戛然而止，整套舞步完成。一伙人又接着去街那边跳舞。

“那群家伙来了，”比尔说，“他们正在过马路。”

“哈罗，伙伴们。”我说。

“哈罗，绅士们，”布蕾蒂说，“你们给我们留了位置？你们真是太好了。”

“我说，”迈克说，“那叫罗麦洛的家伙真有一套。我说得没错吧？”

“嗯，他太帅气了，”布蕾蒂说，“还有那条绿色的裤子。”

“布蕾蒂眼睛都看直了。”

“喂，我明天一定要借你的望远镜。”

“感觉怎样？”

“太精彩了。没说的。真是大开眼界！”

“那些马呢？”

“我还是忍不住去看它们。”

“她眼睛直盯着马儿看，”迈克说，“真是个乡下姑娘。”

“他们确实对马儿做了些可怕的事情，”布蕾蒂说，“虽然，我还是忍不住看。”

“你感觉还好吧？”

“我完全没有不适的感觉。”

“罗伯特·科恩可不行了，”迈克插嘴道，“罗伯特，你当时脸色发青。”

“第一匹马确实让我不舒服。”科恩说。

“你没觉得无聊吧，有吗？”比尔问。科恩哈哈大笑。

“没有。我没觉得无聊。我希望你原谅我那句话。”

“好说，”比尔说，“只要你不觉得无聊就行。”

“他看上去不是无聊，”迈克说，“我认为他要作呕。”

“没有那么严重。只是一小会儿。”

“我以为你要作呕。你没觉得无聊，是吧，罗伯特？”

“迈克，别提了。我说了，我很后悔说那话。”

“你们知道，他当时真真是一脸菜色。”

“唉，迈克，放过他吧。”

“罗伯特，如果这是你第一次看斗牛，你可不准觉得无聊啊。”迈克说，“否则就糟了。”

“唉，迈克，算了吧。”布蕾蒂说。

“他说布蕾蒂是个虐待狂，”迈克说，“布蕾蒂才不是什么虐待狂呢。她只是个漂亮、健康的姑娘。”

“布蕾蒂，你是个虐待狂吗？”我问。

“希望不是。”

“他说布蕾蒂是个虐待狂，只是因为她有一副旺盛、健康的脾胃。”

“脾胃不可能一直好下去的。”

比尔和迈克开始聊起了其他话题，不再缠着科恩不放。服务生端来了苦艾酒。

“你真的喜欢斗牛赛吗？”比尔问科恩。

“呃，我不能说喜欢。我觉得这是一场精彩的表演。”

“老天啊，当然是了！多壮观的场面啊！”布蕾蒂说。

“我真希望他们省去马儿上场的那环节。”科恩说。

“那不重要，”比尔说，“过上一会儿，你就没有心思注意任何恶心的东西了。”

“起先还是有点强烈的，”布蕾蒂说，“公牛冲向马儿的那会儿，对我来说，真是够恐怖。”

“公牛们很勇猛啊。”科恩说。

“它们非常了不起。”迈克说。

“下次我想坐在下面。”布蕾蒂喝了一口苦艾酒。

“她想近距离看斗牛士。”迈克说。

“他们真是人物啊，”布蕾蒂说，“那个罗麦洛还是个孩子呢。”

“他是个绝对帅气的男孩，”我说，“我们当时去了楼上他的房间，我再也没见过更帅气的人了。”

“你觉得他多大？”

“十九、二十岁吧。”

“猜一下。”

第二天的斗牛赛比第一天精彩得多。我们仨坐在头排，布蕾蒂坐在迈克和我中间。比尔和科恩坐在上面。罗麦洛是真正的主角。我觉得，布蕾蒂也没见过其他的斗牛士。除了那些习以为常的专家，其他人也没见过。

罗麦洛是绝对的主角。虽然还有其他两名斗牛士，不过他们都不算什么。我坐在布蕾蒂旁边，向布蕾蒂解释场上的情况。当公牛向斗牛士进攻，我告诉她，该看的是公牛，不是马儿。我教她看斗牛士如何掌握长矛的尖端，这样她就能看出门道了，如此，这场结局已经注定的表演才有更多看头，而不是一场带着些难以言说的恐怖景象的壮观场面。我教她看，罗麦洛如何用披肩将公牛从那倒地的马儿引开，他又如何用披肩控制公牛，然后又平稳而完美地让公牛转身，从不无谓地消耗体力。她看到罗麦洛如何避免使用任何粗鲁的动作，保持体力，等他需要它们的时候，使出致命的一击，公牛没有喘气，也没不安，而是渐渐地损耗下去。她看见罗麦洛如何近距离地对付公牛。我还给她指出，其他斗牛士常常使用的小伎俩，给人一种他们靠得很近的感觉。她明白了，她为什么喜欢罗麦洛的披肩功夫，而不喜欢其他人的。

罗麦洛从不做任何扭曲动作，他的动作总是直截、干净、自然而协调。其他人则扭动身子，活像螺丝锥，他们抬起胳膊，等公牛的犄角经过之后，靠在公牛的侧腹，给人一种危险的假象。接着，这些假动作变得越来越糟糕，给人一种不悦的感觉。罗麦洛的斗牛能唤起人的真情实感，因为他的动作保持着一种绝对的协调，总是安静而沉着，犄角每次都惊险地从他身边擦过。他不必刻意强调自己离得有多近。

布蕾蒂看懂了，有些动作贴近公牛做得完满，如果离得远一些就觉得可笑。我告诉她，自何塞利托死后，所有的斗牛士都在发展一种技术，制造凶险的假象，从而造成一种虚假的情绪感觉，而实际上斗牛士一点危险也没有。罗麦洛恪守了传统，通过最大限度地将身体暴露在公牛面前，才保证了动作的干脆利落，而他让自己无法靠近，又将公牛牢牢控制，同时又准备给公牛致命一击。

“我没看到他有不自然的动作。”布蕾蒂说。

“除非他惊慌了，否则你绝看不到。”我说。

“他绝不可能惊慌，”迈克说，“他懂得东西太多了。”

“他从做斗牛士那天开始，就什么都懂了。他从娘胎带来的东西，别人是学不会的。”

“哇，老天啊，那张脸真帅气啊。”

“我相信，你知道的，她爱上了那斗牛士小伙了，”迈克说，“我一点不会奇怪。”

“杰克，做做好人，别再对她讲他的事迹了。告诉她，这伙人是如何揍他们老娘的。”

“告诉我他们是低劣的酒鬼。”

“噢，可吓人的啊，”迈克说，“一天到晚喝酒，整天揍他们的老母亲。”

“他长得倒有点那个样。”布蕾蒂说。

“他不会那样吧？”我说。

人们将刺死的公牛套在几匹骡子上，然后挥动长鞭，人们奔跑起来，骡子往前使劲，四腿蹬地，飞奔了起来，那公牛一只犄角往上，头倾向一侧，在沙地上拖过，划过一道印痕，接着便被拖出了红色的大门。

“下一头便是最后一只了。”

“不会吧。”布蕾蒂说。她身子前倾，看在前排上。罗麦洛挥手示意，叫斗牛士各就各位，然后直立着，披肩放在胸前，看着斗牛场对面公牛出场的地方。

斗牛赛结束之后，我们挤在人群中。“看斗牛赛真耗费体力啊，”布蕾蒂说，“我浑身瘫软无力。”

“噢，喝杯酒就好了。”迈克说。

第二天佩罗·罗麦洛没有上场。上场的是米乌拉公牛，一场糟糕的斗牛。接着，下一天没有斗牛表演。但是，圣日活动还是没日没夜地进行着。

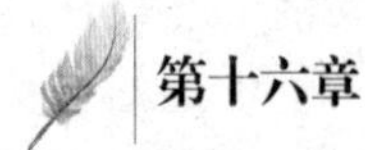

# 第十六章

早上，天下着雨。一阵雾从海边飘过群山来到城里。雾气笼罩，看不到山峰。台地显得沉闷、凄凉，树林和房屋的形状都变了样。我走到城外去看天色。乌云从海边越过大山滚滚袭来。

广场上的旗帜湿漉漉的，挂在白色的旗杆上。横幅也湿了，贴在房子前面墙壁上。在两阵小雨之间一场大雨落了下来，把拱廊下的众人赶回了室内，广场上积起了水洼。街道潮湿、黑暗、颓废；但是，圣日活动仍毫无停止的迹象。

斗牛场有顶棚的座位上坐满了人，人们一边坐在里面避雨，一边看着巴斯克人和纳瓦拉舞者与歌者的联合表演。接着，来自卡洛斯谷的人们穿着自己的特色服装在雨中沿街跳舞，鼓声空洞而沉闷，乐队的负责人骑在身材高大，动作迟钝的马上，走在乐队前面，服装已经被雨打湿，马身上的毛也被雨水弄湿了。人们躲在咖啡馆里，跳舞的人也走了进来，坐下，把缠得紧紧的白色绑腿伸到桌子底下，抖落系着铃铛的帽子上面的水珠，将或红或紫的外套摊在椅子上晾干。外面下着倾盆大雨。

我离开了咖啡店里的人群，走回了宾馆，刮了下胡须，准备吃饭。我正在房间刮胡须的时候，敲门声响了起来。

“请进。”我叫道。蒙托亚走了进来。

“你还好吗？”

“还好。”我说。

“今天没有斗牛。”

“是的，”我说，“什么活动也没有，只是下雨。”

“你朋友去哪儿了？”

“在伊鲁弗拉呢。”

蒙托亚又露出他那不自然的笑容。

“喂，”他说，“你认识美国大使吗？”

“认识啊，”我说，“谁人不认识美国大使呢。”

“他现在就在城里。”

“是的，”我说，“大伙都见着了。”

“我也见到了。”蒙托亚说。他没有再说二话。我继续刮着胡须。

“请坐吧，”我说，“我给你倒杯酒。”

“不用了。我得走了。”

我刮完了胡须，将脸低在脸盆里，用冷水冲洗了一下。蒙托亚站在一旁，表情更不自然。

“对了，”他说，“我刚从住在格兰德宾馆的人那儿听到消息，说他们想今晚请佩罗·罗麦洛和玛西亚尔·拉朗达今晚晚饭过后来这儿喝咖啡。”

“嗯。”我说，“这对玛西亚尔又没损失。”

“玛西亚尔在圣塞巴斯蒂安待了一整天。今早才同马科斯一起开车过来。我想他今晚是回不来了。”

蒙托亚局促不安地站在那儿。他想要和我说些什么。

“别带信给罗麦洛。”我说。

“你这么想？”

“当然。”

蒙托亚非常开心。

“因为你是美国人，我才想问你一下。”他说。

“要是我也会这么做。”

“你看，”蒙托亚说，“人们那样哄骗这孩子。他们不懂得他的价值。他们也不知道他意味着什么。凡是外国人都可以奉承他。他们从格兰德宾馆这事开始，一年之后，就将他抛在脑后了。”

“就像阿尔加贝诺。”我说。

“是的，就像阿尔加贝诺。”

“这样的人多得很。”我说。

“现在这里就有个美国妇人，专门搜罗斗牛士。”

“我知道的。他们只喜欢年轻的斗牛士。”

“是的，”我说，“年纪大点的就长膘了。”

“或者像盖洛那样疯疯癫癫的。”

“好了，”我说，“这事简单。你需要做的就是不把消息告诉他。”

“他是个多好的孩子啊，”蒙托亚说，“他应该同志同道合的人待在一起。不应该搅和进这些事情。”

“要喝杯酒吗？”我问。

“不了，”蒙托亚说，“我得走了。”说着便出了房门。

我下了楼，出了大门，走在广场的拱廊下，在周围转了转。雨还在下。我朝伊鲁弗拉咖啡馆里面寻那群家伙，结果他们都不在那儿了，所以，我继续绕着广场散步，然后回了宾馆。他们正在楼下的餐厅吃饭。

他们已经吃了好些菜了。我也无意追赶他们。比尔请了个擦皮鞋的给迈克擦鞋。只要有擦鞋童推开大门，比尔就会唤他过去，给迈克擦皮鞋。

“我的鞋已经擦过十一次了。”迈克说。

“唉，比尔真是个蠢蛋。”擦鞋童显然将消息传开了，很快又来了一个擦鞋童。

“要擦靴子吗？”他对比尔说道。

“不用，”比尔说，“给这位先生擦。”

这个擦鞋童跪在那个正在擦鞋的擦鞋童旁边，开始擦那只“闲着”的鞋子，虽然在灯光下它已经锃亮如新了。

“比尔真是会搞怪。”迈克说。

我一边喝着红酒，他们都差不多吃完了，所以这擦鞋的事情让我感觉有点不舒服。我环顾了那间房间。旁边一张桌子坐着佩罗·罗麦洛。我冲他点头，他站了起来，叫我过去坐，认识一个朋友。他坐的桌子就在我们桌子的旁边，几乎是相连的。我认识了那位朋友，他是马德里斗牛评论家，个子矮小，面容憔悴。我对罗麦洛说很佩服他的功夫，他听后很高兴。我们说着西班牙语，那评论家也懂些法语。我伸手到我们的餐桌拿酒瓶，可那批评家截住了我的手臂。罗麦洛哈哈大笑。

“这儿有酒。”他用英语说。

他说英语的时候有些腼腆，但是他真的很乐意说英语。我们继续聊着天，他不断说出一些自己不确定的词汇，然后向我请教。他急着想知道“Corrida de toros（斗牛的西班牙语）”的英文是什么，应如何准确翻译。他不能确定是不是Bull-fight（斗牛的英文）。我向他解释，斗牛在西班牙语中应是the lidia of a toro。西班牙语corrida在英文中是公牛的奔跑的意思——用法语翻译便是Course de taureaux。那评论家插了一句。在西班牙语中没有同英文Bull-fight（斗牛）相对应的词。

佩罗·罗麦洛说，他在直布罗陀城学过点英语。他出生在朗达。在直布罗陀城北边一点。他在马拉加上了那儿的斗牛学校，从此便开始了斗牛生涯。他只在那学校待了三年。那斗牛批评家嘲笑他用了好多马拉加方言。他说，他十九岁。他的大哥给他当斗牛助手，不过他没住在这宾馆，他住在一家小宾馆，同罗麦洛的工作人员住在一起。他问我，在斗牛场上看过他多少次。我告诉他不过三次。实际上是两次，不过我虽知自己讲错，也无意纠正。

“还有一次是在哪里看的？马德里？”

“是的。”我只能说谎。

我曾在《斗牛报》上读过他在马德里两次出场的报道，所以，我说得完全正确。

“是第一场，还是第二场？”

“第一场。”

“我当时的表现真是糟糕至极，”他说，“第二次就好些了。你记得吗？”他转向那评论家。

他没一点不自在。他谈论自己的斗牛功夫，就如同那和自己一点关系也没有一样。他身上没有一点傲气和吹嘘。

“你喜欢我的斗牛表演，我万分欣喜，”他说，“不过你还没看到我的真功夫呢。明天，如果我分到了一头好牛的话，我会尽力给你露一手。”

他说这些话的时候，脸上一直赔着笑容，唯恐那斗牛评论家和我以为他是在说大话。“我真想一睹为快，”那评论家说，“我乐意被你说服。”

“他可不太欣赏我的斗牛功夫。”罗麦洛转向我，一本正经的。

那评论家忙解释道，他很欣赏，只不过他的斗牛功夫还未尽善尽美。

“等到明天吧。如果碰见一头好牛的话。”

“你还没见过明天上场的公牛吗？”批评家问我。

“看过了，我看着它们被卸下来。”

佩罗·罗麦洛身体向前倾。“你觉得它们如何？”

"非常棒，"我说，"大约二十六阿罗瓦[1]。犄角非常短。你见过了吗？"

"嗯，当然。"罗麦洛说。

"它们上场的时候就没有二十六阿罗瓦重了。"评论家说。

"是的。"罗麦洛说。

"它们头上顶着的是香蕉，不是犄角。"评论家说。

"你们把它们叫作香蕉？"罗麦洛问道。他转身向我，朝我笑笑。"你怎么能把它们称作香蕉呢？"

"不对，"我说，"它们是货真价实的犄角。"

"它们非常短，"佩罗·罗麦洛说，"非常非常短。但是，也不能把它们说成香蕉啊。"

"喂，杰克，"布蕾蒂从旁边一张桌子叫我，"你把我们抛弃了。"

"就一会儿，"我说，"我们在聊公牛呢。"

"你们真高深。"

"告诉他，公牛没有睾丸。"迈克叫道。他喝醉了。罗麦洛好奇地看着我。

"他喝高了，"我说，"Borracho（西班牙语：醉了）！Muy borracho（西班牙语：酩酊大醉）！"

"你应该介绍下你的朋友。"布蕾蒂说。她眼睛一刻也没离开过佩罗·罗麦洛。我邀请他们，是否愿意和我一起喝杯咖啡。他们两人都站了起来。罗麦洛的脸晒得黝黑，仪态大方。

我一一介绍了他们，他们便坐了下来，但是地方不够大，我们只得去了靠墙边的一张大桌子喝咖啡，迈克点了一瓶芬达多牌白兰地，给每个人拿了个杯子。接着，又说了很多酒话。

"告诉他，我认为写作很没劲。"比尔说，"说吧，告诉他。告诉

---

① 西班牙重量单位。

他，我以作为一个作家为耻。”佩罗·罗麦洛坐在布蕾蒂旁边，听着她讲话。

“继续啊，告诉他！”比尔说。罗麦洛微笑着抬起了头。

“这位先生，”我说，“是一位作家。”

罗麦洛肃然起敬。“这一位也是。”我指着科恩说。

“他长得像维尔拉塔人，”罗麦洛看着比尔说，“拉斐尔，他不像维尔拉塔人吗？”

“我瞧不出来。”那批评家说。

“可像了，”罗麦洛用西班牙语说，“他真像维尔拉塔人。那喝醉了的人是干吗的？”

“无业游民。”

“所以，他就喝酒吗？”

“不是。他等着娶这位女士呢。”

“告诉他公牛没睾丸！”迈克坐在另一头的桌子边大声说，酩酊大醉。

“他说什么？”

“他喝醉了。”

“杰克，”迈克说，“告诉他，公牛没睾丸！”

“你知道？”我说。

“当然。”

我肯定他是瞎说的，所以，也没放在心上。

“告诉他，布蕾蒂想见到他穿着那条绿色的裤子。”

“迈克，别嚷了。”

“告诉他，布蕾蒂可想知道那条裤子是怎么穿进去的。”

“消停点吧。”

在这段时间内，罗麦洛手指摆弄着酒杯，和布蕾蒂交谈着。布蕾蒂说的是法语，他说的是西班牙语夹着一点英语，不时发出笑声。

比尔满上了众人的酒杯。

“告诉他，布蕾蒂想让他进……”

“噢，迈克，消停点吧，看在上帝的份儿上。”

罗麦洛抬起头，脸上挂着笑容。“别说了！我听得懂。”他说。

正在此刻，蒙托亚走进了餐厅。他开始朝着我笑笑，然后他看见手中握着一大杯白兰地，坐在我和一个露着肩膀的女人中间呵呵大笑，桌上全是醉汉。他连头都没向我点。

蒙托亚走出了餐厅。迈克站了起来，提议敬酒。“让我们向……”他开始说道。“佩罗·罗麦洛。”我说道。大家都站了起来。罗麦洛很认真地接受了敬酒，我们互相碰杯，一饮而下。我着急地把酒敬完，因为迈克想说，他要敬酒的人并不是罗麦洛。还好事情进展得很顺利，佩罗·罗麦洛和我们一一握手，便同批评家一起走出了门外。

“我的天啊！他真是个帅气的男孩，”布蕾蒂说，“我多想看看他是怎么穿进那些衣服的。他肯定要用鞋拔。”

“我正准备告诉他呢，”迈克开始说，“杰克总是打断我。你为什么总是打断我？你以为自己西班牙语说得比我好吗？”

“哎，迈克！闭嘴。没人要打断你说话。”

“别打岔，我想把这事解决掉，”他背向我，“科恩，你真以为自己是个人物吗？你真以为你配和我们一伙吗？你真是那种出来找乐子的人吗？看在上帝的份儿上，别这么聒噪了，科恩！”

“哎，迈克，住嘴吧。”科恩说。

“你真认为布蕾蒂想要你来这里吗？你真以为自己能给我们这伙人增色不少？你怎么不说话呀？”

“我前几天晚上已经把该说的话都说了，迈克。”

“我不是你们这种文人雅士。”迈克颤悠悠地站了起来，身子靠在一张桌子上。

“我虽不聪明，但是，当人家嫌我的时候，我却有自知之明。科恩，你怎么就没有自知之明呢？滚吧，滚吧，看在上帝的份儿上。带走你那张耶稣基督的脸。你们不觉得我说得对吗？”

他看着我们。

“好了，”我说，“我们去伊鲁弗拉吧。”

“别岔开话题。你们不觉得我说得对吗？我喜欢那个女人。”

“哎，别再闹了。迈克，算了吧。”布蕾蒂说。

“杰克，你认为我说得不对吗？”

科恩仍然坐在桌边。他每逢受到侮辱，就面如土色，蜡黄蜡黄的；但是，不知怎的，他似乎很享受，幼稚的酒后胡话，那就是同一位有头衔夫人的绯闻。

“杰克，”迈克说，他几乎都要哭了，“你知道我说得没错。你给我听着！”他转向科恩，“滚！现在就给我滚！”

“迈克，我不会走的。”科恩说。

“那你等我来揍得你滚！”迈克绕着桌子走向他。科恩站在那儿，摘下眼镜。他站在那儿等着，面如土色，双手低低地放着，骄傲而坚定地等待着迎面而来的袭击，准备为他心爱的女人而战。

我拉住了迈克。“走吧，去咖啡馆吧，”我说，“你可不能在宾馆揍他。”

“好吧！”迈克说，“好主意！”

我们动身了。我回头看，迈克撞撞跌跌地走上楼，我看见科恩又戴上了眼镜。比尔正坐在桌边，又倒了一杯白兰地。布蕾蒂坐在那儿，看着前方，眼神空洞。

广场外面的雨已经停了，月亮正同乌云搏斗，竭力从云中穿出。吹起了一阵风。军乐队正在演奏，人群聚集在广场的另一侧，那烟火师和他的儿子正在试着往空中放热气球。气球一跳一跳地斜斜地往上升起，要么被风撕裂，要么被吹到广场上的房子上。有些还掉入了人群中。镁光灯闪耀，焰火在空中炸开，在人群中乱窜。广场上没有人跳舞，因为砾石上面太过潮湿了。

比尔跟着布蕾蒂走了出来，同我们会合。我们站在人群中，看着焰火大王唐·曼努埃尔·奥基托站在一个小台子上，小心翼翼地用棍子鼓起气球，站得比人头还高，迎风将气球放出去。风把气球全部吹落，唐·曼努埃尔·奥基托的脸在结构复杂的焰火光下闪着汗珠，焰火坠入了人群中，在人们脚下，横冲直撞，噼啪作响。每当一盏发光的纸球状灯歪歪斜斜、着火，并跌落之时，人们就喊叫起来。

“他们在嘲笑唐·曼努埃尔。”比尔说。

“你怎么知道他是唐·曼努埃尔？”布蕾蒂说。

“他的名字在节目单上。唐·曼努埃尔·奥基托——本城的焰火师。”

“照明气球，”迈克说，“一组照明气球，纸上是这么说的。”风把乐队的音乐扬到远方。

“哎，哪怕有一个能升上去也好啊，”布蕾蒂说，“那位唐·曼努埃尔急红了眼了。”

“他可能花了好几个礼拜修整这些气球，希望能把它们放上去，拼出‘费尔明万岁’。”比尔说。“照明气球，”迈克说，“一串血淋淋的照明气球。”

“走啦，”布蕾蒂说，“我们不能站在这里。”

“夫人想喝酒了？”迈克说。

“你真是能掐会算啊。”布蕾蒂说。

在里边，咖啡馆坐满了人，非常喧闹。没人注意到我们走进来。我们也找不到空桌子。喧闹声嗡嗡地响着。

“走吧，我们离开这儿。”比尔说。

在外边，人们在拱廊下散步。桌子边零星地坐着几个来自比亚里茨、穿着运动衫的英国人和美国人。一个妇女用夹鼻眼镜盯着过往的行人看。我们碰见了比尔一位比亚里茨的朋友。她和另外一个姑娘住在格兰德宾馆。另外一个姑娘头痛，便回去睡觉了。

“这里有家酒吧。”迈克说。名字叫米兰酒吧，一家小小的、顶好的酒吧，人们在这里吃饭，后厢房还有人在跳舞。我们都坐在一张桌子旁，点了一瓶芬达多牌白兰地。酒吧里面的人不多，安安静静的。

“这是个什么鬼地方？”比尔问。

“时间还早呢。”

“我们喝完这瓶酒，晚些时候再来吧。”比尔说。

“我可不想就这样在这里傻坐一晚上。”

“我们出去看看英国人吧，”迈克说，“我喜欢看英国人。”

“他们真厉害，”比尔说，“那些人都从哪儿来的？”

“他们从比亚里茨来的，”迈克说，“他们是来看这古雅别致的西班牙节日的闭幕日的。”

“我来领他们看吧。”比尔说。

“你真是个美丽脱俗的女孩子，”迈克对着比尔的朋友说，“你什么时候来这儿的？”

“迈克，别说了。”

“我说，她是个漂亮的姑娘。我刚才都去哪儿了？我这么久都在看什么呢？你真是个尤物啊。我们见过吗？跟我和比尔一起走吧，我们带着英国人去看圣日活动。”

“该我带他们去，”比尔说，“你来这圣日到底是想干吗啊？”

“好了，”迈克说，“就我仨吧。我们带天杀的英国人去看圣日活动吧。我真喜欢你不是英国人。我是苏格兰人。我恨透英国人了。我这就带他们去逛圣日活动。走啦，比尔。”

透过窗户，我们看见他们，三人手挽着手，朝咖啡店走去。广场上正升起火箭弹。

“我就待在这里。”布蕾蒂说。

“我在这儿陪你。”科恩说。

“噢，还是别了！”布蕾蒂说，“看在上帝的份儿上，去别的地方吧。你没看我想和杰克单聊会儿吗？”

“我可看不出来，”科恩说，“我本想在这儿坐会儿，因为我有点醉。”

“什么狗屁理由。如果你喝醉了，那就去睡觉。躺到床上去。”

“我对他够粗鲁吗？”布蕾蒂问。科恩走了。

“我的老天！我真烦透了他。”

“他这人真无趣。”

“他也让我压抑得不行。”

“他不像话。”

“真不像话。他本来可以好好表现的。”

“他很有可能现在就等在门外呢。”

“是的。这是他的做派。你知道的，我清楚他的感受。他无法相信那趟旅游完全是逢场作戏。”

“我明白。”

“没人能会像他这样。哎，整件事真让我倒胃口。还有迈克，迈克也叫人够受的。”

“这一切肯定让迈克不好过。”

“没错。但是，他也不必就此做个下流坯吧。”

“人人都会表现不堪，”我说，“只要给他们恰当的时机。”

“你就不会如此不堪。”布蕾蒂望着我说。

“我也可能成为科恩那样的大蠢蛋。”我说。

“亲爱的，我们别扯这些废话了。”

“好吧。你想说什么就说什么。”

“别那么别扭。你是我唯一可以倾诉的人。我今晚感觉真糟糕。”

“你还有迈克。”

“是的。迈克。可你瞧他那样。”

“哎，”我说，“科恩老在眼前晃悠，看见他缠着你，也真够迈克受的。”

“亲爱的，难道我不知道吗？别把我的心情弄得更糟。”

布蕾蒂忧心忡忡，我以前从未见过她如此。她别过头去，不看我，看着前面的墙壁。

“想去散会儿步吗？”

“嗯。走吧。”

我塞上那瓶白兰地。把瓶子给了酒保。

“让我再喝一杯，”布蕾蒂说，“我的神经崩溃了。”

我们每人喝了一杯醇和的雪利白兰地。

“走吧。”布蕾蒂说。

我们走出大门的时候，我看见科恩从拱廊下面走了出来。

“他刚才就待在那边。”布蕾蒂说。

“他离不开你。”我说。

“可怜的人啊。”

“我并不同情他。我恨他。”

“我也恨他，”她战栗着说，“我恨他那副悲情的模样。”

我们手挽着手，并肩走在人行道上，远离人群，远离广场上的灯火。街道幽暗而潮湿。我们一直沿着街道往前走，直到城边的城墙。我们经过几家酒店，光从门缝射出来，照在漆黑、潮湿的街道上，忽然响起了音乐。

“想进去吗？”

“不想。”

我们穿过湿漉漉的草地，走上了城墙。我在石头上摊开一张报纸，布蕾蒂坐了下来。整片平原一片漆黑，我们可以看见群山。风在高空中刮过，驱着云朵掠过月亮。在我们下面是城防工事的深黑地洞，后面是树林，还有教堂的阴影，城市在月亮的衬托下显出黑色的轮廓。

“别难受。”我说。

“我心情糟糕极了，”布蕾蒂说，“我们别说话。”

我们向远处的平原张望。长长的一排排树木在月光下显得浓墨一般。我们还看见一辆正在爬山的汽车的车灯。在山顶，我们看见堡垒上的灯火。在左下方，一条河流经过。雨水涨满了河流，黑色的河水缓缓地流着。堤岸上的树木黑压压的一片。我们坐下，朝远处张望。布蕾蒂直直地看着远方。突然，她战栗了一下。

“冷。”

“想回去吗？”

“从公园里面回去吧。”

我们下了山，天空又涌起了云朵。在公园里，树木之下一片漆黑。

“杰克，你还爱我吗？”

“当然。”我说。

“因为我是个不可救药的人。”布蕾蒂说。

“怎么说？”

“我不可救药了。我对那个男孩罗麦洛着迷了。我想我爱上了他。”

“如果我是你，我绝不会如此。”

“我管不住自己。我是个无药可救的人。那种感觉让我心烦意乱。”

“别那样。”

“我管不住自己呀。我从来就缺乏抵抗力。”

“你真应该悬崖勒马。”

“如何悬崖勒马？不管怎么说，我现在是个无药可救的人。你没看出来？”

“没有。”

“我现在必须做些事情。必须做一些我真心想做的事情。我已经失去自尊了。”

“你真犯不上那样。”

“噢，亲爱的，别为难我。那该死的犹太佬老是缠着我不放，迈克又疯言疯语，你教我怎么办？”

“这倒也是。”

“我总不能一直借酒消愁。”

“可不能这样。”

“噢，亲爱的，请陪在我身边吧。陪在我身边，帮我渡过此关。”

“没问题。”

“我不是说这是对的；但是，对我而言，这是正确的。老天知道，我从没觉得自己这么下贱过。”

“你想要我做些什么。”

“走吧，”布蕾蒂说，“我们去找他。”

在黑暗中，我们俩沿着公园的砾石小径向前行走，先是走在树下，接着又从树下出来，经过大门，走上通往城里的大道。

佩罗·罗麦洛坐在咖啡馆。他同其他斗牛士和几位斗牛评论家坐在一起。一伙人吸着雪茄。我们走进去的时候，他们抬头看见我们。罗麦洛笑了笑，向我们欠身致意。我们在屋内中间的一张桌子边坐下。

“叫他过来，喝一杯。”

“别急，他会过来的。”

“我不能朝他看。”

“他模样真帅气。”我说。

“我平日想做什么就做什么的。”

“我知道。”

“我就像个婊子。”

“唉。”我说。

“我的天！”布蕾蒂说，“女人吃的苦真多啊。”

“是吗？”

“嗯，我真觉得自己是个婊子。”

我朝那桌子望去。佩罗·罗麦洛脸上挂着笑容。他同桌边的其他人说了几句话，便站了起来。他朝我们走过来。我站起来，同他握手。

“不喝一杯吗？”

“你一定要同我喝一杯，”他说。他用眼神征求布蕾蒂的同意，坐了下来。他真的彬彬有礼。只是，还是不停地抽着雪茄。这同他的脸倒是颇为相称。

“你喜欢雪茄？”我问。

“嗯，是的。我过去一直都抽雪茄。”

雪茄是他威望的一部分，让他看起来更添几分老成。我注意到他的皮肤，干净、光滑又黑黝黝的。在他颧骨上有一块三角形的疤痕。我看见他正注视着布蕾蒂。他感觉他们之间有种特殊的东西。当布蕾蒂把手给他的时候，他一定已经感觉到了。他非常谨慎。我想他心里已有谱了，只是他不想做出错误判断。

“明天有斗牛表演吗？”我说。

“有的，”他说，“阿尔加贝诺今天在马德里受伤了，你听说了吗？”

“没有，”我说，“严重吗？”

他摇了摇头。

“没事。这儿……”他伸出他的手。布蕾蒂伸出手，托着他的手掌，将手指分开。

“哇！”他用英语说道，“你会看手相？”

“有时候。你介意吗？”

"不介意。我喜欢看手相。"他将那只手平摊在桌上。"告诉我，我将永生，将来会成为百万富翁。"

他仍然彬彬有礼，但是他对自己充满了自信。"帮我看看，"他说，"我命中能杀多少头公牛？"他哈哈大笑。他的手非常精致，手腕却很细。"从手相上看，有上千头呢。"布蕾蒂说。他现在不再焦虑了。他看起来真美。

"太好了，"罗麦洛笑着说，"每杀一头牛，一千杜罗。"他用西班牙语对我说："再多告诉我一点。"

"这是一只有福气的手。"布蕾蒂说，"我想他能够长寿。"

"直接对我说，别对着你的朋友说。"

"我说你会长寿。"

"这我知道，"罗麦洛说，"我永远不会死的。"

我用指尖敲着桌子。罗麦洛看到了。他摇了摇头。"别，别那样。公牛们是我最好的朋友。"

我把这话翻译给了布蕾蒂。

"你杀死你的朋友？"她问。

"一直如此，"他用英语说，然后哈哈大笑，"这样它们才不会杀死我。"他隔着桌子望着她。

"你英语很好。"

"是的，"他说，"有时还不赖。但是，我不能让大家知道。那样后果很严重的，一个会说英语的斗牛士。"

"这是为何？"布蕾蒂问。

"那样不好。人们不会喜欢的。现在还不行。"

"为什么不行？"

"他们不喜欢那样。斗牛士们也不喜欢那样。"

"斗牛士都是怎样的人？"

他笑了笑，将顶上的帽子弄斜，遮住了眼睛，改变了拿雪茄的方向，脸上的表情也发生了变化。

“就像在那张桌子边的人那样。”他说。我用眼睛扫过。他惟妙惟肖地模仿纳西奥那尔的表情。他笑了笑，脸上又恢复了自然的表情。

.“我必须把英语给忘掉。”

“别忘记。”

“别。”

“好吧。”

他又哈哈大笑：“不行，我必须忘掉英语。”

“我喜欢那种帽子。”布蕾蒂说。

“好啊。我以后给你一顶。”

“好啊。你一定要说话算数。”

“我会的。今晚就给你弄，一定。”

我站了起来。罗麦洛也站了起来。

“坐下吧，”我说，“我要去找我的朋友们。把他们带到这儿来。”

这最后一瞥是在探寻看他是否真的明白了。他是真的明白我的意思。

“坐下吧，”布蕾蒂对他说，“你一定要教我西班牙语。”

他坐了下来，隔着桌子望着她。斗牛士那桌的人用冷冷的眼神看着我出门。总是不甚愉悦。二十分钟之后，我回到咖啡店，扫视了一圈，布蕾蒂和佩罗·罗麦洛已经离去。咖啡杯和我们三个人喝过的白兰地酒杯还在桌上。一个服务生带着一块抹布走了过来，捡起杯子，将桌子擦净。

## 第十七章

在米兰酒吧外面，我找到了比尔、迈克和埃德娜。埃德娜正是那女孩的名字。

“我们被撵出来了。”埃德娜说。

“被警察，”迈克说，“里面有些人看不惯我。”

“有四次他们正要干起架来，都被我拦住了，”埃德娜说，“你得帮帮我。”

比尔的脸涨得通红。

“埃德娜，我们回那儿去，”他说，“就待在那儿，同迈克跳舞。”

“那太蠢了，”埃德娜说，“那只会又引起一场吵闹。”

“见鬼的比亚里茨猪猡！”比尔说。

“走吧，”迈克说，“怎么说那也是个酒吧。他们不能霸占整个酒吧呀。”

“还是迈克好，”比尔说，“该死的英国猪猡蹿到这儿来，侮辱了迈克，还妄图毁掉整个圣日。”

“他们太讨厌，”迈克说，“我讨厌英国人。”

“他们不能侮辱迈克，”比尔说，“迈克是个好小伙。他们怎么能侮辱迈克呢。我受不了这点。谁会在意他破产与否？”他的嗓子嘶哑了。

“谁在乎呢？”迈克说，“我自己不在乎。杰克不在乎。你在乎吗？”

“我不在乎，”埃德娜说，“你破产了吗？”

“我是破产了。比尔，你也不在乎吧，是吗？”比尔搂住迈克的肩膀。

“我真希望自己是个破产者。我要给那些狗娘养的一些颜色看看。”

“他们只是几个英国人，”迈克说，“英国人说什么并不重要。”

“卑鄙的猪猡，”比尔说，“我们把他们清理出去。”

“比尔，”埃德娜望着我，“别再进去了，比尔。他们太愚昧了。”

“正是如此，”迈克说，“他们真愚昧。我早就知道他们的真面目。”

“他们不能对迈克说那些话。”比尔说。

“你认识他们吗？”我问迈克。

“没，我从没见过他们。他们说认识我。”

“我忍不了了。”比尔说。

“走吧，我们去苏易兹咖啡馆。”我说。

“他们是埃德娜的一伙朋友，从比亚里茨来的。”比尔说。

“他们真是愚不可及。”埃德娜说。

“他们中有个人叫查理·布莱克曼，芝加哥人。”比尔说。

“我没去过芝加哥。”迈克说。

埃德娜哈哈大笑起来，怎么也停不下来。

“带我离开这儿，”她说，“你们这些破产户。”

“怎么吵的？”我问埃德娜。我们一伙人正在穿过广场，前往苏易兹咖啡馆。比尔不见了人影。

“我不知道出了什么事情，但是有人把警察叫来了，警察把迈克赶出了后厢房。其中有几个人在戛纳认识了迈克。迈克是怎么回事？”

“可能是欠他们钱了，”我说，“人们总是这样结怨。”

在广场上的售票亭前面，有两排人正在等候。他们有人坐在椅子上，有人蹲伏在地上，身上盖着毯子和报纸。他们正在等着售票窗早上开售斗牛赛的门票。夜色晴朗，月亮穿出云朵。有些排队的人正在打瞌睡。

在苏易兹咖啡馆，我们才刚坐下，点了一瓶白兰地，罗伯特·科恩便走了过来。

“布蕾蒂在哪儿？”他问。

“我不知道。”

“她刚才不是和你在一起吗？”

“她肯定睡觉去了。”

“她没有。”

“我真不知道她去哪儿了。”

灯光下，他的脸色蜡黄蜡黄的。他正要站起来。“告诉我她在哪儿。”

“坐下吧，”我说，“我不知道她在哪儿。”

“你不知道才有鬼！”

“住嘴。”

“告诉我布蕾蒂在哪儿。”

“我什么也不会告诉你的。”

“你知道她在哪儿。”

“我知道也不会告诉你。”

“哎，科恩，见鬼去吧，”迈克在桌子边嚷道，“布蕾蒂和那斗牛士小伙跑了。他们正在度蜜月呢。”

“你给我闭嘴！”

“哎，去死吧！”迈克有气无力地说道。

“她真的和那小子跑了？”科恩转身向我。

“见鬼去吧！”

“她刚才和你在一起。她真的和那小子跑了？”

“滚蛋！”

“我会让你告诉我的，”他踏步向前，“你这该死的皮条客。”

我挥拳向他击去，他躲避开来。在灯光下，我看见他的脸向一侧躲开。他向我回击，我一屁股坐倒在人行道上。当我站起来的时候，他又一连打了我两拳。我向后跌倒在桌子下面。我竭力爬起来，但是发觉双腿不听使唤。我感觉自己必须站起来，设法还他一拳。迈克将我扶了起来。有人在我头顶浇了一瓶水。迈克搂着我，我发现自己坐在椅子上，迈克拉过我的耳朵。

“喂，你刚才昏过去了。”迈克说。

“你刚才死哪儿去了？”

“唉，我就在周围。”

“你想置身事外？”

“他也把迈克撂倒了。”埃德娜说。

“他才没有把我撂倒，”迈克说，“我本来就躺在那儿。”

“你们过圣日是不是每晚都发生这样的事情？”埃德娜问，“那不是科恩先生吗？”

“我没事，”我说，“就是头有点发昏。”

我们旁边围着几名服务生，还有一群人。

“走开！”迈克说，“散了。别停在这儿。”

服务生催促着围观的人们散开。

“这场面真有看头，”埃德娜说，“他肯定是个拳击手吧。”

“没错。”

“我希望比尔也在这儿，”埃德娜说，“我想看着比尔也被撂倒，我一直都想看到比尔被撂倒的样子。他人高马大的。”

“我现在希望他撂倒一个服务生，”迈克说，“然后被逮捕，我可想在监狱里面看见罗伯特·科恩先生。”

“不要这样。”我说。

“哎，别这样，”埃德娜说，“你不是说真的吧！”

“但是，我真是这么认为，”迈克说，“我可不是甘心被人撂倒的人。我甚至从不玩游戏。”迈克喝了一口酒。

“我从不喜欢狩猎。你知道的。狩猎总是有摔下马的危险。杰克，你感觉如何了？”

“没事了。”

“你人真好，”埃德娜对迈克说，“你真破产了吗？”

“我是个人人畏惧的破产者，”迈克说，“我欠每个人钱。你不欠人钱吗？”

“数不清了。”

“我欠每个人的钱，”迈克说，“我昨晚向蒙托亚借了一百比塞塔。”

“瞧你做的事情。”我说。

“我会偿还的，”迈克说，“我从不欠人东西。”

“这就是你破产的原因吧，不是吗？”埃德娜说。

我站了起来。听见人们在远处说道，这完全像是一场闹剧。

“我要回宾馆了。”我说。接着，我听见他们对我说三道四。

“他没事吧？”埃德娜问，“我们最好同他一起走。”

“我没事，”我说，“别跟来。待会儿再见。”我离开了咖啡馆。他们坐在桌边。我回头看他们，还有空空的桌子，还有一个服务生坐在一张桌子前，头抱在双手中。

穿过广场，回到宾馆，一切都不同了，大变了样。我以前从来没见过那些树木，从来也没见过那些旗杆，也没见过那剧院的前门。一切都不同了。有一次我从郊外踢完足球回家，也有这种感觉。我提着一个箱子，里面装着踢足球用的东西，我从城里的车站出发，沿着街道往前，这可是我住了一辈子的城市啊，可是那一刻却感觉异常陌生。

人们用耙子在耙草坪，焚烧马路上的落叶。我停了下来，过了很长时间，仔细地打量这一切。一切都是陌生的模样。我又迈开了脚步，我的双腿似乎离我好远，一切似乎都从远处奔来，我听得见从远处传来我的脚步声。那次足球赛，我一开始便被踢中了头。此刻我穿过广场就同那时一样。我走上宾馆的楼上就同那时一样。花了好长一段时间才走上了楼梯，我有一种感觉，我正提着我的手提箱。房间里面的灯亮着。比尔走了出来，在走廊同我碰了面。

“喂，”他说，“上楼去看看科恩吧。他遇到了点麻烦。一直在问着你。”

“让他见鬼去吧。”

“上楼，上楼去看看他。”

我不愿再爬一段楼梯。“你那样盯着我看干吗？”

“我没盯着你看。上楼去看看科恩吧。他情况很糟糕。”

“你刚才不是有点醉吗？”我说。

“我现在才醉着呢，”比尔说，“你上楼去看看科恩吧。他想见你。”

“好吧。”我说。只不过是多爬几步楼梯。我提着那虚幻的手提箱，走上楼去。沿着走廊往前走，来到科恩的房间。门关着，我敲了敲门。

“谁？”

“巴尔内斯。”

“杰克，进来吧。”

我推开了门，走了进去，放下我的手提箱。房内没有开灯。黑暗中，科恩趴在床上号哭着。

“你好，杰克。”

“别叫我杰克。”

我站在门旁。这场景就像我上次回到家一样。现在，我想洗一个热水澡。满满的一缸热水，然后躺在里面。

“浴室在哪里？”我问。

科恩还在哭。他就在那儿，趴在床上，大声号哭。身上穿着一件白色的马球衫，和当年在普林斯顿穿的一样。

“杰克，对不起。请原谅我。”

“原谅你，见鬼去吧。”

“杰克，原谅我吧。”

我没有说什么，仍是站在门旁。

“我当时失去了理智。你肯定也看出来了。”

“好吧，算了吧。”

“我受不了布蕾蒂的作为。”

“你叫我皮条客。”

我才不管了。我要洗个澡。我要在满满是水的浴盆里面洗个澡。

“我知道。别再提了。我当时没了理智。”

“好吧。”

他还在嗷嗷地哭着，他的声音很可笑。黑暗中，他穿着白色短衫躺在床上。就是他那件马球衫。

“我明早就走了。”

他仍在出声地哭泣。

“我只是不能忍受布蕾蒂的作为。杰克，我如同下了地狱般难受，简直就是受罪。我在这里碰见她，布蕾蒂只当我是个完全的陌生人。我真受不了。我们在圣塞巴斯蒂安一起生活。我想你也知道。我再也受不了了。”

他躺在床上。

“哎，”我说，“我去洗个澡。”

“你是我唯一的朋友。我那么爱布蕾蒂。”

“好了，”我说，“再见。”

“我想一切都完了，”他说，“我想一切都他妈的完了。”

“什么啊？”

“一切。杰克，请说你原谅我吧。”

“当然，”我说，“没关系了。”

“我心里难受极了。杰克，就像下地狱一般。现在一切都过去了。一切。”

“噢，”我说，“再见。我得走了。”

他翻身坐在床边上，然后便站了起来。

“再见，杰克，”他说，“你会同我握手，不是吗？”

“当然。这有何妨？”

我们握了握手。在黑暗中，我看不清楚他的脸。

“好了，”我说，“明早见。”

“我明早就走了。”

“哦，知道了。”我说。

我出了房门。科恩站在房门内。

“杰克，你还好吧？”他问。

“嗯，还好，”我说，“一切都好。”

一开始，我找不着浴室。过了一会儿，我找着了。一口磨石大浴缸。我打开了水龙头，可是，却没有水出来。我坐在浴缸的边上。当我准备起身走开，却发现已脱了鞋。我到处找鞋子，终于找着了，便提着两只鞋子走下楼去。我找到了自己的房间，走了进去，脱掉衣服，上床睡觉。

醒来的时候头痛欲裂，乐队的奏乐从街头穿过。我记得我曾允诺过，带比尔的朋友埃德娜去看公牛从大街跑到斗牛场的表演。我穿好衣服，走下楼，出了大门，这一大早，还有些凉意。人们从广场穿过，急匆匆地朝斗牛场走去。广场对面，有两队人排在售票亭的前面。他们还在等待着，门票七点钟开售。我快步穿过街道，来到咖啡馆。服务生告诉我，我的朋友们来过，后来又走了。

“他们一共几个人？”

“两位先生，一位女士。”

那就对了。比尔、迈克和埃德娜。她昨晚担心他们俩喝醉了醒不过来。所以我当时就说由自己带她去看奔牛。我喝了咖啡，同其他人一起急匆匆地走到斗牛场去。我现在酒醒了。只是有点头痛。每样东西都看来鲜明而清晰，整个城市洋溢着早间的味道。

从城边到斗牛场的那条路泥泞不堪。在通往斗牛场的栅栏边，一路上人潮涌动，在外面的楼座上，在斗牛场的看台上，人山人海，坐满了人。我听到了火箭弹的声音，我知道了我已来不及看公牛入场，所以在人群中推挤，走到栅栏边。人群推着我紧紧地贴着栅栏板。在两排栅栏间的车道上，警察正在清理沿路的人群。人们或走或跑，进入了斗牛场。接着，人们便开始奔跑了起来。

一个醉汉脚滑了一下，摔倒了。两名警察抓住他，急匆匆地把他拉到栅栏边。人群此刻跑得飞快。一声巨大喊叫从人群中传出。我把头从栅栏板缝中伸出去，看见公牛正跑出街道，进入了畜栏里面。公牛跑得很快，不断逼近人群。这时，从栅栏边又跳出一个醉汉，手中攥住件上衣。他想在公牛面前要要他“高明”的斗牛术。两名警察冲了出来，一个提着他的衣领，另一个用警棍击打他，然后把他拖到栅栏边，靠着栅栏站着，等着人群和公牛完全从此经过。

跑在公牛前面的人真是不少，所以人群变得稠密起来，放缓了脚步，经过大门到了畜栏。当笨重的腹侧满是污泥的公牛摇晃着犄角，一道往前奔跑过去，一只公牛突然加速，用犄角抵中奔跑着的人群中的一人的脊背，将他举到空中。犄角扎入身体的时候，那男子的两条胳臂垂在两侧，头往后仰，公牛将他举起，然后又将他摔到地上。那公牛又选中了跑在他前面的另一个男子，但是那男子很快又消失在人群中，人群跑过了大门，进入了斗牛场，公牛跑在后面。斗牛场朱色的大门紧闭，斗牛场外面楼座上的人群推搡着往里面走，喊声四起。

那被刺中的男子脸朝下躺在烂泥之中。人们翻过栅栏，而我却看不到那男子，因为在他周围人群围得水泄不通。从斗牛场里面传来了阵阵呼喊声。每一声都代表着有公牛向人群中冲去。你可以根据喊声的激烈程度判断惊险程度。接着，火箭弹腾空而起，这意味着犍牛已经把公牛引出了斗牛场，进入了畜栏。我离开了栅栏，回头往城里走。

回到城里，我在咖啡馆又喝咖啡，吃点奶油吐司。服务生正在清扫地面，擦着桌子。一个服务生走过来，听我吩咐。

“奔牛节上发生了什么事情吗？”

“我没有看全。有个男子被公牛刺伤得很严重。”

“伤到哪儿？”

“这里。”我把手放到后腰上，另外一只手放在胸前，好像那只牛角就是从那儿穿出来的。那服务生点了点头，用抹布抹去餐桌上的面包屑。

“伤得不轻啊，”他说，“还不是为了运动，还不是为了找乐子。”

他走开了，回来的时候端着长把的咖啡、牛奶壶。他给我倒了牛奶和咖啡。牛奶和咖啡从长长的壶口出来，分两股倒入了一只大杯子。那服务生点了点头。

“牛角扎过背部，伤得很严重啊。”他说。他把壶放在桌上，在桌边的椅子上坐了下来。“牛角扎伤的。都是玩乐惹的祸。都是为了好玩。你怎么看这事呢？”

“说不上来。”

“就是这么回事了。为了好玩。好玩。你知道的。”

“你不是斗牛爱好者？”

“我吗？公牛是什么东西？动物，残忍的动物。”他站起身来，将一只手放在后腰上。“从后背穿出来。一直牛角生生地从后背穿出来。就是为了好玩——你理解的。”

他摇了摇头，提着咖啡壶，便走开了。两个男子从街上穿过。那服务生朝他们喊道。他们神情严肃。一个男子摇了摇头。“又死了一个！”他说道。

那服务生点了点头。两个人又迈开了脚步。他们可能有事要办。服务生又回到我的桌边。

“你听见没？又倒下一个。死了。他死了。身体被牛角穿过。全是为了早上寻开心。真有弗拉曼柯舞的味道。”

“真是糟糕。”

“我是不觉得，”服务生说，“对我来说，我不觉得那好玩。”

那天晚些时候，我们知道了那个被刺死的男子名叫维森特·吉罗尼斯，来自塔法利亚附近。我们读到第二天的报纸，报道了他的死讯，说他现年二十八岁，经营一个农场，还有妻子和两个孩子。他婚后每年都坚持来参加圣日庆典。

第二天，他的妻子从塔法利亚赶来守灵，第三天在圣费尔明教堂举行了葬礼，塔法利亚跳舞饮酒会的成员将棺木送到火车站。鼓手走在前面，短笛奏出哀乐，在抬着棺木的人们后面，跟在他的妻子和两个孩子身后。

他们身后走着的是潘普洛纳、埃斯特拉、塔法利亚、桑圭萨跳舞和饮酒协会的成员，他们特意留宿一夜，参加葬礼。棺木装上了火车的行李车厢，那寡妇和两个孩子上了车，拥坐在敞开的三等铁路客车的车厢内。火车猛拉了一下便开动了，然后缓缓地驶下台地边缘的斜坡。火车出了城，驶入了一片庄稼地，庄稼生在通往塔法利亚的平地上，一阵风拂过庄稼。

刺死维森特·吉罗尼斯的公牛名为博卡内格拉，是桑切斯·塔凡尔诺公牛养殖厂的118号公牛，那天下午第三个出场，被佩罗·罗麦洛杀死。在大众的喝彩声中，那牛的耳朵被割下，赠给佩罗·罗麦洛，罗麦洛又转赠给布蕾蒂，布蕾蒂用我的手帕把牛耳包好。回到潘普洛纳的蒙托亚宾馆。她将那只牛耳和手帕，连同一些穆拉提牌香烟的烟蒂塞在床头柜的抽屉里面。

回到宾馆，守夜人坐在门内的长凳上。他整晚上都待在那儿，昏昏欲睡。我走了进去，他便站起身来。三个女服务生同时走进来。他们去斗牛场看了早上的奔牛秀，嘻嘻哈哈地走上了楼。我跟在他们身后上了楼，回了我自己房间。我脱掉鞋子，躺上床。透过窗户朝着阳台看着，房间内的光线明亮。我没有一点睡意。我入睡的时间一定是三点半，六点的时候，乐队的奏乐吵醒了我。我下巴的两侧酸痛。我用拇指和手指摸了摸。该死的科恩。他本该在第一次遭到侮辱就大打出手，然后跑路。他非常自信布蕾蒂爱着他。他还要待在这儿不走，真爱真是无敌啊。这时有人敲门。

“进来。”

是比尔和迈克。他们在床边坐下。“讲讲奔牛节的事情，”比尔说，“讲讲奔牛节的事情。”

“我说，你没去吗？”迈克问。

“比尔，叫些啤酒来。”

“多么刺激的早晨啊！”比尔说。他抹了抹脸。“我的老天！多么刺激的早晨啊。而我们的老杰克却躺在这儿。老杰克啊老杰克，你就是个真人沙包。”

“斗牛场出什么事情了？”

“上帝啊！”比尔说，“迈克，到底发生什么事情了。”

“当时公牛正进场子，”迈克说，“在公牛前面就有一群人。有个家伙被绊倒了，让一群人都摔倒了。”

“这时几头公牛朝他们跑过来，”比尔说，“我听见他们惊叫了。”

“那是埃德娜。”比尔说。

“人们不断从人群中撤离，手里挥动着衬衫，狼狈而逃。”

“一头公牛沿着栅栏围墙跑动，见人就挑。”

“他们说有二十多个人被送到医院去了。”迈克说。

“真是个多事的早晨啊！”比尔说，“条子疯狂抓人，因为那些人想让公牛结果自己的性命。”

“最后犍牛把它们引进了畜栏，”迈克说，“花了约摸一个小时。”

“实际上只有一刻钟左右。”迈克质疑道。

“哎，见鬼去吧，”比尔说，“你打架去了。对我来说，可有两个半小时。”

“啤酒怎么还没来？”迈克问道。

“你和那美丽的埃德娜都干了什么？”

“我们刚刚把她送回家。她现在睡觉去了。”

“她还好吧？”

“很好。我们告诉她，每天早上都是如此。”

“她甚是惊异。”迈克说。

“她还想要我们带她到斗牛场里面去，”比尔说，“这姑娘喜欢刺激。”

“我说我得对我的债务人负责。”迈克说。

“真是个多事的早晨，”比尔说，“昨晚也精彩得很。”

“杰克，你的下巴怎么样？”迈克问道。

“酸痛。”我说。比尔哈哈大笑。

“你怎么不用椅子砸过去？”

“你说得轻巧，”迈克说，“你要是在，他一样把你撂倒。我倒是没看到他揍我。我想，我只看到他站在我面前，突然间我就坐倒在大街上，看见杰克躺在桌子底下。”

“他后来去了哪儿？”我问。

“送酒的姑娘终于来了，”迈克说，“这漂亮女士送啤酒来了。”

女服务生将盛着三瓶啤酒和几个杯子的托盘放在桌上。“再拿三瓶啤酒来。”迈克说。

“科恩把我打完之后去了哪里？”我问比尔。

“你不知道吗？”迈克一边开着瓶子一边说。他将杯子靠近酒瓶，将啤酒倒入了一只酒杯。

“真的不知道？”比尔说。

“哎呀，他走进酒店，发现布蕾蒂和那斗牛士在斗牛士的房间内。接着便痛揍了那可怜又可恶的斗牛士。”

“不能吧。”

“的确如此。”

“真是个精彩的晚上啊！”比尔说。

“他差点儿杀死了那可怜又可恶的斗牛士。接着，科恩便想带布蕾蒂离开。我看，他是想明媒正娶她了。这场面真他妈的感人。”

他长长地饮了一口啤酒。

“他就是个蠢蛋。”

“发生了什么事情？”

“布蕾蒂狠狠地把他骂了一顿。她叫他滚开。我认为她着实厉害。”

“那当然了。”比尔说。

“接着，科恩便崩溃了，大哭了起来，想同那斗牛士握手，也想同布蕾蒂握手。”

“这我知道。他还和我握手来着。”

“是吗？可是，他们不愿同他握手。斗牛士那家伙倒有种。他也不多说话，但是不断爬起来，然后又被击倒。科恩不能把他击趴下。这一定是有趣得紧的场面。”

“你从哪儿听到这些的？”

“布蕾蒂告诉我的。今早我碰见她了。”

“最后怎么收场的？”

“好像说那斗牛士家伙当时正坐在床上。他连续被击倒约十五次，不过他还是不肯罢休，布蕾蒂按住他，不让他再起来。他很虚弱，但是布蕾蒂却按不住他，他还是站了起来。接着，科恩说他不会再揍他了。说他不能再揍了。说再揍就太过狠毒了。所以那斗牛士小伙总算是摇摇晃晃走向他。科恩往后退步直到靠到墙上。

“‘你不再揍我了？’

“‘不揍了，’科恩说，‘我没脸再揍了。’

“所以那斗牛士同刚才科恩揍他一样狠狠地往科恩脸上狠揍一拳。接着，便坐倒在地上。他无力站起来，布蕾蒂说。科恩想去把他扶起来，把他放到床上。他却说如果科恩搭手帮他，他就会把科恩杀掉。如果科恩没有离开这个城市，他今天早上无论如何要把科恩杀掉。科恩便啼哭起来。布蕾蒂告诉过他回去。他却想同人家握手。这我已经告诉过你了。”

“告诉我们剩下的事情。”比尔说。

“好像说那斗牛士小伙坐在地板上。他等待着恢复力气站起来，再揍科恩一拳。布蕾蒂没有同他握手，科恩还是嗷嗷哭着，告诉她他爱她有多深，而她却告诉他别那么蠢了。科恩弯着腰，同那斗牛士握手。

“你知道的，没什么恶意的，就是为了请求原谅。而那斗牛士小伙却又在他脸上揍了一拳。”

“那小子真有种。”比尔说。

“他毁掉了科恩，”迈克说，“你知道的，我想科恩以后再也不会打人了。”

“你什么时候见着布蕾蒂的？”

“今天早上。她跑来拿些东西，她正在照顾罗麦洛呢。”说着又倒了一杯啤酒。

“布蕾蒂老伤心了。不过她喜欢照顾人。这就是我们当初睡在一起的原因。她当时也照顾我来着。”

“我知道。”我说。

“我喝得很醉了，”迈克说，“我想我还是一直醉着好了。这事真可笑。但是却高兴不起来，这对我来说却不是件高兴的事情。”

“我狠狠地责骂了布蕾蒂一顿，你知道的。我说如果你跟犹太人、斗牛士以及诸如此类的人相好，你以后肯定会麻烦不断。”他身子往前倾。“喂，杰克，你介意我喝你那瓶酒吗？女服务生会再拿一瓶过来。”

“喝吧，”我说，“反正，我也没打算喝。”

迈克开始打开那瓶酒。“介意帮我开下吗？”我往上扣起瓶口的铁丝扣子，帮他把酒倒在杯中。

“你知道的，”迈克继续说道，“布蕾蒂当初非常好。她一直也相当不错。为了不让她同犹太人和斗牛士这类人来往，我曾经狠狠地打了她一顿。但是你猜她怎么说：‘没错。我们以前同英国贵族过上了地狱般的美满生活了！’”

他喝了一口酒。

“说得也相当有道理。她的头衔正是来自阿什利。阿什利是个水手，你知道的，第九代从男爵。他出海回来，不愿睡在床上。他总是让布蕾蒂陪他睡在地板上。最后，他变得着实过分，他竟然告诉过她，他要杀了她。他睡觉的时候总是带着一把上了膛的左轮手枪。待他睡着，布蕾蒂把子弹给取出来。布蕾蒂根本没有过上所谓的完满生活。不过，真是天大的嘲讽，她竟然很享受这样的事情。”

他站了起来，手哆嗦着。

“我要进房间了。想睡一会儿。”他笑了笑。

“圣日开始以来，我们真没好好睡过。从现在开始，我要好好睡睡。不睡觉真是件遭罪的事情。让人太容易激动了。”

“中午在伊鲁弗拉咖啡馆见。”比尔说。

迈克出了门。我们听见他在隔壁房间的声响。

他按了下门铃，女服务生走来，敲了敲门。

“拿六瓶啤酒和一瓶白兰地上来。”迈克对她说。

“是，先生。”

“我要睡觉去了，”比尔说，“可怜的迈克，我昨晚为了他人大吵了一架。”

“在哪儿？在那米兰咖啡馆？”

“是的。在那里碰见一个家伙，这家伙曾在戛纳帮布蕾蒂和迈克还过债。真是个下流的家伙。”

“那个故事我听过。”

“我以前不知道。谁也没有权利对迈克说三道四。”

“事情坏就坏在这儿。”

“他们不该有任何权利。我真是希望他们没有任何权利。我要睡觉去了。”

“有人在斗牛场上被害吗？”

“我想没有，只是有人受伤很严重。”

“有个人在跑道上被刺死了。”

“是吗？”比尔说。

# 第十八章

中午，我们所有人都在咖啡馆。咖啡馆仍是挤得满满的。我们一边吃着虾，一边喝着啤酒。城里人山人海的，每条街道上都是人。从比亚里茨和圣塞巴斯蒂安来的大型汽车不断开来，停在广场周围。车上载着的是来看斗牛的人们。观光车也开来了。有一辆观光车里面有二十五个英国妇女。她们坐在大型的白色汽车内，透过车窗看着外面的圣日活动。跳舞的人都喝高了。今天是圣日活动的最后一天。

来参加节日活动的游人川流不息，但汽车和观光车边却围着一圈圈观光者。等车子下空了之后，游人便淹没在人群之中。你再也看不见他们，除了那些紧紧挤在一起，坐在一张桌子边，穿着黑色罩衫，外表古怪，穿着运动服的农民之外。参加圣日的人群甚至淹没了比亚里茨的英国人，所以如果不是从桌边经过，你是看不见他们的。街头的音乐一刻不停。锣鼓声仍然喧天地响着，笛声依旧。在咖啡馆内，人们或双手紧握桌子，或搭在彼此肩上，他们唱着扯着嗓子唱着歌。

“瞧，布蕾蒂来了。”比尔说。

我举目看去，正见她穿过广场上的人群，昂起头，踱着步，好像圣日活动是为了她而举办的，她感到这圣日又好玩，又有趣。

“哈罗，朋友们！”她说，“喂，我口渴了。”

“再来瓶啤酒。”比尔对服务生说。

“虾要吗？”

“科恩走了？”布蕾蒂问。

“是的，”比尔说，“他雇了一辆车走了。”

啤酒端来了。布蕾蒂举起玻璃酒杯，那只手抖了抖。她自己也发觉了，便笑了笑，俯下身子，长长地喝了一口。

“好酒。”

“非常好。”我说。我有点担心迈克。我想他定整夜未睡，一直在喝酒，但是看来他还能控制自己。

“杰克，我听说科恩把你打了。”布蕾蒂说。

“没有，只是把我撂倒了，就是如此。”

“哎，他狠狠地打了佩罗·罗麦洛一顿，”布蕾蒂说，“他可把他揍得够戗。”

“他现在还好吧？”

“他会好的。他没法走出房间。”

“挂彩了？”

“是的。他伤得很严重。我对他说，我想出来转转，同朋友们碰碰头。”

“他还要上场吗？”

“当然。如果你不介意，我想和你们一起去。”

“你的小男友怎样了？”迈克问。他根本就没听布蕾蒂说话。“布蕾蒂钓上了个斗牛士，”他说，“他以前有个姓科恩的犹太男友，不过他表现不佳。”

“我不想听你说这些废话，迈克。”布蕾蒂站了起来。

“你的小男友还好吧？”

“好得很，”布蕾蒂说，“下午就可以看见他。”

“布蕾蒂钓上了个斗牛士，”迈克说，“一位帅气、可恶的斗牛士。”

“杰克，你想陪我走过去吗？我想和你谈谈。”

“给他讲讲你的斗牛士吧，”迈克说，“哎，让你的斗牛士见鬼去吧！”

他掀翻了桌子，所有的啤酒瓶和装着小虾的盘子掉了一地，一片狼藉。

“走吧，”布蕾蒂说，“让我们离开这儿。”

我们走在人群中，穿过广场，我说：“情况如何？”

“午饭之后，我见不着他，要等到斗牛赛开始。他的工作朋友来了，给他上装。他说，他们对我非常生气。”

布蕾蒂春风满面，脸上透出喜气。太阳出来了，天光大亮。

“我觉得自己变了个人似的，”布蕾蒂说，“杰克，你根本想不到。”

“你想要我帮你什么吗？”

“没有。陪我去看斗牛赛吧。”

“午饭见？”

“不了，我要和他一起吃午饭。”

我们站在宾馆门前的拱廊下面。人们抬着桌子，在拱廊下面布置着。

“想去公园转转吗？”布蕾蒂说，“我现在还不想上去。我想他还在睡觉呢。”

我们穿过剧院，一直往前走，走出了广场，穿过市集的房舍，再往前走，穿梭在两排售货亭之间的人潮之中。我们在通往萨拉萨特大街的十字路口走了出来。我们看见那漫步的人群，人人穿着时髦的衣服。他们在公园的上端处拐了弯。

我们站在阳光下。雨后的天气炎热而晴朗，海面吹来了朵朵白云。

“我希望别刮风了，”布蕾蒂说，“刮风对他不利。”

“我也这么希望。”

“他说牛都不错。”

“可好。”

“那是圣费尔明教堂吗？”布蕾蒂看着教堂黄色的墙壁说。

“没错。圣日活动礼拜天就是在这儿开始的。”

“我们进去看看吧。你介意吗？我正想为他祈祷一下或什么的。”

我们走入那扇包着皮革的厚重大门，门开起来轻轻地没有声响。里面昏暗一片。人们正在祈祷。我们的眼睛适应了室内昏暗的光线，便看见他们在那儿。我们跪在一条长长的木制长凳上。过了一会儿，我感到旁边的布蕾蒂身体僵直，眼睛直直地看着前面。

“走吧，”她用嘶哑的声音低声说道，“我们离开这儿。这鬼地方让我们心神不宁。”

出了大门，走在大街明晃晃的炙热太阳之下，布蕾蒂仰起头，看见风抹过树梢。祈祷并不太有成效。

“不知道为什么，在教堂里总让我心神不宁，”布蕾蒂大火，“祈祷从没在我身上有过效果。”我们沿街向前走。

“我真不习惯那种宗教氛围，”布蕾蒂说，“我长了一张错的脸。”

“你知道，”布蕾蒂说，“我根本不担心他。我只是为他开心。”

“很好。”

“但是，我还是希望风会停歇。”

“五点钟很有可能会停。”

“但愿如此。”

“你可以祈祷。”我哈哈大笑。

“对我从来没起过作用。我从未得到过我祈祷的东西。你呢？”

“噢，我倒是有的。”

“哎，瞎编，”布蕾蒂说，“祈祷对某些人可能有用，但是不是你，因为你看起来不够虔诚。”

“我可虔诚了。”

“哎，别胡说了，”布蕾蒂说，“你可别在今天劝人改教。今天本来就够糟的。”

自她同科恩私奔而去，这使我第一次看见她恢复了往日的快乐，无忧无虑的。我们又走回了宾馆门口。所有的桌子都摆好了，有几张桌子坐满了人，正在吃着饭。

“帮我照顾好迈克，”布蕾蒂说，“别让他太过伤心了。”

“你们的朋友们上楼去了。”那德国领班用英语说。他一惯喜欢偷听别人说话。布蕾蒂转过身去对他说：

“太谢谢您啦，您还有什么要说的吗？”

“没有了，女士。”

“那好。”布蕾蒂说。

“给我们留一张三人的桌子。”我对那德国人说。他绽开了他稍带下流的笑容，双颊红里透白。“女士也在这里吃吗？”

“不。”布蕾蒂说。

“那我看两人桌就够了。”

“别同他扯了，迈克肯定情况很糟糕。”她站在楼梯上说。

我们在楼梯上碰见了蒙托亚。他只是欠欠身，并没有笑。

“我们咖啡馆见，”布蕾蒂说，“杰克，非常感谢。”

我们停在我们房间的楼层。她沿着走廊继续往前走，走进了罗麦洛的房间。她没有敲门，而是直接推开门，坐了进去，把门关上。

我站在迈克的房间门前，敲了敲门。没有应答。我用力拧把手，门便开了。房间内一片狼藉。所有的包裹都开着口，衣服扔得到处都是。在床边有几个空酒瓶。迈克躺在床上，活像自己的遗容面目。他睁开双眼，望着我。

“哈啰，杰克，”他有气无力地说道，“我想打个盹儿。我一直想睡一小会儿。”

“我帮你盖点东西吧。”

“不用。我一点不冷。”

“别走。我还不是十分想睡。”

“你会睡着的，迈克。别担心了，孩子。”

“布蕾蒂搭上一个斗牛士。”迈克说。

“但是，她那犹太佬倒是滚蛋了。”他别过头来，望着我。

“真他妈的好消息，是吗？”

“不错。迈克现在睡觉吧。你应该睡会儿觉。”

“我正在酝酿。我要打会儿盹儿。”

他闭上了双眼。我走出了房间，轻轻地把门合上。比尔在我房间读报纸。

“看见迈克了？”

“看见了。”

“我们吃饭去吧。”

“有那个德国领班在，我没胃口在楼下吃饭。我搀着迈克上楼，看够了他的脸色。”

“他对我们也是那样傲慢的。”

“我们去城里吃吧。”

我们下了楼。在楼梯上向我们迎面走来了一位女子，端着个盖着的托盘。

“那是布蕾蒂的午餐。”比尔说。

“还有那小伙的。”我说。

外面，在拱廊下的露台上，那德国领班走上来。他红润的双颊闪闪发光。态度倒是非常礼貌。

“我给二位先生准备了一张二人餐桌。”他说。

“留给你自己坐吧。”比尔说。我们穿过大街继续往前走。

我们在广场旁边一条小巷子里的餐馆吃饭。餐馆内坐满了男子。烟雾氤氲，人们喝着酒、唱着歌。食物非常可口，酒也非常不错。我们说话不多。吃完饭，我们便去了咖啡馆，看圣日活动高潮来临。吃完午饭后，布蕾蒂就来了。她说去迈克房间看过了，他已经睡着了。

当圣日活动达到高潮之后，活动中心便转移到斗牛场，我们也跟着人群去了那里。布蕾蒂坐在头排，我和比尔中间。我们正下方便是条通道，是看台和头排红色栅栏之间的一条过道。我们身后的水泥看台挤满了人。在我们前方，红栅栏外面，是斗牛场黄澄澄的沙子，碾得平整熨帖。雨后的斗牛场有点泥泞，但是经太阳一晒又变干了，结实而平整。随从和斗牛场工作人员走下通道，肩上扛着装有斗牛披肩和红布的柳条筐。染着血迹的披肩和红布平整地叠着，端端地放在篮筐里面。随从打开了沉甸甸的皮制剑鞘，把剑鞘靠在栅栏上，一捆裹着红布的剑柄便露了出来。他们打开那块殷红的法兰绒红布，套上短棍，把它张开，好让斗牛士有东西可以握住。布蕾蒂仔细地看着这一切，完全被这专业的玩意儿给吸引住了。

“他把自己的名字印在所有的披肩和红布上，”她说，“他们为什么把那红色的法兰绒布称为‘muletas’？”

“我想知道他们是否会洗那块布。”

“我想是不会的。那可能会毁掉颜色。”

“那上边的血迹肯定已经变硬了吧。”比尔说。

“真好笑，”布蕾蒂说，“人们居然不在乎那上面的血渍。”

在下面那条狭窄的通道里，随从做着准备工作。看台上座无虚席。所有的包厢都是满满的。除了主席的包厢，每个座位上都坐着人。当主席进场，斗牛就开始了。在平整的沙地对面，斗牛士们站在通往畜栏的高高的大门里，双臂收拢放在披肩里，互相说着话，等待着列队入场的指令。布蕾蒂用望远镜看着他们。

“给，想看吗？”

我拿着望远镜看，看见三名斗牛士。罗麦洛站在中间。贝尔蒙特站在左边。玛西亚尔站在右边。他们后边是各自的助手。在短枪手后面，在通道的后边，还有畜栏的空地上，我们看见几名长矛手。罗麦洛穿着一件黑色的斗牛服。他的三角帽斜斜地往下遮住了双眼。我看不太清楚他帽子下的脸，但是似乎伤痕不少。

他双眼坚定地直视前方。玛西亚尔手持着香烟，小心翼翼地抽着。贝尔蒙特直视着前方，面无血色，蜡黄蜡黄的，长长的狼颔往前凸出。他双眼茫然地看着。不管是他，还是罗麦洛，两人都同其他人有所不同。他们都是孑然一身。主席走了进来，我们上面的看台上传来雷鸣般的掌声。我把望远镜给了布蕾蒂。一阵掌声。音乐响起。布蕾蒂用望远镜看着。

“给你，拿去。”她说。

透过望远镜，我看见贝尔蒙特同罗麦洛讲话。玛西亚尔伸了伸腰，把香烟往地上一扔，眼睛直视前方，头往后仰着，两只胳臂前后摇晃，三名斗牛士走了出来。他们身后便是整个队列，所有的披肩都收拢了，每个人都摇摆着双臂，大踏步地往前走着。走在后面的是骑着马的长矛手，他们举着长矛，就像一个个执矛战士。最后登场的是两列骡子，以及斗牛场工作人员。斗牛士手中拿着帽子，向主席包厢鞠了个躬，然后走到头排前。佩罗·罗麦洛脱下那沉甸甸的锦缎披肩，把它交给栅栏那边的随从。他对随从说了几句话。罗麦洛就站在我们座位的下面，嘴唇肿起，双眼浑浊。他的脸没有血色，有点浮肿。那随从接过披肩，抬头看了下布蕾蒂，走到我们身边，把披肩递了过来。

“把它摊开在你面前。”我说。

布蕾蒂倾身向前。那披肩用金线绣制，颇有分量，而且甚为挺括。那随从回头看看，摇了摇头，说了些什么。我身边的一个人向布蕾蒂弯下身子。

“他不想你把它摊开，”他说，“你应该把它折起来。放在膝盖上。”布蕾蒂便折起了沉甸甸的披肩。

罗麦洛并没有抬头看我们。他正和贝尔蒙特说话。贝尔蒙特让人把他的礼服披肩送过来了，给了他几个朋友。他从那边看着他们，冲他们笑了笑，他的笑容也如狼一般，只是动动嘴巴，没有声色。罗麦洛身子靠着围墙要水壶。那随从给了他，罗麦洛将水倒在他的斗牛披肩的高级密织棉布上，接着便用穿着便鞋的脚在沙子里蹭披肩的下摆。

“那是干吗？”布蕾蒂问。

“为了让它在风中更有分量。”

“他脸色真差。”比尔说。

“他身体很糟，”布蕾蒂说，“他该躺在床上休息的。”

第一头公牛是贝尔蒙特的。贝尔蒙特表现非常好。因为他的出场费是三万比塞塔，而且人们整夜排队买票就是为了看他，所以观众要求他应该淋漓地表现。贝尔蒙特的看点在于他离公牛非常的近。在斗牛界，人们常常说公牛领域和斗牛士领域。只要斗牛士待在自己的领域中，他就是相对安全的。每次他进入公牛领域，他便身处极大的危险之中。在最鼎盛的时期，贝尔蒙特总是在公牛领域中斗牛。通过这种方式，他营造了一种悲剧就将来临的震撼感。人们去看斗牛，就是为了看贝尔蒙特，感受那种悲剧感，甚至可能见证贝尔蒙特的死亡。十五年前，人们说，如果你想一睹贝尔蒙特的风采，那应趁早，在他还活着的时候。自那以后，他已经杀死了上千头公牛了。等他退役了，关于他斗牛的传奇故事便流传开了。待他又回到斗牛场之时，公众便失望了，因为没有哪个人能够同传说中的贝尔蒙特媲美。贝尔蒙特自己也不能。

而且贝尔蒙特也增加了条件，要求他的公牛不能太庞大，牛的犄角也不能长得太过凶险，所以那种悲剧感所必需的元素就不复存在了。而公众则要求已患瘘管的贝尔蒙特表现得比以前更好，就像贝尔蒙特以前所能带来的刺激一样，这就不免会觉得上当受骗了，而贝尔蒙特因为受到蔑视，他的下巴拉得更长，脸色变得更加蜡黄，随着病痛加剧，他只能忍着更大的困难上场，最后观众群起而攻之，他却是一副十足的傲慢和冷漠的态度。

他本来想有个美妙的下午，可是，相反，确是个充满着冷嘲热讽、高声辱骂的下午，最后坐垫、面包片还有蔬菜如弹雨般投过来，砸向他，就在这他曾经斩获无上荣耀的地方。他的下巴只是拉得更长。有时候观众的辱骂不堪入耳，他会拉长下巴，露出牙齿，咧嘴地笑，每个动作造成的疼痛总是越来越强烈，直到最后他那张蜡黄的脸变成羊皮纸的颜色。第二头公牛被杀死之后，面包和坐垫也不再扔来了。他带着相同的狼式下巴笑容和鄙夷的眼神向主席敬了礼，把剑递给栅栏墙那边的随从，让他们擦净，放回剑鞘。

他走进通道，靠在我们下边的栅栏围墙上，头放在胳臂上，什么也没看，什么也没听到，只是默默忍受他的伤痛。最后，他终于抬起头，他要了一杯水喝。他咽下一口，漱了漱口，吐掉，拿起披肩，又回到了斗牛场。

因为观众反对贝尔蒙特，所以就支持罗麦洛。从他离开栅栏墙，走向公牛那刻起，人们便鼓起了掌声。贝尔蒙特也望了望罗麦洛，总是装作没有在看。他不把玛西亚尔放在心上。玛西亚尔那套他看透了。他复出之后，同玛西亚尔较量过，他知道那场比赛的胜利早已在握。

他曾经希望同玛西亚尔以及其他走下坡路的明星比试比试。而且他明白，只要他一登场，他那套真才实学的斗牛术就会被那些走下坡路明星的花拳绣腿衬托出来。他的复出之路受到罗麦洛的冲击。罗麦洛的动作总是那么流畅、沉着而漂亮，贝尔蒙特只有偶尔才能做到这点。

观众看出了端倪，即使是比亚里茨的观众也看出来，甚至最后美国大使也看出来了。贝尔蒙特不该参加这场比赛，因为最后只能落得被牛角重伤甚至死亡。贝尔蒙特已经不复有当年之勇了。他在斗牛场上的黄金时刻已经远去了。对于是否会有巅峰时刻，他自己也心中没谱。今时不同往日了，现在生命只能偶尔迸出火花了。

在斗牛场上，他仍有几分昔日的风采，不过那毫无价值，因为当他走下汽车，依靠在那饲养公牛朋友的牧场栅栏上，仔细地看着牛群，挑选几头个头小，没有犀利的犄角，容易驾驭的公牛时，那股风采事先就打了个折扣。而且，当他觉得风采再现之时——只是在缠身的病痛中偶尔感觉到一点——那种感觉就事先打了折扣，被出卖了，所以他感觉并不好。这就是当年的风采，不过它再也不能让斗牛给他带来乐趣。

佩罗·罗麦洛也有这种风采。他爱斗牛，我认为他爱公牛，我也认为他爱着布蕾蒂。那天下午，不管哪个他能驾驭的动作，总是在布蕾蒂跟前完成。他一次也没抬起头。那样会让他更加有力，他不但是表演给她看，这也是给自己的一场表演。因为他并没有抬起头来问她是否开心，所以他那么做也是为了自己，那样给了他力量，不过这也是奉献给她的一场表演。但是，他并未为了她，而忽视自己。那天下午他一直占着上风。

他的第一次“引公牛”表演就在我们下面。斗牛士向骑马长矛手猛冲过来之后，三名斗牛士轮番上场。贝尔蒙特是第一个，玛西亚尔是第二个，接着便是罗麦洛。他们三个人站在马的左边。那长矛手帽子遮住双眼，长矛的手柄掉转矛杆直指公牛，用踢马靴踢了踢，夹住马腹，左手握着缰绳，赶着马向公牛奔去。公牛屏气凝神地注视着。它好像是在盯着那匹白马，但实际上，注意的是长矛的三角形钢尖。罗麦洛注视着，看见公牛准备掉头了。

他不想冲过去。于是，罗麦洛轻轻地抖了抖披肩，那块红布吸引了牛的视线。公牛条件反射地冲了过来，结果发现它面前的并不是闪动的红色披肩，而是一匹白马，只见一人坐在马背上拉伸身子，将山核桃木长矛杆的钢尖扎进公牛肩部的肌锋内，然后转动长矛，把马拉到一旁，公牛身上生出一个创口，骑马长矛手用力把钢尖深深扎入牛的肩部，使它流血，等着贝尔蒙特上场。

被钢尖扎中的公牛并没有顽抗。实际上，它并不想接近马儿。于是，公牛掉转了头，双方对峙便瓦解了。罗麦洛用他的披肩把它引开。他温柔而得心应手地把公牛引开，然后停下，站在公牛的正前方，把披肩伸向公牛。公牛尾巴翘了起来，往前冲来，罗麦洛在公牛前面挥动双臂，站稳了脚跟。湿湿的、沾满了沙土的披肩迎风张开，像一面满帆。罗麦洛站在公牛的前面，手持披肩，转动身子。一个回合结束，他们又面对着面。罗麦洛脸上挂着笑容。公牛又要冲过来，罗麦洛的披肩又迎风展开，这一次是在另一侧。每次他让公牛近距离地擦身而过，如此，斗牛士、公牛，还有那面被风张满，在公牛前面不断旋转的披肩，构成一个深刻的整体。所有都缓慢进行着，都在有序的掌控之中。看起来，好像他就在晃着摇篮，哄公牛入睡似的。他把这套引牛动作重复四遍，最后一遍只做了一半，便转身背朝着牛，向掌声响起的方向走去。他一只手放在臀部，胳臂上披着披肩，公牛瞅着他渐渐离去的背影。

在同自己的公牛搏斗的过程中，他的表现几乎完美。第一头公牛的视力不好。他的第一头公牛视力不佳。用斗篷同它斗了两个回合之后，罗麦洛准确地知道它视力的受损程度。他就抓住这一点出招。这算不得上是一场精彩的斗牛赛，只能说斗牛士表现很完美。观众要求换一头牛。他们大吵大闹起来。和一头连诱惑物都看不清的公牛搏斗一点悬念也没有，但是主席还是没让换。

“他们为什么不把那公牛换掉？”布蕾蒂说。

“他们已经付了钱，不想让钱打水漂了。”

“这对罗麦洛真不公平。”

“就看看怎样对付一头看不清颜色的公牛吧。”

“这种东西我是不喜欢看的。”

如果你在乎的人正做着斗牛，那么看斗牛就不是一件快事。碰上这头看不清披肩颜色和猩红法兰绒质地的红布的公牛，罗麦洛只好让它同自己的身体保持一致。他不得不贴近公牛，这样公牛才能看见他，才会向他扑来，接着把公牛的攻击目标转向那块法兰绒布，以常规的方式结束一个回合。比亚里茨来的观众可不喜欢这套。他们以为是罗麦洛胆怯了，所以每当他把公牛的进攻目标从他的身躯引向法兰绒布的时候，他都会侧向横跨一步。他们情愿看贝尔蒙特模仿他自己从前的招数，以及玛西亚尔模仿贝尔蒙特的招数。在我们身后就坐着这么三个比亚里茨人。

“他怕那头公牛干吗？这头牛那么笨，只会跟着那块布后面跑。”

“他还只是个新手斗牛士。功夫还未到家呢。”

“不过我认为他以前耍披肩的功夫还可以啊。”

“可能是他现在紧张了。”

在斗牛场中央，只见罗麦洛一个人，他继续着相同的招数，他贴得那么近，公牛可以清楚地看得见，他把身体往前凑，再凑近一点儿，公牛还是木讷地望着，接着，靠得实在是再近不过了，那公牛以为可以够得着他了，再把身子迎上去，最后引得公牛扑过来。然后，等犄角将攻来的时候，他便使出红布，轻轻地抖了抖红布，几乎都觉察不到，牛就跟着红布过去。这激怒了比亚里茨斗牛专家们，他们对罗麦洛非议起来。

“他就要动杀手了，”我对布蕾蒂说，“那公牛好有劲呢。他不会把自己累垮。”

在斗牛场中央，罗麦洛左肩对着公牛，从红布里抽出短剑，踮起了脚尖，目光顺着剑刃朝下瞄准。罗麦洛进攻的同时，公牛也扑了过来。罗麦洛左手将红布扔在公牛的口套上，蒙住它的眼睛。短剑刺进牛身，他的左肩往前耸，进入了公牛的犄角之间，刹那间，人和牛融为一体了。罗麦洛压在公牛的上方，右臂高高地伸直，直到够着插在牛两肩之间的剑柄上。接着，人、牛便散开了。罗麦洛闪到一边，身子微微地晃了晃。立刻，他面向着公牛，稳稳地站定，一只手高高举起，衬衣从腋下处撕裂了，白色的布片随风飘着。而那公牛呢，一把红色的剑柄紧紧地插在双肩之间，脑袋耷拉着，四腿战战。

“它就要倒下了。”比尔说。

罗麦洛离得公牛很近，所以公牛可以看见眼前的他。他的手仍然举着，他对公牛说着话。那公牛挣扎了下，然后脑袋往前拉伸，它缓缓倒塌，然后，砰然坠地，四脚朝天。

人们把剑递给了罗麦洛，他握住剑，剑刃朝下，另外一只手拿着红布。他走到主席的包厢前面，鞠了个躬，直了直身子，走到栅栏围墙边，将剑和红布递了过来。

“这头牛不好。”随从说。

“让我出了一身的汗。”罗麦洛说。他擦了擦嘴巴。随从把水壶递给了他。罗麦洛揩了揩嘴唇。从水壶里面喝水弄疼了他的嘴唇。他没有抬头看我们。

这天玛西亚尔的表现可圈可点。当罗麦洛最后一头牛进场之时，观众还在给他鼓掌。就是那头公牛，早上奔牛活动的时候，冲出来，刺死了一个男子。

罗麦洛杀第一头牛的时候，脸上的伤痕非常扎眼。每个动作都让人注意到脸上的伤痕。同那头视力不好的公牛搏斗时，束手束脚的，一招一式都得小心，精神高度集中，这就更彰显了他伤痕。同科恩干那一架并没有损伤他的士气，只是毁了他的面容，身体受伤了。现在他正在雪耻。他每同这公牛过招一次，那耻辱就洗刷掉一点。这是一头好牛，身躯庞大，犄角犀利，转身接着又进攻，动作灵活、坚定。正是罗麦洛想要的那种牛。

当他结束耍红布招式之后，正准备动杀招的时候，观众要求他继续表演。他们还不想这么快见到这头牛就被杀死，他们不愿斗牛比赛这么快就结束。罗麦洛便接着表演，就像是一堂斗牛示范课。他将所有动作都连贯起来，一招一式都不落下，动作缓慢，一气呵成。没有花招，也没有故弄玄虚，没有任何唐突的感觉。每一个回合达到高潮之时，总会让你的心为之一凛。观众真想让这场斗牛赛永远继续下去。

公牛四腿张开，如个正方形一般，等待着被屠，罗麦洛就在我们座位的下面把牛杀死。他用自己想要的方式杀死这头牛，而不像杀死上一头牛那样，多少出于无可奈何。他左肩对着牛，站在公牛正对面，从红布中拔出剑，目光顺着剑刃瞄准。那公牛盯着他。罗麦洛对公牛说了几句话，跺了跺脚。公牛进攻上来，罗麦洛严阵以待，低低地握住那块红布，目光顺着剑刃瞄准，双脚稳稳地踏着地。

接着，他一步也没往前挪动，和公牛融为一体。剑高高地插在双肩之间，公牛追着那下垂着摆动的法兰绒红布。当罗麦洛朝左边一让，这就结束了。公牛还想往前走动，但它的腿已经摇摇晃晃了。身子左摇右摆，犹豫了一会儿，接着便双膝跪地。罗麦洛的哥哥从牛身后俯身向前，朝犄角根的颈部用一把短刀扎下。

第一次他没扎中。他又扎了一刀，公牛便倒下了，抽搐着，身体变得僵直。罗麦洛的哥哥一只手攥住牛角，另一只手持着刀，向主席的包厢抬头望去。斗牛场内，到处都是舞动的手帕。主席从包厢往下看，也挥了挥手帕。哥哥从公牛的尸首上割下那有豁口的黑色耳朵，提着它箭步走到罗麦洛身边。那头公牛躺在沙地上，身体笨拙，全身乌黑，舌头吐出。孩子们从斗牛场的四面八方向牛跑去，在公牛身边围成了一个小圈，开始绕着公牛跳起了舞。

罗麦洛从他哥哥手里接过牛耳，朝着主席举起。主席深鞠一躬，罗麦洛跑到人群前面，朝我们走来。他依靠着栅栏围墙，把牛耳给了布蕾蒂。他点了点头，开心地笑了。大伙把他围在中间。布蕾蒂拿着披肩。

“你喜欢吗？”罗麦洛说。

布蕾蒂沉默不语。他们彼此望望各自，会心一笑。布蕾蒂手中提着牛耳。

“别弄得满手是血。”罗麦洛说，接着咧嘴而笑。观众需要他。几个男孩朝布蕾蒂大喊。人群中有男孩子，有跳舞的人，也有醉汉。罗麦洛转过身，想着法从人群中走出。可人们把他包围着，想把他举起，放在他们的肩膀上。他挣扎着，绕开他们，准备跑到出口处。他可不想骑在人们肩上。但是，他们逮住了他，还是把他举了起来。这可不是件舒服的事情，他两腿被叉开，身体非常酸痛。他们举着他，朝大门处奔去。他一只手抓住了不知道谁的肩膀。他回过头来朝我们表示歉意地看着我们。人群奔跑着，扛着他走出了大门。

我们仨回到了宾馆。布蕾蒂上了楼。比尔和我坐在楼下的餐厅，吃着水煮蛋，喝了几杯啤酒。贝尔蒙特穿着便服，同他的经理人和两个其他男子走下楼来。他们坐在我们旁边的桌子边，吃着东西。贝尔蒙特只吃了一点点。他们就要离开了，坐七点钟的火车去巴塞罗那。贝尔蒙特穿着一件蓝色条纹的衬衫，一件黑色的西装，吃着半熟鸡蛋。其他人都吃了很多。贝尔蒙特没说话，他只回答别人的提问。

看完斗牛赛之后，比尔有些疲惫了。我也是如此。我们俩看斗士赛都太卖力。我们坐在桌边，吃着鸡蛋，我看着贝尔蒙特，还有他桌子边的一干人。他身边的人长相粗犷，一本正经的。

“去咖啡馆吧，”比尔说，“我想喝一杯苦艾酒。”

这是圣日的最后一天了。外面又开始阴沉起来。广场上人山人海的，焰火专家们正在准备晚上放的花式焰火，用山毛榉树的树枝盖着。男孩们津津有味地盯着看。我们经过带有长长的竹竿的火箭弹发射架。在咖啡馆外面，站了一大群人。乐队仍在吹奏，人们还在跳舞。人们抬着巨型雕像和小型雕像从门前经过。

“埃德娜去哪儿了？”我问比尔。

“不知道。”

圣日最后一夜的节目开始了。我们喝了苦艾酒，似乎一切变得更加美好了。我用滴杯（dripping glass）喝着不加糖的苦艾酒，那种苦真是沁人心脾。

“我真为科恩感到抱歉，”比尔说，“这段日子他可真受了不少苦。”

“哎，让科恩去死吧。”我说。

“你觉得他去哪儿了？”

“北上巴黎了。”

“你认为他会干什么？”

“哎，让他去死吧。”

“你认为他会干什么？”

“极有可能又和那个老姑娘重归于好了。”

“那个老姑娘是谁？”

“一个叫弗朗西丝的女子。”我们又喝了一杯苦艾酒。

“你什么时候回去？”我问。

“明天。”

过了一会儿，比尔说：“这次圣日活动真精彩。”

“是啊，”我说，“精彩不断。”

“你不会相信，这就像一场精彩的噩梦。”

“当然会信，”我说，“我什么都信，噩梦也不例外。”

“怎么了？心情不好？”

“心情差极了。”

“再喝一杯苦艾酒吧。喂，服务生！再给这位先生来杯苦艾酒。”

"我感觉糟极了。"我说。

"喝酒吧，"比尔说，"慢慢地喝。"

天气开始暗下来。圣日活动仍在继续。我感觉喝醉了，但是心情却没有好起来。

"感觉如何？"

"差到极点了。"

"再喝一杯？"

"没有用的。"

"试试看。这可说不准。说不定这一杯就有效了。嘿，服务生！再给这位先生来一杯苦艾酒。"

我没有让水滴入酒中，而是把水直接倒入杯中，搅了搅。比尔放入了一块冰块。我用一把匙在褐色、浑浊的液体里面搅动着冰块。

"怎么样？"

"很好。"

"别那样猛喝。那样会让你呕吐的。"我放下了酒杯。我本也没打算一口就喝掉。

"我感觉醉了。"

"你岂有不醉之理。"

"这就是你想看见的，不是吗？"

"当然。大醉一场。把你要命的忧郁抛到脑后。"

"唉，我醉了。这就是你想要的吗？"

"坐下吧。"

"我才不要坐下，"我说，"我要回宾馆。"

我醉得很厉害。我记忆中从来没有如此醉过。到了宾馆，我上了楼。布蕾蒂房间的门开着。我把头探进了房间。迈克正坐在床边，手中摇晃着一个酒瓶。

“杰克，”他说，“进来，杰克。”

我走进房间，坐了下来。只要我不盯着某个固定的点看，就感觉房间天旋地转的。

“你知道的，布蕾蒂，她要同那斗牛士小伙走了。”

“不是吧。”

“是的。他刚才找你，要同你道别呢。他们是坐七点钟的火车离开的。”

“他们走了？”

“这么做真不好，”迈克说，“她真不该这么做的。”

“是的。”

“喝一杯？等等，我这就按铃叫人拿酒来。”

“我喝醉了，”我说，“我要进去躺一会儿。”

“你喝醉了吗？我自己也喝醉了。”

“是的，”我说，“我喝醉了。”

我出了门，进了自己房间，躺上了床。床好像在往前漂浮，我在床上坐了起来，看着隔壁，想让它停下。窗外的广场上，圣日活动还在继续。没有任何意义。稍后，比尔和迈克走进我房间，叫我下楼，同他们一起吃饭。我假装自己睡着了。

“他睡着了。最好让他一人待着。”

“他烂醉如泥了。”迈克说。

他们走出了房间。

我从床上起身，走到阳台上，往外张望看着广场上跳舞的人们。世界终于不再昏眩了。天空清澈而明朗异常，只是天际有点模糊。我洗了澡，梳了梳发，镜子前的自己那么陌生。接着，便走下楼去餐厅。

“这家伙来了！”比尔说，“好啊，杰克老兄！我就知道你不至于醉得醒不了。”

“你好，你这老酒鬼。”迈克说。

“我肚子饿了，所以就醒了。”

“喝点汤吧。”比尔说。

我们三人坐在桌边，好似其他五六个人不见了。

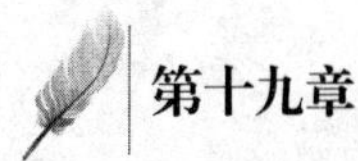

# 第十九章

到了早晨，一切都过去了。圣日庆典已经结束。大概九点钟，我醒了，洗个澡，穿上衣服，然后下楼去。广场空荡荡的，街上没一个人，只有几个小孩在捡焰火杆。咖啡馆刚开门，服务生正在把舒适的白柳条椅子搬到拱廊的树荫下，摆放在大理石面的桌子周围。各条街道都在清扫，用水管冲洗着路面。

我坐在一张柳条椅上，舒舒服服地靠在椅背上。服务生没有急着来招待我。公牛出笼的白底告示和一张很大的专列火车时刻表还贴在拱廊的梁柱上。一个扎着蓝色围裙的服务生提着一桶水，拿着一块抹布走出来，动手撕那些告示。他把纸一条条地扯下来，擦洗掉粘在石柱上的纸。圣日庆典确实结束了。

我喝了一杯咖啡，过了一会儿比尔来了。我看着他穿过广场走过来。

他在桌子边坐下，要了一杯咖啡。

“好了，都结束了。”他说。

“是啊，”我说，“你什么时候走？”

“我不知道。我想我们最好雇一辆车。你不打算回巴黎？”

“是的。我可以再待一个星期。我想我会去圣塞巴斯蒂安。”

“我想回去了。”

“迈克什么打算？”

“他要去圣让德吕兹。”

“我们去雇一辆车，一直开到巴约讷再分手吧。你可以在那儿搭今晚的火车。”

“很好。午餐后我们就出发。”

“好的，我去雇车。”

我们用完午餐，结了账。蒙托亚没到我们这边来。账单是一个女佣送来的。车子候在外面。司机把旅行包堆在车顶，用皮绳捆好，放进车里他旁边的前座上，然后我们上车。车子开出广场，穿过小巷，钻出树林，滑下山坡，离开了潘普洛纳。路程似乎不太远。迈克带了一瓶芬达多酒，我只喝了两三口。我们翻过几道山梁，出了西班牙国境，驶在白色大路上，穿过丛林茂密、潮湿、葱郁的巴斯克地区，终于进入了巴约讷。我们把比尔的行李寄存在车站，他买了一张去巴黎的票，七点十分开车。我们走出车站，车子就停在车站正门外。

“现在这车怎么办？”比尔问。

“噢，这车真是个麻烦，”迈克说，“不如我们就开车走吧。”

“好的，”比尔说，“我们去哪儿？”

“去比亚里茨喝一杯吧。”

“你这挥金如土的老迈克。”比尔说。

我们开车去比亚里茨，把车停在一个非常豪华的饭店门口。我们走进酒吧，坐在高凳上喝威士忌苏打。

“这次我做东，”迈克说，“还是掷色子决定吧。”

于是我们用一个大号皮质色盅来掷扑克色子。比尔在第一局就胜出了，迈克输给了我，就递给酒吧服务生一张一百法郎的钞票。威士忌每杯十二法郎。我们又开始一轮，迈克又输了。每次他都给服务生优厚的小费。酒吧隔壁的一个房间里有一支很好的爵士乐队在演奏，真是个让人惬意的地方。我们再摇了一轮。第一局我以四个老K取胜。比尔和迈克对掷。迈克以四个J赢得第一局。比尔赢了第二局。最后决定胜负的一局里，迈克掷了三个K就不摇了。他把色盅递给比尔。比尔把色子摇得哗啦啦的，掷出三个老K，一个A和一个Q。

“你付账，迈克。”比尔说，“老迈克，你这个赌棍。”

“很抱歉，”迈克说，“我不行了。”

“怎么回事？”

“我没钱了，”迈克说，“身无分文，只有二十法郎了。给你，就这二十法郎了，拿走吧。”比尔的脸色有点变了。

“我的钱刚好只够付给蒙托亚。还算运气好，身上有那么多钱。”

“写张支票，我给你兑现钱。”比尔说。

“太感谢了。但是你知道我不能开支票了。”

“那你打算上哪儿弄钱？”

“噢，没事的。我有两周的生活费该汇到了。我可以住在圣让德吕兹的那个旅馆，那里可以赊账。”

“那车子怎么办？”比尔问我，“还要继续开吗？”

“怎么都行。看来似乎有点傻。”

“来吧，我们再喝上一杯。”迈克说。

“好，这杯算我的，”比尔说，“布蕾蒂有钱吗？”他转身问迈克。

“我想她不一定有。我付给老蒙托亚的钱几乎都是她出的。”

“她身上再没钱了？”我问道。

“我想是这样的。她一向都没钱。每年她能拿到五百英镑，付给犹太人的利息就得要三百五十英镑。”

“我想他们是直接扣除的吧。”比尔说。

“确实是的。实际上他们不是犹太人。我们只是这样称呼他们。我觉得他们是苏格兰人。”

“她手头真的是一点钱也没有？”我问。

“我想应该没了。她走的时候把所有钱都给我了。”

“好吧，”比尔说，“我们不如再来一杯吧。”

“非常不错的主意，”迈克说，“空谈财务毫无意义。”

“说得对。”比尔说。接着我们又要了两次酒，比尔和我掷色子看谁付钱，比尔输了，付了酒钱。我们出来向车走去。“迈克，你想去哪儿？”比尔问。

“我们开车兜一会儿吧。也许能提高我的信誉。在这儿附近兜一会儿吧。”“好。我想去看看大海。我们开车去昂代吧。”

“在海岸一带我可没什么信誉可言。”

“那可不一定。”比尔说。

我们沿着滨海公路开去。碧绿的海岬，白墙红瓦的别墅，茂密的丛林，退潮时候的海水湛蓝湛蓝的，轻轻拍打着海岸。我们开车驶过圣让德吕兹，一直朝南穿过一座座海边村庄。驶过一片起伏不平的丘陵地区时，远远望去，丘陵后面就是我们从潘普洛纳来时翻越的群山。大路向前延伸着。比尔看了看表。我们该往回走了。他敲了下车窗，吩咐司机掉头。司机把车子退到草地上，掉过车头。我们后面是树林，下面是一大片草地，再过去就是大海。

回到圣让德吕兹，我们把车停在迈克将要入住的旅馆门前，他下了车。司机把他的旅行包送进去。迈克站在车子边。

“再见了，朋友们，”迈克说，“这个假期真是太棒了。”

“再见，迈克。”比尔说。

“后会有期。”我说。

“别担心钱的问题，”迈克说，“杰克，你把车钱付了吧，我那份会寄给你的。”

“再见，迈克。”

“再见，朋友们。你们真够意思！”

我们同迈克握了握手，在车里向他挥手告别。他站在路上看着我们离开。我们赶到巴约讷时，火车就要开了。一个行李员从寄存处取来比尔的旅行包。我一直送他到进站台的矮门前。

“再见了，伙计。”比尔说。

“再见，老弟。”

“太棒了。我玩得很痛快！”

“你会待在巴黎？”

“不。十七号我就得出海了。再见，伙计。”

“再见，老弟。”

他进门朝火车走去。行李员拿着旅行包走在前面。我看着火车驶出车站。比尔站在一扇窗子前。窗子一闪而过，整列火车都开走了，铁轨上空了。我出来朝车子走去。

“我们该付你多少钱？”我问司机。从西班牙到巴约讷的车钱当初说好是一百五十比塞塔。

“两百比塞塔。”

“你回去的时候顺道捎我去圣塞巴斯蒂安要多少钱？”“五十比塞塔。”

“别敲我竹杠。”“三十五比塞塔。”

“太贵了，”我说，“送我去帕尼厄·弗洛里旅馆吧。”

到了旅馆，我付给司机车钱和一笔小费。车身上满是灰尘。我擦掉鱼竿盒上的尘土。看来这尘土是连接我和西班牙、圣日庆典的最后一样东西了。司机启动车子沿着这条街开走了。我看着车子拐弯，朝西班牙方向驶去。我走进旅馆，开了一间房。我和比尔、科恩在巴约讷的时候，我住的也是这间房。这似乎是很久以前的事情了。我洗了个澡，换了件衬衣，就出去到镇上逛逛。

我在书报亭里买了一份《纽约先驱报》，坐在一家咖啡店里看起来。重返法国的感觉有点怪。有一种身处郊外的安全感。要是我和比尔一起去巴黎就好了，不过去巴黎就意味着更多的寻欢作乐。暂时我对这种取乐已经厌倦了。待在圣塞巴斯蒂安会比较清静。旅游季节要到八月份才开始。我可以在旅馆租到一间很好的房间，读读书，游游泳。那边有一处海滩胜地。海滩上的海滨大道长有很多巨大的树木，在旅游季节到来之前，许多小孩跟着保姆来这里度假。晚上，马里纳斯咖啡馆对面的树林里经常有乐队举行音乐会。我可以坐在马里纳斯听音乐。

“那里饭菜怎么样？”我问咖啡店服务生。咖啡店后面有一个餐厅。

“很好。非常好。味道很不错。”“很好。”

我进去用餐。单就法国菜来说，晚餐非常丰富。但是去过西班牙后，就感觉搭配非常细致。我还喝了一瓶葡萄酒。那是一瓶马尔戈庄园牌的好酒。悠悠独酌，细细品味，回味悠长，真是好酒赛好友。喝完酒我要了一杯咖啡。服务生推荐一种巴斯克酒，叫伊扎拉。他拿来一瓶，给我倒了满满一杯。他说伊扎拉酒是用比利牛斯山上的鲜花酿造的。真正的比利牛斯山上的鲜花。这种酒看上去像发油，闻起来像意大利的斯特雷加甜酒。我让他把比利牛斯的鲜花拿走，给我来杯陈年白兰地。白兰地味道不错。喝了咖啡之后，我又喝了一杯。

看来比利牛斯山的鲜花这事似乎把服务生给得罪了，所以我多给了他一点小费。这让他很高兴。用这么简单的办法就能取悦于人，在这样的一个国度里倒是感觉十分惬意。在西班牙，你无法猜测一个服务生会不会感谢你。在法国，一切都建立在这种赤裸裸的金钱基础上。在这样的国家里生活是最简单不过了。谁也不会为了一点暧昧的关系和你成为朋友，从而使人际关系变得复杂。如果你想让人喜欢，只需要稍微破费一点就行。我花了一点点钱，这个服务生就喜欢我了。他欣赏我这种可贵的品质。他会欢迎我再次光临。下次我再来这里用餐，他会欢迎我的到来，希望我坐在他服务的桌子边去。这种欢迎是真诚的，因为有坚实的基础。我确实回到法国了。

第二天早晨，为了交到更多的朋友，我给旅馆里的每个服务生都多给了一点小费，然后搭上午的火车去圣塞巴斯蒂安。在车站，我没多给行李员小费，因为我觉得以后不会再见到他了。我只希望在巴约讷有几个法国好朋友，等我下次再去的时候能有人欢迎我就够了。我知道，只要他们记得我，他们的友谊会是真诚的。

我得在伊伦换车，并出示护照。我贪恋法国。法国的生活是多么简单。我觉得再去西班牙是件愚蠢的事。在西班牙什么事都捉摸不透。我觉得傻瓜才会再到西班牙去，但是我还是拿着护照排队，打开旅行包让海关人员检查，买了一张票，走过一道门，爬上火车，过了四十分钟，穿过八条隧道，我到了圣塞巴斯蒂安。

即使在大热天，圣塞巴斯蒂安也有某种清晨的感觉。树上的树叶似乎永远露水未干，街道就像刚洒过水一样。即使在最热的日子里，有那么几条街道总是很阴凉。我在城里找到以前曾住过的一家旅馆，他们给了我一间带阳台的房间，阳台高过城里的房顶，远远望去是绿色的山坡。

我打开旅行袋，把书堆放在靠床头的桌子上，拿出我的剃须用品，把几件衣服挂在大衣柜里，收拾出一包待洗的衣服。然后在浴室洗了个澡，就下楼用餐去了。西班牙还没有改用夏令时，所以我来早了。我把表又调了一下。来到圣塞巴斯蒂安，我找回了一个小时。

我走进餐厅的时候，看门人给我一张警察局发的表格让我填写。我签上名，让他给我两张电报纸，写了一封发给蒙托亚旅馆的电文，告诉他们把我所有的邮件和电报转到现在的住处。我算好会在圣塞巴斯蒂安待多少天，然后给编辑部写了份电报，让他们帮我保管好邮件，但是六天之内的电报都要转到圣塞巴斯蒂安来。然后我走进餐厅用餐。

午餐后，我回到房间，读了一会儿书就睡着了。醒来已经四点半了。我找出游泳衣，连一把梳子一起裹进一条毛巾里，下楼顺着街道走到康查湾。潮水差不多退掉了一半。海滩平坦坚实，铺满黄色细沙。我走进浴场更衣室，脱去衣服，换上游泳衣，走过平坦的沙滩来到了海边。赤脚踩在沙滩上，感觉热乎乎的。水里和沙滩上的人还真不少。康查湾两边的海岬几乎相连，形成一个港湾，海岬外是一排排翻滚的白色浪花和开阔的海面。

虽然正是退潮的时候，但还是有一些姗姗来迟的巨浪。它们初来时好似海面上滚滚的细浪，然后势头越来越猛，掀起浪头，平稳地拍打在温暖的沙滩上，浪花四溅。我涉水出海，海水很凉。当一个浪头打过来的时候，我潜入水中，从水底泅出，浮在水面，这时寒气全没了。我向木排游去，撑起身子爬上去，躺在滚烫的木板上。另一头有一对男女青年。姑娘解开游泳衣的背带晒她的脊背，小伙子脸朝下躺在木排上和她讲话。她听着，咯咯地笑了，冲着太阳转动她晒得黝黑的脊背。我躺在木排上晒太阳，一直晒到全身都干了。然后我跳了几次水。有一次我深深潜入水中，向海底游去。

潜水时我睁着眼睛，周围是绿莹莹黑黝黝的一片。木排投下一个黑影。我在木排旁边钻出水面，上了木排，憋足气，又跳入水中，潜泳了一阵，然后向岸边游去。我躺在海滩上，直到全身都干了，才起身走进浴场更衣室，脱掉游泳衣，用淡水冲洗，然后擦干。

我走在树荫里，沿着海湾来到俱乐部，然后拐上一条阴凉的街道向马里纳斯咖啡馆走去。咖啡馆里有一支乐队在演奏，天很热，我坐在外面露台乘凉，喝了一杯加了刨冰的柠檬汁和一大杯威士忌苏打。我在马里纳斯门前坐了很久，读读报，看看行人，听听音乐。

后来天开始暗下来，我在港湾闲庭信步，沿着海滨大道一直走，最后回到宾馆用晚餐。“环巴斯克地区”自行车比赛正在进行，参加比赛的运动员都在圣塞巴斯蒂安过夜。他们在餐厅的一边和教练、经纪人坐在一张长桌边一起用餐。他们都是法国人和比利时人，正在全神贯注地用餐，但是他们情绪很好，非常愉快。桌子上首位置坐着两位漂亮的法国少女，富有巴黎蒙马特郊区特有的韵味。我看不出来她们是谁带来的。

他们那桌人都用俚语交谈，多是些私底下的或意味深长的笑话。两个姑娘问他们说的什么，他们都不吱声了。车赛将在第二天早晨五点钟继续进行，从圣塞巴斯蒂安到毕尔巴鄂是车赛的最后一段路程。这些自行车骑手们喝了很多葡萄酒，皮肤被太阳晒得黝黑黝黑的。他们只有在彼此之间才会认真对待这比赛。他们之间经常举行比赛，所以对谁取得优胜也不怎么在意了。特别是在国外，钱可以商量着分。

比赛中领先了两分钟的那个人生了热疖，痛得厉害。他坐在腰骶部上。他的脖子通红，金黄色的头发晒枯了。其他人拿他的热疖开玩笑，他用叉子笃笃地敲桌子。

“听着，”他说，“明天我把鼻子紧贴在车把上，这样只有宜人的微风才能碰到我的热疖。”

一个姑娘在桌子那头看着他，他咧嘴笑了笑，脸都红了。他们说，西班牙人不懂怎么蹬车。

我在外面露台上同一个大型自行车厂商的赛车经纪人喝咖啡。他说这次比赛进行得很顺利，要不是博泰奇阿到了潘普洛纳就弃权的话，应该是值得一看的。路上的尘土对车赛影响太大，但是西班牙的公路比法国的好。他说世界上只有自行车公路赛才算得上是体育运动。我曾关注过“周游法国”自行车比赛吗？只是在报纸上读到过。“周游法国”是世界上最大的一项体育比赛。

跟随并组织公路车赛使他了解了法国。很少有人了解法国。他同自行车公路赛的骑手们在途中度过了春、夏、秋整整三个季节。你看看，在现在的公路赛中，那么多小汽车跟着车队一个城市接着一个城市地跑。法国是个富有的国家，体育运动一年比一年兴旺。它会成为世界上体育最发达的强国。靠的就是自行车公路赛。自行车赛和足球。他很了解法国。体育之国法兰西。他对自行车公路赛很内行。我们喝了一杯白兰地。

不过，话又说回来，回巴黎终究不是个坏事。这儿只有一个巴拿马。全世界独一无二的。巴黎是全世界体育运动最发达的城市。我知道黑人酒吧在哪儿吗？我哪会不知道。有朝一日我会在那儿见到他。那是当然的。我们会再次共饮白兰地。我们当然会的。他们在早晨五点四十五分动身。我要不要早起送行？我一定尽可能做到。要他来叫醒我吗？怪有趣儿的。我会吩咐前台叫我的。他不会介意打电话叫醒我的。我哪能麻烦他呢。我会吩咐前台来叫我的。我们说了声明天早晨见。

第二天早晨我醒过来的时候，自行车队和跟随的那些汽车已经离开有三个小时了。我在床上喝咖啡，看了几张报纸，然后穿好衣服，拿着游泳衣到海滨去。清晨的一切都很清新、凉爽、湿润。保姆们穿着制服或者农家衣服，带着孩子们在树下散步。西班牙小孩长得很漂亮。树下有几个擦皮鞋的坐在一起同一名士兵交谈。士兵只有一条胳臂。涨潮了，凉风习习，海浪轻轻拍打着海滩。

我在一个浴场更衣室里换上游泳衣，走过狭长的海滩，蹚入水中。我游了出去，设法穿过一个个巨浪，但是有时候不得不潜进水里。后来在平静的海水里，我翻过身来，浮在水面上。漂浮的时候，我看到的只有天空，感受到的只有滔滔波浪的起伏。我转身游向浪头，脸朝下，让巨浪把我带向岸边，然后又转身向外游，尽量保持在两浪之间的波谷中，不让浪头打在我的身上。在波谷游泳非常累人，我转身向木排游去。海水浮力很大，很冷，让你有一种似乎永远也不会下沉的感觉。

我慢慢地游着，就好像随着涨潮做了一次长游，然后撑起身子爬上木排，水淋淋地坐在正被太阳炙烤的木板上。我环顾海湾、古城、俱乐部、海滨大道边的一排排大树以及那些有白色门廊和金字招牌的大旅馆。右边远方有一座青山，几乎封住了港口，山上有一个古堡。木排随着海水起伏摇晃。这条狭窄的海湾外通大海，它的另一边是另一个高岬。我想过横渡海湾，但是担心腿会抽筋。

我坐在太阳底下，看着那些在海滩上享受太阳浴的人们。他们看上去很小。过了一会儿，我站起来，用脚趾夹住木排的边缘，趁木排由于我的重量向一边倾斜的时候，利落地跳进海水深处，然后向上游，海水愈来愈亮，钻出海面，抖掉头上的海水，缓慢、平稳地向岸边游去。

我穿好衣服，付了更衣室的保管费，就走回旅馆去。在阅览室里，赛车运动员们扔下了几期《汽车》杂志，我把它们归拢在一起，拿着杂志坐在阳光下的安乐椅里阅读起来，想尽快掌握些有关法国体育生活的情况。我在那里坐着，看门人手里拿着一个蓝色信封走出来。

"一封你的电报，先生。"

我把手指插进信封上粘住一点儿的封口，拆开看电文。这是从巴黎转来的。

能否来马德里蒙大拿旅馆我处境不佳——布蕾蒂。

我给了看门人一点小费，又读了一遍电文。一个邮差从人行道走过来。他拐进旅馆。他留着大胡子，看来很有军人气派。他走出旅馆。看门人紧跟着他出来了。

"又有一封你的电报，先生。"

"谢谢你。"我说。

我拆开电报。这是从潘普洛纳转来的。

能否来马德里蒙大拿旅馆我处境不佳——布蕾蒂。

看门人站在一旁不走，或许在等第二笔小费吧。

“到马德里去的火车什么时候开？”

“今天早上九点钟就开了。十一点有班慢车，晚上十点有班‘南方快车’。”

“给我买一张‘南方快车’的卧铺票。现在就给你钱吗？”

“随你的便，”他说，“我记在账上吧。”

“行的。”

哦，看来圣塞巴斯蒂安是待不下去啦。我看，我是依稀预料到会发生这种事的。我看见看门人在门口站着。

“请给我拿张电报纸来。”

他拿来了，我拿出钢笔，用印刷体写着：

至马德里蒙大拿旅馆阿什利夫人乘南方快车明抵爱你的杰克。

这样处理看来可以解决问题了。就是这样。送一个女人跟一个男人离开。把她介绍给另一个男人，让她陪他出走。现在又要去把她接回来。而且在电报上写上“爱你的”。事情就是这样。我走进餐厅去用午餐。

那天晚上在“南方快车”上我没怎么睡觉。第二天早晨，我在餐车里用早餐，看着阿维拉和埃斯科里亚尔之间那一片多山、松林密布的地带。我看见窗外阳光照耀下的埃斯科里亚尔古建筑群，灰暗、狭长、萧瑟，但我并不怎么感兴趣。我看见马德里城从大平原上方迎面而来，隔着烈日炙烤下干旱的原野，在远方一个不高的峭壁的上方，地平线上有一排白色密集的房屋。

马德里的北站是这条铁路线的终点。各列火车都在这里停驶，不再开往他乡。站外停着出租的马车、汽车，还站着一排旅馆接待员。真像一座乡村小城。我雇了一辆出租汽车，一路上坡，驶过几座花园，经过空荡荡的王宫和位于峭壁边缘尚未竣工的教堂，往上一直开到耸立在高岗上的、炎热的现代化城区。汽车顺着一条平坦的街道向下滑行，一直开到太阳门广场，然后穿过行人车辆开上圣那罗尼莫大街。

每家商店都放下遮阳篷避暑。街道上向阳的窗户都是百叶窗紧闭。汽车靠人行道边停下。我看见“蒙大拿旅馆”的招牌在二楼挂着。出租车司机把旅行包搬进去，放在电梯前。我按了按电梯开关，一点动静没有，只好走楼梯。二楼挂着一块雕花铜招牌：“蒙大拿旅馆”。我按门铃，没人来开门。我又按了一下，一名侍女阴沉着脸把门打开。

“阿什利夫人在吗？”我问。

她呆呆地望着我。

“这儿是不是住着一位英国妇女？”

她转身叫里面的人。一个非常胖的女人走到门口来。她头发花白，抹着发蜡，梳成一个个小波浪，垂挂在脸庞两旁。她的个子不高，却很有气势。

“您好，”我说，“这里有位英国妇女吗？我想见见这位英国夫人。”

“您好。是的，有一个英国女人。如果她愿意见您的话，你当然可以去看她。”

“她愿意见我。”

“我叫这丫头去问问她。”

“天气真热。”

“马德里的夏天非常热。”

"可在冬天却那么冷。"

"是的，冬天非常冷。"我自己是否也想在蒙大拿旅馆住下呢?

这事儿我还没拿定主意，但是我倒乐意有人帮我把旅行包从底楼拿上来，免得被人偷走。蒙大拿旅馆还从未发生过偷盗事件。在其他旅馆有这种事。这里没有。没有。这家旅馆的服务员都经过严格挑选。我听了很满意。不过，我还是非常欢迎有人帮我把旅行包拿上来。

侍女进来说，那个英国女人想见见这位英国男人，马上就见。

"很好，"我说，"您瞧。我说对了吧。"

"毫无疑问。"

我跟在侍女后面沿着幽暗的长廊往里走。走到尽头，她在一扇门上敲了敲。

"嘿，"布蕾蒂说，"是你吗，杰克？"

"是我。"

"进来。进来。"

我打开门。侍女在我身后把门关上。布蕾蒂在床上躺着。她刚才在梳理她的头发，手里还拿着一把刷子呢。房间里乱七八糟，只有那些平时习惯仆人侍候的人才会弄成这样。

"亲爱的！"布蕾蒂说。

我走到床边，搂住她。她吻我，在她吻我的时候，我能感觉到她在想别的事情。她在我的怀里颤抖。我觉得她瘦多了。

"亲爱的！我过的日子真够戗。"

"告诉我怎么回事。"

"没什么可说的。他昨天才走。我要他走的。"

"你为什么不留住他？"

"我不知道。谁都不应该干这种事。我想我没有伤害到他什么。"

"你这样做对他来说是件大好事。"

“他没法和任何人一起生活。我一下子意识到了这一点。”

“是的。”

“唉，真见鬼！”她说，“别谈这个了。再也别提它了。”

“好吧。”

“他竟然觉得我丢了他的脸，让我非常震惊。你知道，有一阵子他曾因为我感到很丢人。”

“不可能。”

“哦，就是这样。我猜有人在咖啡馆里拿我来取笑他了。他要我把头发留起来，我留个长发，那会是个什么怪模样啊。”

“真滑稽。”

“他说，那样会让我更像个女人。那样我可真要像个怪物了。”

“后来呢？”

“哦，他想通了。他不再觉得我丢脸了。”

“那你所说的‘处境不佳’是指什么呢？”

“我当时不知道能不能把他打发走，而我一个子儿也没有，没法撇下他自己走。你知道，他要给我一大笔钱。我跟他说我有得是钱。他知道我在撒谎。我不能拿他的钱，你知道。”

“对。”

“哦，别谈这些了。还有些有意思的事儿呢。给我一支烟。”

我给她点了一支烟。

“他是在直布罗陀当服务生的时候学的英语。”

“是啊。”

“最后，他竟然想和我结婚。”

“真的？”

“当然啦。可我连迈克都不想嫁。”

“可能他想一结婚，他就成了阿什利爵爷了。”

"不。不是那么回事。他是真心想和我结婚。他说，这一来我就不能离开他了。他要确保我永远不能离开他。当然，是在我得变得更女性化一些以后。"

"那你应该感到安心了啊。"

"是的。我重新振作起来。他把那个讨厌的科恩赶走了。"

"很好。"

"你知道，我本来会和他一起生活下去的，可是我发现这样对他没什么好处。我们相处得非常好。"

"除了你自身的打扮。"

"哦，他慢慢会习惯的。"她把烟掐熄。"你知道，我三十四了。我不想当个毁掉年轻人的坏女人。"

"对。"

"我不能那样做。你看我现在感觉相当好。我相当坦然。"

"这就好。"

她转过脸去。我以为她想再找一支烟呢。接着我发现她在哭。我能感觉到她在哭泣。混身颤抖，抽抽搭搭。她不肯抬起头来。我用双手搂着她。

"别再提这件事了。求求你，永远别再提了。"

"亲爱的布蕾蒂。""我要回到迈克那里去。"我紧紧抱着她，能感觉到她在哭。"他是那么可亲，又那么可畏。他正是我需要的那种人。"

她不肯抬头。我抚摸着她的头发。我能感到她在颤抖。"我不愿做一个坏女人，"她说，"但是，哦，杰克，我们永远不要提这事了。"

我们离开蒙大拿旅馆。旅馆女老板不要我付账。账已经付清了。

"那好。就这样吧，"布蕾蒂说，"现在无所谓了。"

我们坐出租车去王宫旅馆，放下行李，预订了晚班"南方快车"的卧铺票，然后到旅馆的酒吧间去喝鸡尾酒。我们坐在吧台前的高脚凳上，看酒保用一个镀镍大调酒器调制马丁尼鸡尾酒。

“真奇怪，一到大旅馆的酒吧间里，就有种了不起的高雅的感觉，”我说，“现在只有酒吧服务生和赛马骑师还是彬彬有礼的。”

“不管怎么粗俗的旅馆，酒吧间总是很高雅的。”

“很怪。”

“酒吧服务生总是很有风度。”

“你知道，”布蕾蒂说，“这是真的。他只有十九岁，很吃惊吧？”

我们碰了碰并排摆在吧台上的两个酒杯。酒杯冰凉，外面结着水珠。挂着窗帘的窗户外面却是马德里的酷暑。

“我喜欢在马丁尼酒里加只橄榄。”我对酒保说。

“您说得对，先生。给您加上。”

“谢谢。”

“您知道，我应该事先问您的。”

酒保走到吧台的另一头，这样就听不到我们的谈话了。马丁尼酒杯搁在木制吧台上，布蕾蒂凑上去啜了一小口。然后她端起酒杯。喝了一口以后，她的手不哆嗦了，能稳当地端起酒杯。

“好酒。这酒吧间不错吧？”

“凡是酒吧间都不错。”

“你知道，起初我都不信。他生在1905年。那时候，我已经在巴黎上学了。你想想看。”

“你凭什么要我想这事呢？”

“别装傻啦。请你面前这位女士喝杯酒好吗？”

“给我们再来两杯马丁尼。”

“还是刚才的那种，先生？”

“那两杯酒非常不错。”布蕾蒂对他微微一笑。

“谢谢您，夫人。”

“好，祝你健康。”布蕾蒂说。

“祝您健康！”

“你知道，”布蕾蒂说，“在我之前，他只和两个女人来往过。除了斗牛，他对别的从不感兴趣。”

“他啊，来日方长。”

“我不知道。他眼里只有我。不是逢场作戏。”

“哦，只有你。”

“是的。只有我。”

“我还以为你不再提这件事了呢。”

“我能怎么办？”

“如果你一直提这事，你会发疯的！”

“我只不过拐弯抹角地提一下罢了。你知道，我感觉相当的不错，杰克。”

“本该如此。”

“你知道，决心不做坏女人使我感到非常舒坦。”

“是的。”

“这种做人的准则多少可以取代上帝。”

“有些人信上帝，”我说，“为数不少呢。”

“上帝对我没什么影响。”

“我们要不要再来杯马丁尼酒？”

酒保又调制了两杯马丁尼酒，倒进两个干净杯子里。

“我们到哪儿吃饭去？”我问布蕾蒂。酒吧间里很凉快，透过窗子就可以感到外面很热。

“就在这儿？”布蕾蒂问。

“在这儿用餐太糟糕了。你知道一家叫波丁的饭店吗？”我问酒保。

“知道，先生。要不要我给您写个地址？”

“谢谢你了。”

我们在波丁饭店楼上用餐。这是世界上最棒的餐厅之一。我们吃烤乳猪，喝里奥哈酒。布蕾蒂没有吃多少。她向来吃得很少。我饱餐了一顿，喝了三瓶里奥哈酒。

“你觉得怎么样，杰克？”布蕾蒂问，“我的上帝！你这顿饭吃了多少啊！”

“我感觉很好。你要来道甜点心吗？”

“上帝啊，我不要。”布蕾蒂抽着烟。

“你喜欢美食，是不是？”她说。

“是的，”我说，“我喜欢做很多事情。”

“你喜欢做什么？”

“哦，”我说，“我喜欢做很多事情，你要来道甜点心吗？”

“你问过我一次了。”布蕾蒂说。

“对，”我说，“我问过了。我们再来一瓶里奥哈酒吧！”

“这酒不错。”

“你没喝多少。”我说。

“我喝了不少。你没都看到。”

“我们再要两瓶吧。”我说。酒送来了。我给自己的杯子里倒了一点儿，然后给布蕾蒂倒了一杯，最后把我自己的杯子倒满。我们碰杯。

“祝你健康！”布蕾蒂说。我干了一杯，又倒了一杯。布蕾蒂伸手按住我的胳臂。

“别喝醉了，杰克，”她说，“你用不着喝醉啊。”

“你怎么知道？”

“别这样，”她说。“你一切都会顺利的。”

“我不想喝醉，”我说，“我只不过在喝一点儿葡萄酒。我喜欢喝葡萄酒。”

“别喝醉了，”她说，“杰克，别喝醉了。”

“想坐车去兜风吗？”我说，“想不想在城里兜一圈？”

“好，”布蕾蒂说，“我还没有在马德里游览过。我应该去看看。”

“我把这喝了。”我说。

我们下楼，穿过一楼餐厅来到街上。一位服务生帮我们叫出租车。天气炎热、晴朗。大街的一头是一个有树木草地的小广场，出租车就停在那里。一辆出租车沿街开来，服务生在路边伸手招呼车子。我给了他小费，吩咐司机朝什么地方开，然后上车坐在布蕾蒂身边。汽车沿街开去。我靠后坐稳。布蕾蒂挪身紧靠着我。我们紧紧偎依在一起。我用一条胳臂搂住她，她舒适地靠在我身上。天气酷热，阳光明媚，房屋白得刺眼，我们拐上格兰维亚大道。

“唉，杰克，”布蕾蒂说，“我们要是能在一起该多好。”前面，有个穿着卡其制服的骑警在指挥交通。他举起警棍。车子突然慢下来，使布蕾蒂紧紧靠在我身上。“是啊，”我说，“这么想想不也很好吗？”